Frida Kahlo (1907-1954) est née au Mexique d'un père d'origine allemande et d'une mère Mexicaine d'origine indienne. Elle décide, dès son plus jeune âge, de ne pas suivre le même parcours que les autres femmes mexicaines, et veut voyager, étudier et être libre. Elle entame de brillantes études, s'intéresse à la politique et cherche à faire émerger une âme mexicaine dans son pays nouvellement indépendant.

Atteinte de poliomyélite, ce qui lui déformera le pied droit et qui lui vaudra le surnom de «Frida l'estropiée», Frida connaît la souffrance physique très jeune. À dix-huit ans, le 17 septembre 1925, en revenant de son école d'art, son bus percute un tram, une barre de fer la transperce de l'abdomen au vagin. Cet accident sera un grand tournant dans sa vie. Devant rester dans son lit, coincée dans son corset, elle fait installer un miroir au-dessus de son lit. C'est donc là qu'elle y peindra une grande partie de son œuvre, dont ses autoportraits. Tout au long de sa vie, Frida devra subir de très nombreuses interventions chirurgicales.

Sa vie est également marquée par ses amours tumultueuses avec le célèbre muraliste mexicain Diego Rivera. Tous deux ont partagé leur vie entre leur pays natal et les États-Unis, notamment San Francisco. Frida Kahlo a joué un rôle important pour le mouvement artistique mexicain de l'époque.

Raquel Tibol est née en Argentine en 1923. Elle a étudié à l'université de Buenos Aires, et en 1953, s'est installée à Mexico où elle devint la secrétaire de Diego Rivera. C'est à cette époque qu'elle a rencontré Frida Kahlo. Critique d'art et chercheuse, elle a travaillé en tant qu'experte dans des musées, aussi bien à Mexico que dans d'autres pays, et a écrit un grand nombre de monographies. Parmi elles, on en trouve notamment sur Fernando González Gortázar, Rufino Tamayo, Diego Rivera, José Chávez Morado, Feliciano Peña et deux sur Frida Kahlo. Ses ouvrages sont traduits en sept langues.

Frida Kahlo

FRIDA KAHLO
PAR
FRIDA KAHLO
LETTRES 1922-1954

CHOIX, PROLOGUE ET NOTES
DE RAQUEL TIBOL

Traduit de l'espagnol (Mexique)
par Christilla Vasserot

Christian Bourgois éditeur

TEXTE INTÉGRAL

TITRE ORIGINAL
Escrituras de Frida Kahlo

© Raquel Tibol, 2004
© Random House Mondadori S.A. de C.C., 2004
© 2007 Bank of Mexico Diego Rivera & Frida Kahlo Museums Trust
Av. Cinco de Mayo n° 2, Col. Centro, Del. Cuauhtémoc 06059,
Mexico, D.F.

ISBN 978-2-7578-1182-5
(ISBN 978-2-267-01935-3, 1ʳᵉ publication)

© Christian Bourgois éditeur, 2007, pour la traduction française

Prologue

Le 25 mai 1953, je suis arrivée chez Frida Kahlo, dans sa maison de Coyoacán située au coin des rues Allende et Londres (aujourd'hui transformée en musée Frida Kahlo). Je rentrais avec Diego Rivera de Santiago du Chili, après un bref détour par La Paz, en Bolivie. À l'aéroport, nous avions été accueillis par Ruth Rivera Marín, Emma Hurtado, Elena Vásquez Gómez et Teresa Proenza. Le groupe avait décidé que je devais être hébergée chez Frida, dans l'espoir que notre cohabitation lui serait bénéfique. En effet, dans l'attente de l'amputation annoncée de sa jambe droite, elle était rongée par une angoisse intense et incontrôlable. Cristina Kahlo, qui soutenait sa sœur autant qu'elle le pouvait, approuva cette proposition qui allait lui permettre de respirer un peu, elle qui demeurait sans discontinuer au chevet de sa sœur.

Au Chili et durant notre long périple depuis l'Amérique du Sud, Rivera m'avait transmis son admiration pour Frida, dont l'état physique et mental du moment le désespérait. Mais il ne m'avait rien dit de l'atmosphère lourde et morbide qui régnait chez elle. Une préparation eût été requise, afin de me doter d'un passeport spirituel qui aurait atténué l'étrangeté de ma présence en un lieu que j'envahissais sans que la maîtresse des lieux ni moi-même en eussions été préalablement averties.

Je tentai de m'adapter à ces circonstances inattendues en ayant recours à ce qui avait été mon travail à Santiago : le journalisme culturel. Je proposai à Frida de me dicter sa biographie, ce qu'elle accepta avec enthousiasme. Sitôt dit, sitôt fait. Mais une surdose de Demerol eut bientôt raison de notre projet en mettant en péril la vie de ce « cerf blessé », gravement blessé. Lorsque j'eus compris à quel point les événements étaient complexes et les énergies tendues dans la maison de Coyoacán, je pris la décision de changer de décor.

La qualité des premières notes prises pour la réalisation de la biographie alimenta d'abord mon désir de poursuivre dans cette voie. Mais, aux alentours du mois de février 1954, j'acquis la conviction que cela ne serait pas possible. Je pris alors la décision de publier le travail en cours dans le supplément *México en la Cultura* du journal *Novedades*. Les premières pages parurent le 7 mars 1954 sous le titre « Fragments pour une vie de Frida Kahlo ». Le texte complet figure dans mes livres *Frida Kahlo. Chronique, témoignages et approches* (1977) et *Frida Kahlo : une vie ouverte* (1983). Ces « fragments » ont été par la suite cités à de nombreuses reprises, sans que la source en soit toujours précisée. Des paragraphes entiers ont été publiés, signés par d'autres. Ces appropriations sont bien la preuve de l'efficacité de ce genre de récit : la transcription textuelle des mots de Frida.

En 1974, j'ai pu divulguer pour la première fois quelques-unes des nombreuses lettres envoyées par Frida à son amour de jeunesse, Alejandro Gómez Arias, dans l'article « Frida Kahlo vingt ans après sa mort » (supplément *Diorama de la Cultura* du journal *Excélsior*, 14 juillet). Sa langue désinvolte, imaginative, témoignant d'un cœur et d'une intimité à nu, me laissa supposer que les écrits de Frida devaient receler des compartiments bien différents de ceux de son *Journal*, qui n'est pas une transcription de son vécu mais une série d'allégories, de confessions détournées, d'adulations poétiques, de lamentations, au sein desquelles les expressions verbales et visuelles se complètent avec une intensité surréaliste.

Lorsque Hayden Herrera, dans son ouvrage majeur *Frida. Biographie de Frida Kahlo* (d'abord publié en anglais en 1983 puis en espagnol en 1985), donna à connaître de nombreuses lettres de Frida à ses amis et amants, j'eus la conviction qu'il fallait réunir sous forme chronologique ce qu'elle avait écrit (lettres, messages, confessions, reçus, poèmes, demandes, plaintes, remerciements, implorations et autres textes plus élaborés) car le résultat de ce travail serait indéniable : une autobiographie tacite, qui accorde à Frida ses lettres de noblesse dans la littérature confessionnelle et intimiste du XXᵉ siècle mexicain.

Étant donné la mythification dont Frida a fait l'objet durant ces deux dernières décennies, j'ai eu conscience de la difficulté qu'il y aurait à augmenter le volume de ce qui avait déjà été divulgué et d'accéder à ce qui à présent est jalousement gardé (succès commercial oblige). Le fruit de mes efforts est probablement modeste. Mais la finalité, je le répète, était tout autre : la séquence, le discours à la première personne, sans interprétations ni surinterprétations, sans laisser d'autres styles interférer. J'ai ainsi replacé les écrits non datés là où ils se situaient selon moi.

Voici donc réunis ses écrits (incomplets), livrés à leur sort face au lecteur, sans cadre narratif ou interprétatif pour les étayer. Ils n'en ont pas besoin. Elle par elle-même, oscillant de la sincérité à la manipulation, de l'autocomplaisance à l'autoflagellation, avec toujours son insatiable besoin d'affection, ses commotions érotiques, ses chatouillements humoristiques, son absence de limites, sa capacité à s'auto-évaluer et son extrême humilité.

Je dois remercier ceux qui sont arrivés avant moi dans les archives, dont j'ai trouvé les cadenas ouverts. J'ai de nombreuses dettes envers bien des personnes à qui je tiens à rendre hommage. Je ne voudrais pas qu'elles se sentent offensées dans leurs droits : il s'agit là d'un pas supplémentaire dans la construction publique d'un personnage qui désormais nous appartient à tous, car nous avons tous contribué à mettre à nu son intimité la plus secrète.

Frida s'est abritée sous de nombreux toits, sur différents sols, mais elle est née dans la maison de Coyoacán et c'est là qu'elle est morte (6 juillet 1907 – 13 juillet 1954), dans l'espace familial dont elle avait fait son royaume.

Raquel Tibol

Note de la traductrice

Frida Kahlo ne s'est donc pas contentée de peindre. Elle a aussi écrit. Et ses écrits sont de nouvelles peintures de soi. Elle s'est écrite comme elle s'est peinte : en se livrant, en racontant ses douleurs, ses engagements, ses amours. Elle couche ses sujets favoris sur le papier comme sur la toile. Ceux qu'elle représente sur ses tableaux ou ceux à qui elle les dédie sont aussi les destinataires de ses lettres.

Parfois elle parle de sa peinture, livre des clés pour mieux la comprendre. Mais ses écrits, loin d'être de simples commentaires, sont de véritables créations. Les mots sont « des couleurs que je ne connais pas », dit-elle. On a peine à le croire en la lisant. Tantôt elle a la plume facile, se répand, se répète, inlassablement ; tantôt elle pèse ses mots, joue avec, les réinvente. Elle est mexicaine et c'est en Mexicaine qu'elle s'exprime. Certains mots, riches de références dans la langue originale, n'ont pas été traduits. Un glossaire permettra d'en comprendre le sens.

Elle joue aussi avec sa vie, à tous les sens du terme, s'autorise quelques écarts chronologiques, modifie sa date de naissance, mais aussi son prénom dont elle avait coutume de germaniser l'orthographe (Frieda). Parfois aussi elle l'occulte, comme dans sa correspondance avec Miguel N. Lira, où elle est

Rebeca (ou R) ; pour son amant José Bartolí, pour le poète Carlos Pellicer, elle signe Mara ; pour Nickolas Muray, elle est aussi Xochitl ; et pour Diego Rivera, parfois, elle devient Fisita.

Ses lettres sont majoritairement destinées à ses intimes. Elles fourmillent de références, de sous-entendus, parfois de secrets difficiles à élucider. Il fallait en aider la lecture. L'appareil critique (les notes de bas de page ainsi que les références onomastiques accompagnées de brèves notices biographiques et la chronologie réunies en fin de volume) a été conçu à partir des notes de Raquel Tibol, auxquelles ont été ajoutées certaines informations qui pourraient avoir échappé au lecteur français.

Christilla Vasserot

FRIDA KAHLO PAR FRIDA KAHLO

FRIDA KAHLO PABLO NERUDA

Souvenir

J'avais souri. Rien d'autre. Mais la clarté fut en moi, et dans les profondeurs de mon silence.

Il me suivait. Comme mon ombre, irréprochable et légère.

Un chant sanglota dans la nuit...

Les Indiens s'éloignaient, sinueux, dans les ruelles du village. Enveloppés dans leurs *sarapes*, ils avançaient, dansant, après avoir bu du mezcal. Toute la musique tenait dans une harpe et une guitare, et toute la joie tenait dans les brunes souriantes.

Dans le fond, derrière la place, brillait la rivière. Qui s'en allait, comme les minutes de ma vie.

Il me suivait.

J'ai fini par pleurer. Recroquevillée sur les marches de l'église, à l'abri sous mon châle soudain baigné de larmes.

El Universal Ilustrado,
30 novembre 1922

Message pour Isabel Campos[1]

Ma frangine ou tout comme,

Dis-moi quand tu vas venir te baigner à coup sûr pour aller te chercher.

Excuse d'avoir attendu aujourd'hui pour t'envoyer la *culotte*, mais c'est que la bonne n'avait pas eu le temps d'aller te l'apporter...

Toi et moi, c'est à la vie à la mort. D'accord ?

Ta souveraine copine,

Frieda

1. Amie de Frida Kahlo depuis l'école primaire, elle est, comme Frida, née à Coyoacán.

Message pour Adelina Zendejas[1]

Si tu veux bien arrêter de jouer les poltronnes et les froussardes, fais-toi la malle et viens à l'amphithéâtre ; le Génie Ventripotent[2] est en train de peaufiner sa fresque, il a promis de nous expliquer de quoi ça parle et qui ont été ses modèles pour les personnages. Ta pote,

Frida Jambe de Bois[3] de Coyoacán des coyotes

1. Journaliste, professeur d'histoire et de littérature. Elle fut une camarade de Frida Kahlo à l'École nationale préparatoire de Mexico.
2. Il s'agit de Diego Rivera, qui en 1922 réalisait la peinture murale *La Création* pour l'École préparatoire nationale de Mexico.
3. Frida contracta la poliomyélite dans son enfance. (*N.d.l.T.*)

Lettre à Alejandro Gómez Arias[1]

Alejandro,

Je suis désolée pour ce qui t'est arrivé[2], reçois du fond du cœur, vraiment, toutes mes condoléances.

Tout ce que je te conseille, en tant qu'amie, c'est d'avoir assez de force de volonté pour supporter les peines que Dieu Notre Seigneur nous envoie pour nous mettre à l'épreuve de la douleur, car nous venons au monde pour souffrir.

J'ai ressenti ta peine au plus profond de moi et je demande à Dieu de te donner la grâce et la force suffisantes pour te résigner.

Frieda

---

1. Grand amour de jeunesse de Frida Kahlo, rencontré à l'École préparatoire nationale de Mexico. Il est présent dans le bus, à ses côtés, le jour de son accident.
2. Frida Kahlo écrit cette lettre à l'occasion de la mort du père d'Alejandro Gómez Arias, Gildardo Gómez, qui était alors député de l'État de Sonora.

Lettre à Miguel N. Lira[1]

Mexico, le 13 mai 1923

Chong Lee,

J'ai reçu ta petite carte et tu n'imagines pas à quel point ça m'a fait plaisir de voir que tu te souviens de ta frangine qui ne t'oublie surtout pas.

J'ai beaucoup regretté de ne pas t'avoir dit au revoir, mais je ne savais même pas que tu allais mieux et que tu partais pour finir de guérir. Tu m'as beaucoup manqué : il n'y a plus personne pour me raconter des histoires et me faire rire comme tu sais si bien le faire. Tu connais Alejandro, comme il est sérieux, et Chuchito pareil. Tu nous manques beaucoup à tous. Pourvu que Dieu m'accorde ce que je lui demande : que tu reviennes vite et en pleine forme à Mexico.

Rebeca[2] doit être bien triste pour toi, et toi de

1. Surnommé Chong Lee par ses proches. Écrivain, éditeur et ami de Frida Kahlo, originaire de la ville de Tlaxcala. À l'École préparatoire nationale, il appartenait au groupe « Los Cachuchas ».

2. Rebeca ou R : surnom choisi par Frida Kahlo pour écrire à Miguel Lira.

même, pas vrai ? Mais quand tu reviendras, elle retrouvera le sourire.

Ton absence se fait sentir dans le groupe, toi qui étais toujours si joyeux, surtout quand tu chantais. *Discutían Manolo y su prima naná...* Il n'y a plus personne pour chanter ces chansons qui nous amusaient tant.

Écris-moi plus longuement, raconte-moi ce que tu fais à Tlaxcala ; sur la carte postale, ça a l'air très joli. Amelia m'a demandé ton adresse, plusieurs garçons aussi, mais je l'ignorais puisque tu ne m'avais pas encore écrit.

La vieille Castillo est toujours aussi grosse et pénible, elle ne m'a même pas demandé de tes nouvelles, ce qui a d'ailleurs le don de m'énerver au plus haut point.

C'est dommage, tu vas rater ton année, vu que tu ne pourras pas te présenter aux examens, j'imagine.

Rends-moi un service : je veux que tu m'envoies les vers que tu m'avais écrits un jour, même sans dédicace. Tu me les avais notés sur un carnet et je les ai perdus. Surtout n'oublie pas.

Je vais voir si Alejandro veut bien me transmettre tes lettres, et tant pis si ça l'embête, parce que c'est la seule adresse à laquelle tu puisses m'écrire.

Sûr que ça va l'embêter, parce que pour voir les garçons, en ce moment, c'est la croix et la bannière. Ils sont presque toujours à la fac de droit et moi à l'École, je ne peux les retrouver qu'à une heure, ou parfois, mais très rarement, dans l'après-midi. Ce que tu dois être triste, toi aussi, tout seul et sans R... c'est moche, mais il faut faire contre mauvaise fortune bon cœur.

Bon, Chong Lee, j'espère te revoir bientôt. En attendant, écris-moi souvent et reçois le bonjour des garçons et de chacune de tes frangines qui ne t'oublient pas et qui ont très envie de te revoir aussi joyeux que le jour où tu regardais Delgadillo dans *El Marinerito*.

Mon petit chat t'envoie plein de bisous, de même que mon petit chien. Si tu le voyais, comme il est mignon.

Frieda Kahlo

Voici mon dernier portrait. [*Elle fait un petit dessin.*]

Réponds-moi. Alejandro et Chuchito te passent le bonjour.

Friedita

Lettre à Alejandro Gómez Arias

Coyoacán, le 10 août 1923

Alex,

J'ai reçu ta chère petite lettre hier à sept heures du soir, au moment où je m'attendais le moins à ce que quelqu'un se souvienne de moi, et encore moins ce cher monsieur Alejandro, mais par chance je me trompais. Tu n'imagines pas à quel point j'ai adoré que tu me fasses confiance comme à une véritable amie, que tu me parles comme jamais tu ne m'avais parlé, car tu as beau me dire, avec un brin d'ironie, que je suis tellement supérieure et tellement loin de toi, moi, de toutes ces lignes, je retiens l'essentiel, pas ce que d'autres préféreraient retenir... Tu me demandes de te conseiller et je le ferais de tout cœur si ma toute petite expérience de quinze ans[1] pouvait servir à quelque chose, mais si mes bonnes intentions te suffisent, sache que je t'offre non seulement mes humbles conseils mais aussi ma personne tout entière.

Bon, Alex, écris-moi des lettres, et des bien

1. Elle a en réalité seize ans.

longues, plus c'est long mieux c'est, et en attendant reçois toute la tendresse de
Frieda

PS : Passe le bonjour à Chong Lee et à ta petite sœur.

Lettres à Miguel N. Lira

Cher Chong Lee,

J'ai su par Pulques et par Alejandro que tu étais à
Tlaxcala, je prends donc les devants et je t'écris là-
bas. Tu ne t'es même pas souvenu de moi quand tu
es parti et impossible de savoir où tu étais, sinon tu
aurais déjà reçu une lettre, parce que je ne peux pas
t'oublier, moi. Voilà pourquoi je t'écris, en espérant
que tu me répondras au 1, rue Londres, Coyoacán,
comme tu m'as écrit la dernière fois (Rebeca).
Raconte-moi comment tu vas, quand tu es parti, ce
que ton père a dit en apprenant que tu avais réussi
tes examens. Raconte-moi plein de choses et écris-
moi souvent car je me languis de toi et de ta bonne
humeur avec moi et avec tout le monde.

J'imagine que tu ne resteras pas très longtemps à
Tlaxcala, n'est-ce pas ? Si tu y passes toutes les
vacances, au moins préviens-nous et puis écris-nous
régulièrement.

Raconte-moi ce que tu fais, où tu vas te promener, quels amis, filles et garçons, tu as là-bas... pas
aussi sympas que ceux d'ici, pas vrai ?

Bon, Chong Leesito, je te dis au revoir et puis je
veux que tu m'écrives, sinon ça va barder.

Prie Dieu que je réussisse mes examens, récite

chaque soir un Notre Père et un Ave Maria pour que je ne tombe pas sur ce cher Orozco Muñoz.

Reçois toute la tendresse de ta petite sœur qui t'aime.

Frieda

[*Elle dessine un visage en larmes.*]

AVANT : des larmes car tu es très méchant et tu ne nous as pas dit au revoir.

[*Elle dessine un visage souriant.*]

APRÈS : quand je t'aurai pardonné. Des tas de bises.

*

México, 25 novembre 1923[1]

Mon cher Chong Leesito,

Tu n'imagines pas ce que ça m'a fait plaisir de recevoir ta lettre. Tu me manquais trop et j'avais envie d'avoir de tes nouvelles.

Si tu savais comme je me sens triste en ce moment. Figure-toi que je ne vois plus personne de la bande. Chuchito brille par son absence, toi là-bas dans cette contrée lointaine, bref, tu imagines ce que je suis triste sans vous qui êtes tout pour moi. Le seul que je puisse voir, c'est Alex.

J'ai plutôt bien réussi mes examens, j'ai eu de la chance.

Dis-moi si tu t'amuses bien à Tlaxcala. J'imagine que oui, et même plutôt beaucoup, pas vrai ? C'est toujours chouette de revenir sur les lieux de son enfance.

---

1. Écrit au dos d'une carte postale représentant le port de Hambourg.

Tu me manques beaucoup et je voudrais passer avec toi ne serait-ce qu'un autre samedi comme celui où on a mangé toutes ces sucreries, tu te souviens ? Quand tu rentreras, préviens-moi pour que j'aille te chercher à la gare, mais tu me dis que pas avant janvier ; ça fait loin, je vais trouver le temps long et triste sans toi. Sauf que tu vas m'écrire souvent, et moi pareil. Je ne te raconte rien de neuf car, comme tu peux le constater, rien ne change à Mexico, et le jour où ça change, voilà qu'on se met à regretter. (Plus personne ne fait le pied de grue devant l'arrêt.)

Lettres à Alejandro Gómez Arias

16 décembre 1923

Alex,

Je suis vraiment désolée de ne pas avoir été hier à quatre heures à l'université. Ma mère ne m'a pas laissée aller à Mexico parce qu'il y avait du grabuge, à ce qu'on lui avait dit. En plus, je ne me suis pas inscrite et maintenant je ne sais pas quoi faire. Je te supplie de me pardonner, je sais que tu m'as trouvée grossière, mais ce n'était pas ma faute ; j'ai eu beau faire, ma mère s'était mis en tête de ne pas me laisser sortir et j'avais plus qu'à ronger mon frein.

Demain lundi, je vais lui dire que je passe un examen de modelage et que je dois rester toute la journée à Mexico. On verra bien : il faut d'abord que je teste l'humeur de ma chère petite maman, après je me déciderai à lâcher ce bobard ou pas. Si jamais j'y vais, je te retrouve à onze heures et demie à la fac de droit. Tu n'auras pas besoin d'entrer dans l'université : attends-moi au coin de chez le glacier, si tu veux bien. Comme prévu, la *posada* aura lieu chez Rouaix, du moins la première, c'est-à-dire maintenant ; je suis bien décidée à ne pas y aller, mais va savoir si au dernier moment...

En tout cas, étant donné que nous allons peu

nous voir, je veux que tu m'écrives, Alex, parce que sinon moi non plus je ne t'écrirai pas, et si tu n'as rien à me dire, envoie-moi une feuille blanche ou bien dis-moi cinquante fois la même chose, au moins j'aurai la preuve que tu te souviens de moi...

Bon, je t'embrasse et t'envoie toute ma tendresse.

Ta
Frieda

Excuse les revirements d'encre.

*

19 décembre 1923

(...) Je suis en colère parce qu'on m'a punie à cause de cette idiote de Cristina, tout ça parce que j'ai flanqué une rouste à cette morveuse (elle m'avait chipé des trucs) et qu'elle s'est mise à beugler pendant une demi-heure. Résultat : je me suis pris une raclée de première et on ne m'a pas laissée aller à la *posada* d'hier, et maintenant c'est tout juste si on me laisse sortir dans la rue. Du coup, je t'écris à toute vitesse, mais je t'écris quand même pour que tu voies que je ne t'oublie pas, même si j'en ai gros sur le cœur. Imagine un peu : je peux pas te voir, je suis punie et j'ai passé la journée à ne rien faire, tellement je suis en pétard. Tout à l'heure, j'ai demandé à maman de me laisser aller jusqu'à la place pour m'acheter une friandise et j'en ai profité pour aller à la poste... histoire de t'écrire.

Reçois plein de baisers de ta petite à qui tu manques.

Salue pour moi Carmen James et Chong Lee (s'il te plaît).

Frieda

22 décembre 1923

Alex,

Hier je n'ai pas pu t'écrire car il était tard quand on est rentrés de chez les Navarro, mais à présent j'ai du temps pour toi. Hier soir le bal n'était pas extra-ordinaire, c'est le moins qu'on puisse dire, mais bon, on trouve toujours moyen de s'amuser un peu. Ce soir, il y a une *posada* chez Mme Roca, j'irai dîner là-bas avec Cristina, ça risque d'être bien parce qu'il y aura des tas de jeunes gens, et la maîtresse de maison est très sympathique. Je t'écrirai demain pour te raconter comment c'était.

Chez les Navarro, je n'ai pas beaucoup dansé car je n'étais pas d'humeur. C'est avec Rouaix que j'ai le plus dansé, les autres me tapaient sur le système.

Il y a une autre *posada* au programme chez les Rocha, mais va savoir si on ira...

Écris-moi, ne sois pas méchant.

Des tas de baisers de
Ta Frieda

On m'a prêté *Le Portrait de Dorian Gray*. Envoie-moi, s'il te plaît, l'adresse de Guevara, pour lui envoyer sa Bible.

*

1er janvier 1924

Mon Alex,

(...) Où avez-vous passé le Nouvel An, finalement ? Moi, je suis allée chez les Campos. C'était moyen, car on a passé presque tout le temps à prier et ensuite j'avais tellement sommeil que je me suis endormie et je n'ai pas du tout dansé. Ce matin, j'ai communié et j'ai prié Dieu pour vous tous...

Figure-toi qu'hier après-midi je suis allée me confesser et j'ai oublié trois péchés, et pas des moindres, mais j'ai quand même communié, alors maintenant je sais pas trop quoi faire. C'est que je me suis mis en tête de ne pas croire en la confession, du coup, j'ai beau vouloir, j'arrive plus à me confesser comme il faut. Une vraie bourrique, pas vrai ?

Bon, mon amour, comme tu peux le constater, je t'écris. C'est sûrement la preuve que je ne t'aime pas, mais alors pas du tout.

Frieda

Excuse-moi de t'écrire sur un papier tellement nunuche, mais Cristina me l'a échangé contre des feuilles blanches ; j'ai regretté après coup, mais trop tard. (Il n'est pas non plus si moche.)

*

12 janvier 1924

Mon Alex,

(...) Pour l'inscription à l'école, ça va être une galère : il paraît que ça commence le 15 de ce mois et que c'est un vrai sac de nœuds. Sauf que ma mère refuse que j'aille m'inscrire tant que le calme n'est pas revenu[1]. Bref, je n'ai aucun espoir d'aller à Mexico, je vais devoir rester au village. Qu'est-ce que

---

1. À la fin de l'année 1923, une révolte éclate contre le président Álvaro Obregón. Au moment où Frida écrit cette lettre, la ville de Mexico est le théâtre de nombreux affrontements.

tu sais de la révolte ? Raconte-moi, histoire que je sois au courant de ce qui se passe pendant que je suis coincée ici (...) Tu vas me répondre que je n'ai qu'à lire le journal, mais ça me fatigue à l'avance, alors je lis d'autres choses. J'ai trouvé quelques très beaux livres sur l'art oriental. Voilà ce que lit ta Friducha en ce moment.

Bon, mon tout beau, comme je n'ai plus de papier et que je vais finir par t'ennuyer avec mes bêtises, je te dis au revoir et je t'envoie 1 000 000 000 000 de baisers (si tu me le permets), sans faire de bruit, sinon San Rafael[1] va se mettre dans tous ses états. Écris-moi et raconte-moi ce que tu deviens.

Ta Frieda

PS : Passe le bonjour de ma part à Reynilla si tu la vois. Excuse-moi pour mon écriture infecte.

---

1. Le quartier dans lequel vivait Alejandro Gómez Arias.

Lettres à Miguel N. Lira

20 janvier 1924

Cher Chong Leesito,

Tu ne m'a pas écrit mais moi, je le fais, pour que tu voies que je me souviens de mes bons copains.

Si tu savais comme je suis triste dans ce village désolé.

Je suis allée deux fois à la fac de droit et Pulquito m'a dit que le matin tu brilles par ton absence, du coup ça fait un bail que je ne t'ai pas vu.

Parle-moi un peu d'Orozco Muñoz et de toutes les aventures du passé et du présent. Je plane de ce côté du monde, alors tiens-moi un peu au courant.

Parfois, je me dis : « Tu ferais mieux d'aller te recoucher. » Mais j'ai beau fermer les yeux pour ne pas voir les plaines et rien que les plaines de mon village, rien à faire : l'éducation avant tout, et il faut garder l'illusion qu'on ressemble un tant soit peu à un (ne pa posible la traduction[1]). (Je ne sais pas comment ça s'écrit.)

Bon, Chong Lee, j'espère que tu vas me répondre

1. En français et ainsi orthographié dans le texte original. (*N.d.l.T.*)

(à la poste restante). En attendant, reçois toute la tendresse de ton amie et ta sœur qui t'aime.

Frieda

*

27 janvier 1924

Chong Lee,

J'ai reçu ta lettre, l'autre jour, et je suis ravie.

Excuse de ne t'écrire que maintenant, mais c'est que je n'ai pas pu sortir. Au fait, Chong Lee, quand est-ce que tu viens au village, hein ? Sérieusement, dis-moi quand tu vas venir avec Alex, histoire qu'on aille faire un tour, et tu amènes Carmen Jaimes. Je t'en prie, ne dis pas que tu ne viendras pas, ça reviendrait à dire que tu ne m'aimes plus.

Dis aussi à Pulques de venir. En une semaine, vous allez bien trouver le fric, ça n'est quand même pas au-dessus de vos forces.

Bon, je pars à la messe et je vais bien prier pour vous.

J'ai reçu un mot très gentil de ta petite sœur.

Frieda

Lettres à Alejandro Gómez Arias

16 avril 1924

(...) Les exercices de la retraite étaient très beaux parce que le prêtre qui les a dirigés était très intelligent, presque un saint. Pendant la communion générale, on nous a donné la bénédiction papale et de nombreuses indulgences ont été distribuées, toutes celles qu'on voulait. Moi, j'ai prié pour ma sœur Maty[1] et, comme le prêtre la connaît, il a dit qu'il prierait lui aussi pour elle. J'ai également prié Dieu et la Vierge pour que tu ailles bien et que tu m'aimes toujours, et puis aussi pour ta mère et ta petite sœur (...).

*

Jour des Gringos (4 juillet) 1924

(...) Je ne sais plus quoi faire pour me trouver un travail, car c'est la seule façon pour moi de te voir comme avant, tous les jours, à l'école.

*

1. La sœur de Frida Kahlo s'était enfuie de la maison en 1923, en compagnie de son fiancé.

(...) Je suis triste et je m'ennuie dans ce village. Il est assez pittoresque, d'accord, mais il manque un *je-sais-qui* qui chaque jour se rend chez les Ibéro-Américains[1] (...).

*

Alejandrito,

On m'a dit que tu étais très triste et préoccupé par une invention de radiotéléphonie sans fil, parce que tu as des maux de tête la nuit. Alors je t'envoie ce médicament, d'accord ?

[*Deux petits dessins : un jeune homme face à un haut-parleur et elle, debout.*] Mon dernier portrait. Je donne un concert et toi, tu l'écoutes sur ton appareil. Ondes aériennes.

[*Dessin : un tramway avec son conducteur et des petites filles qui essaient de grimper dans le véhicule en marche. Dans le fond, des maisons.*] Reynita et moi en passagères clandestines sur un Peralvillo. C'est une magnifique photo, comme tu les aimes. Voilà comment on voyait les maisons. Des petites filles qui vont tomber.

[*Dessin : des tas de livres, une petite souris et un personnage face à une étagère.*] Voilà comment je me vois quand tu nageras dans le bonheur. Ce n'est pas du nougat, ce sont des livres. Petite souris nichée dans un livre d'Anatole France. Toi en train de lire don Ramón Barbe de Bouc[2].

Ton amie,
Frideita

1. Référence à la Bibliothèque ibéro-américaine du ministère de l'Éducation.
2. Ramón del Valle-Inclán.

*

Alex,

Cet après-midi, quand tu as téléphoné, je n'avais pas pu être chez le laitier à trois heures et demie pile ; on est bien venu me chercher, mais quand je suis arrivée le téléphone était raccroché et je n'ai pas pu te parler. Pardonne-moi, Alex, mais ce n'était pas ma faute.

En fait, j'ai vraiment passé un sale après-midi : en sortant de chez le dentiste, je suis allée m'acheter une sucette chez « La Carmela », tu te souviens, là où on en a acheté la dernière fois, et au moment où j'étais en train de payer, Rouaix est entré, il m'a poussée et j'ai cassé une vitre du comptoir. Du coup, on est tous les deux embarqués dans cette histoire et on doit payer 2,50 chacun. Sauf qu'il part le 1er du mois aux USA. Alors il m'a dit que j'avais qu'à me débrouiller toute seule, que l'addition était pour moi. Lui, il va se la couler douce et moi, je vais crouler sous les dettes, qu'est-ce que tu dis de ça ? Dis donc, dans dix jours il va y avoir un bal chez ta copine Chelo, un bal masqué, donc il va falloir que je me trouve un costume et ce sera le prétexte rêvé pour aller faire un tour avec le propriétaire de Panchito Pimentel[1], n'est-ce pas ?

Si je ne peux pas te voir ces jours-ci, viens faire un tour dans le coin ; mercredi, téléphone-moi dans l'après-midi, à trois heures et demie, je serai là sans faute, d'accord ? Mais d'abord, réponds à ma lettre

---

1. Par « Panchito Pimentel », Frida Kahlo désigne les parties génitales masculines.

36

le plus vite possible, frangin, sinon je vais finir par croire que tu t'es fait avoir par la jeune femme qui t'a demandé si la demoiselle du train s'était fait zigouiller. Quelle horreur. Tout ce temps sans se parler et ô surprise !

Il est huit heures du soir. Je vais lire *Salammbô* jusqu'à dix heures et demie, ensuite la Bible en trois tomes, et pour finir je réfléchirai à un tas de problèmes scientifiques avant de me mettre au lit, pour dormir jusqu'à sept heures et demie du matin, qu'est-ce que tu en dis ? À demain, je nous souhaite de passer une bonne nuit et n'oublions pas que les grands amis doivent s'aimer des masses, des masses, des masses, des masses, des masses, des masses, des masses, des masses... avec un *m* comme monde ou comme musique.

Prémisse majeure – Les grands amis doivent s'aimer des masses.

Prémisse mineure – Alex et Frieducha sont de grands amis.

Conclusion – Alex et Frieducha doivent s'aimer des masses.

Note : 4/10. *M. Cevallos*

Un baiser, sans vouloir trop mettre en émoi Pancho Pimentel, hein ?

Une demoiselle qui t'aime plus que jamais.

Frieda

[*Petit dessin de sa tête sur un piédestal.*] Statue en l'honneur de ta copine. Tu as vu cette tête minuscule ? Un peu plus et j'étais décapitée à la naissance.

[*Dessin d'un cœur transpercé par une flèche.*] I love you very much, etc., kisses.

*

[*Un dessin représentant une tête de femme.*]

Ne l'arrache pas, elle est très jolie... En observant bien cette petite poupée, tu pourras constater mes progrès en dessin, pas vrai ? À présent tu sais que je suis un prodige question art ! Alors fais bien gaffe aux chiens qui viendront coller leur nez sur cette admirable étude psychologique et artistique d'un « *pay Chekz* » (*one* ideal). Ne l'abîme pas, elle est tellement jolie.

[*Elle dessine un chat accroupi, de dos.*] Other type idéal.

*

Jeudi 25 décembre 1924

Mon Alex,

Dès que je t'ai vu, je t'ai aimé. Qu'en dites-vous, monsieur ? Comme on ne va probablement pas se voir durant plusieurs jours, je me permets de te supplier de ne pas oublier ta jolie petite femme, hein ?... Parfois, la nuit, j'ai très peur et je voudrais tant que tu sois avec moi pour m'empêcher d'être aussi froussarde et pour me dire que tu m'aimes pareil qu'avant, pareil qu'en décembre dernier, même si je suis une « chose facile », pas vrai, Alex ? Tu dois apprendre à aimer les choses faciles... J'aimerais être encore plus facile, une toute petite chose minuscule qui tiendrait dans ta poche pour toujours, toujours... Alex, écris-moi régulièrement et, même si ce n'est pas vrai, dis-moi que tu m'aimes beaucoup et que tu ne peux pas vivre sans moi...

Ta petite, ta morveuse, ta femme ou tout ce que tu voudras.

Frida

Samedi je t'apporterai ton pull et tes livres et des tas de violettes parce qu'il y en a plein à la maison...

*

Réponds-moi, réponds-moi, réponds-moi, réponds-moi, réponds-moi.

Tu connais la nouvelle ? Fini les coupes à la garçonne.

1er janvier 1925

Mon Alex,

Aujourd'hui à onze heures, j'ai récupéré ta lettre, mais je ne t'ai pas répondu tout de suite ; comme tu pourras le comprendre, impossible d'écrire ou de faire quoi que ce soit quand il y a foule en la demeure. Il est dix heures du soir à présent et me voilà toute seule avec moi-même, le moment est donc venu de te raconter ce que je pense. (Bien que dans ma main gauche je n'aie pas de ligne de tête. S. Mallén[1].)

Concernant ce que tu me dis sur Anita Reyna, je vais pas monter sur mes grands chevaux, bien sûr, d'abord parce que tu ne dis que la stricte vérité quand tu affirmes qu'elle est et qu'elle sera toujours

1. Rubén Salazar Mallén (1905-1986). Avocat, journaliste, enseignant et écrivain mexicain. Alejandro Gómez Arias se maria avec sa sœur : Teresa Salazar Mallén.

belle et mignonne comme tout, et ensuite parce que j'aime tous les gens que tu aimes ou que tu as aimés (!) pour la simple raison que tu les aimes. Néanmoins, je n'ai pas trop apprécié cette histoire de caresses, parce que j'ai beau comprendre qu'elle est belle comme un cœur, je ressens comme... comment te dire... comme de la jalousie, tu vois ? Et c'est plutôt naturel. Le jour où tu auras envie de la caresser, même si elle est conforme à mon souvenir, tu me caresses moi et tu imagines que c'est elle, d'accord mon Alex ? Tu vas me trouver bien prétentieuse, mais je ne vois pas d'autre solution pour me consoler. Même s'il existe une Anita Reyna fort mignonne, je sais qu'il existe aussi une Frida Kahlo non moins mignonne et qu'elle est du goût d'Alejandro Gómez Arias, d'après lui et d'après elle. Pour le reste, Alex, j'ai adoré que tu sois aussi sincère avec moi, que tu me dises que tu l'avais trouvée jolie et qu'elle, elle t'avait jeté son sempiternel regard de haine ; tu te la joues perdant, comme à ton habitude, et tu te souviens avec tendresse de ceux qui à ton sens ne t'ont jamais aimé... chose qui m'arrivera probablement un jour, à moi qui t'ai aimé comme personne, mais comme tu es un vrai bon copain, tu vas m'aimer même en sachant que je t'aime beaucoup, pas vrai, Alex ?

Tu sais quoi, frangin ? Maintenant qu'on est en 1925, on va s'aimer beaucoup, hein ? Excuse-moi de répéter autant le mot « aimer », cinq fois de suite, tu vois comme je suis bête. Tu ne voudrais pas qu'on mette au point notre voyage aux *United States* ? On pourrait partir en décembre prochain, qu'est-ce que tu en penses ? Ça nous laisse le temps de tout régler. Dis-moi le pour et le contre à ton avis, et surtout si tu peux y aller. Parce que, vois-tu, Alex, il faudrait que l'on fasse quelque chose de nos vies, tu ne crois pas ? On ne va quand même pas passer notre temps comme des idiots à Mexico. Pour moi, rien n'est plus beau que de voyager, et il m'est insupportable de penser que je manque de force de volonté pour faire ce que je te dis. Tu pourras objecter que la force de volonté ne suffit pas, qu'on a surtout besoin de la force du fric ; mais en travaillant toute une année on en rassemblera suffisamment ; quant au reste, c'est un jeu d'enfants, tu ne crois pas ? Mais comme, à dire vrai, je ne maîtrise pas toutes ces choses-là, il faudrait que tu me dises quels sont les avantages et les inconvénients et si les gringos sont à ce point méprisables. Comprends bien que dans tout ce que je t'ai écrit jusqu'à *this* ligne, il y a pas mal de châteaux en Espagne, alors il faut m'ôter mes illusions une bonne fois pour toutes et m'empêcher d'aller voir au-delà du bien et du mal. (Je fais une sacrée andouille, pas vrai ?)

À minuit j'ai pensé à toi, mon Alex. Toi non ? C'est que mon oreille gauche a sifflé. Bon, comme on dit, « nouvelle année, nouvelle vie » : ta petite femme ne sera plus cette canaille à trois francs six sous que tu as connue jusque-là, mais la chose la plus douce et la meilleure qui ait jamais existé, pour que tu la dévores de baisers.

Ta petite qui t'adore,

Friduchita

Réponds-moi et envoie-moi un baiser.

(Très bonne et heureuse année à ta mère et à ta sœur.)

*

25 juillet 1925

(...) Quoi de neuf à Mexico ? Qu'est-ce que tu deviens ? Raconte-moi tout ce qui te passe par la

41

tête, vu qu'ici ce ne sont que des pâturages à perte de vue, et des Indiens et encore des Indiens, et des cahutes et encore des cahutes, et pas moyen d'échapper à ça. Crois-moi ou non, j'en ai ma claque, avec un *c* comme cafard... Quand tu viendras, pour l'amour de Dieu, apporte-moi de quoi lire, parce que je suis de plus en plus inculte. (Excuse-moi d'être aussi fainéante.)

*

1er août 1925

(...) Dans la journée, je travaille à l'usine dont je t'ai parlé, en attendant de trouver mieux. Tu peux imaginer comment je me sens, mais que veux-tu que j'y fasse ? Même si ce travail ne m'intéresse absolument pas, impossible d'en changer pour l'instant. Il faudra bien que je m'y habitue...

Je suis malheureuse à un point... mais, vois-tu, on ne fait pas toujours ce qu'on veut, alors à quoi bon en parler (...).

*

Mardi 13 octobre 1925[1]

Mon Alex adoré,

Tu sais mieux que personne ma tristesse d'être dans ce sale hôpital, tu peux parfaitement l'imaginer et les autres ont dû te le raconter. Tout le monde me dit de prendre mon mal en patience, mais ils n'ont

1. Le 17 septembre, le bus dans lequel ont pris place Frida Kahlo et Alejandro Gómez Arias entre en collision avec un tramway. Frida est très gravement blessée.

pas idée de ce que représentent les trois mois au lit qu'on m'a imposés, alors que j'ai passé ma vie à battre le pavé, mais bon, on n'y peut rien. Au moins, je mange pas les pissenlits par la racine. Tu n'es pas d'accord ?

Je te laisse deviner mon angoisse de n'avoir pas su comment tu allais, ni ce jour-là ni le lendemain. Après mon opération, j'ai vu débarquer Salas et Olmedo. Quel plaisir de les voir ! Surtout Olmedo, je t'assure. Je leur ai demandé de tes nouvelles et ils m'ont répondu que c'était douloureux, mais rien de grave. Tu n'imagines pas comme j'ai pleuré, Alex, en pensant à toi, et aussi parce que j'avais mal. Autant que tu le saches : durant les premiers soins, j'avais les mains comme du papier et je transpirais à grosses gouttes tellement ma blessure me faisait mal... Ça m'a transpercé la hanche. Un peu plus et j'étais réduite en miettes pour toute la vie ou bien j'y laissais la peau, mais tout ça c'est du passé : une de mes plaies s'est refermée et le docteur a dit que l'autre en ferait de même bientôt. On a dû t'expliquer ce que j'avais, n'est-ce pas ? Il faut attendre que ma fracture du pelvis se résorbe, que mon coude se remette en place et que les petites blessures que j'ai au pied cicatrisent, ce n'est plus qu'une question de temps...

J'ai reçu la visite d'une « foultitude de foules » et d'une « nuée tombée des nues », même Chucho Ríos y Valles a demandé de mes nouvelles à plusieurs reprises au téléphone et il paraît qu'il est venu une fois, mais moi, je ne l'ai pas vu... Fernández continue à me filer mon oseille[1] et voilà que je suis de plus en plus douée pour le dessin ; il dit que quand

---

1. Fernando Fernández : imprimeur chez qui Frida Kahlo débute un apprentissage en 1925, peu avant son accident.

j'irai mieux, il va me payer 60 par semaine (du pur sirop de bouche, mais bon). Les gars du village passent me rendre visite tous les jours et M. Rouaix a même pleuré, le père, hein, pas le fils, ne va pas te méprendre, bref, j'en passe et des meilleures...

Mais je donnerais n'importe quoi pour que ce soit toi qui viennes un jour, au lieu de voir défiler tout Coyoacán et sa ribambelle de vieilleries. Je crois que le jour où je te verrai, Alex, je vais t'embrasser, sois-en sûr ; plus que jamais j'ai compris à quel point je t'aime de tout mon cœur et je ne t'échangerais contre personne ; comme tu vois, il est toujours utile de souffrir.

En plus d'avoir été physiquement amochée, encore que, comme je l'ai dit à Salas, je ne crois pas que ce soit si grave, j'ai beaucoup souffert moralement, car tu sais à quel point ma mère va mal, tout comme mon père d'ailleurs, et le coup que je leur ai porté m'a fait plus mal que quarante blessures. Figure-toi que ma pauvre maman dit qu'elle a passé trois jours à pleurer comme une folle ; quant à mon père, lui qui allait bien mieux, il est au plus mal. Ma mère est venue seulement deux fois depuis que je suis ici, c'est-à-dire depuis vingt-cinq jours, aujourd'hui inclus, mais j'ai l'impression que ça fait mille ans ; et mon père seulement une fois. Je veux rentrer chez moi le plus vite possible, mais il va falloir attendre que mon inflammation disparaisse totalement et que toutes mes blessures cicatrisent, parce que si ça s'infecte je risque de passer... un sale quart d'heure, tu comprends ? De toute façon, je crois que ça ne prendra pas plus d'une semaine... et quoi qu'il arrive, je t'attends en comptant les heures, où que je sois, ici ou chez moi. Si seulement je te voyais, tous ces mois au lit passeraient beaucoup plus vite.

Écoute, mon Alex, si tu ne peux pas venir, au moins écris-moi, tu n'imagines pas comme ta lettre m'a aidée à me sentir mieux, je crois que je l'ai lue deux fois par jour depuis que je l'ai reçue et j'ai toujours l'impression que c'est la première fois que je la lis.

J'ai des tas de choses à te raconter, mais je ne peux pas te les écrire parce que je suis encore faible, ça me fait mal aux yeux et à la tête quand je lis ou quand j'écris trop, mais bientôt tu sauras tout.

Pour parler d'autre chose, j'ai une de ces faims, mon pote, je te raconte pas... mais on ne me fait avaler que des cochonneries. Quand tu viendras, apporte-moi des bonbons et un bilboquet comme celui qu'on a perdu l'autre jour.

Ta copine qui est devenue maigre comme un fil de fer.

Friducha

(Je suis vraiment triste pour l'ombrelle.) La vie commence demain... !

– Je t'adore –

*

Mardi 20 octobre 1925

Mon Alex,

Samedi à une heure, je suis arrivée au village. Ce cher Salas m'a vue sortir de l'hôpital et il a dû te raconter le parcours du combattant, n'est-ce pas ? On m'a ramenée tout doucement, ce qui ne m'a pas empêchée d'avoir pendant deux jours une inflammation qui m'a fait voir trente-six chandelles, mais ça me fait du bien d'être chez moi, auprès de ma maman. Je vais t'expliquer tout ce que j'ai, sans omettre aucun détail comme tu me le demandes dans ta lettre. D'après le docteur Díaz Infante, qui s'est occupé de moi à la Croix-Rouge, le gros du danger est passé et je vais plus ou moins bien m'en sortir. J'ai le pelvis dévié et fracturé du côté droit, plus une luxation et une petite fracture, ainsi que des plaies dont je t'ai parlé dans mon autre lettre : la plus grande m'a traversée de la hanche jusqu'au milieu des jambes ; et sur les deux, l'une s'est refermée et l'autre mesure deux centimètres de large sur un et demi de profondeur, mais je crois qu'elle va bientôt se refermer ; mon pied droit est plein d'égratignures assez profondes et mon autre problème, c'est qu'on est le 20 et que F. Lune[1] n'est pas venue me rendre visite, ce qui est extrêmement inquiétant. Le docteur Díaz Infante (qui est un amour) ne veut pas continuer à me soigner : il dit qu'il habite trop loin de Coyoacán et qu'il ne peut pas abandonner un patient pour venir à mon chevet dès que je l'appelle ; il a donc été remplacé par Pedro Calderón, de Coyoacán. Tu te souviens de lui ? Bon, étant donné que chaque docteur a un avis différent sur la même maladie, Pedro a bien évidemment trouvé que tout allait à merveille chez moi, sauf le bras : il se demande si je pourrai le tendre à nouveau, car l'articulation est en bon état mais le tendon est contracté, ce qui m'empêche de déplier le bras vers l'avant, et si jamais je peux y arriver un jour, ce sera à force de massages, de bains d'eau chaude et de patience. Tu n'imagines pas à quel point j'ai mal ; chaque fois qu'on me tire d'un côté, ça me fait monter des litres de larmes, même s'il ne faut croire ni les chiens qui boitent ni les femmes

1. Frida Kahlo désigne par « F. Lune » sa menstruation.

qui pleurent, à ce qu'on dit. J'ai aussi très mal au pied, mais rien d'étonnant à ça : il est en bouillie ; et en plus ça me lance horriblement dans toute la jambe ; je me sens mal, comme tu peux t'en douter, mais il paraît qu'avec du repos ça va cicatriser et que petit à petit je pourrai remarcher.

Et toi, comment vas-tu ? Moi aussi je veux connaître tous les détails, vu que là-bas, à l'hôpital, je ne pouvais rien demander aux garçons, et maintenant, ça va être encore plus compliqué de les voir, je ne sais pas s'ils voudront venir chez moi... et toi non plus, tu ne dois pas en avoir très envie... Surtout n'aie pas honte devant ma famille, et encore moins devant ma mère. Demande à Salas, il te dira comme Adriana et Mati sont gentilles. En ce moment, Mati ne me rend pas très souvent visite parce que ça contrarie ma mère ; le jour où elle vient, maman ne met pas un pied dans la maison. La pauvre, elle qui a été si bonne avec moi cette fois-ci, mais tu sais que les gens ont des idées bien arrêtées et on n'y peut rien, il faut faire avec. Enfin bref, si tu continues à m'écrire mais que tu ne viens pas me voir, je trouverai ça injuste, rien ne me ferait plus de peine au monde. Tu peux venir avec les garçons un dimanche, ou un autre jour si tu préfères, ne sois pas méchant, mets-toi juste à ma place : j'en ai pour cinq (5) mois de calvaire et, pour couronner le tout, je m'ennuie à crever, parce que, en dehors du paquet de vieilles qui viennent me rendre visite et des petits morveux du coin, qui de temps en temps se rappellent que j'existe, je reste seule comme une âme en peine, ce qui n'est pas fait pour apaiser mes souffrances. La seule qui reste avec moi, c'est Kity, et tu la connais, pas besoin de te faire un dessin ; je dirai à Mati de venir le jour où vous viendrez, vu qu'elle connaît déjà les garçons, en plus elle est très gentille, et Adriana pareil ; quant au Blondinet[1], il n'est pas là, mon père non plus, ma mère ne me dit rien, alors je vois pas pourquoi tu aurais honte puisque tu n'as rien fait. Tous les jours, on me transporte dans mon lit jusqu'au couloir, parce que Pedro Calderas[2] veut que je prenne l'air et le soleil, donc je ne suis pas enfermée comme dans ce satané hôpital.

Bon, mon Alex, je sens que je te fatigue alors je te dis au revoir et à très bientôt j'espère, d'accord ? N'oublie pas le bilboquet et mes friandises. Je te préviens : maintenant que j'ai retrouvé l'appétit, je veux avaler du consistant.

Le bonjour chez toi et, s'il te plaît, dis aux garçons de ne pas me faire le sale coup de m'oublier maintenant que je suis rentrée à la maison.

Ta petite
Friducha

*

Lundi 26 octobre 1925

Alex,

Je viens de recevoir ta lettre et, j'avais beau l'attendre depuis longtemps, elle a soulagé beaucoup de mes douleurs. Imagine un peu : dimanche, à neuf heures, on m'a chloroformée pour la troisième fois, pour abaisser le tendon de mon bras, qui était contracté, comme je te l'ai déjà expliqué ; mais à dix heures l'effet du chloroforme avait disparu, et j'en ai bavé jusqu'à six heures du soir ; là, on m'a injecté du Sedol, mais sans effet, les douleurs ont

1. Probablement Alberto Veraza, le mari de sa sœur Adriana.
2. Il s'agit du docteur Pedro Calderón.

continué, quoiqu'un peu moins fort ; après, on m'a donné de la cocaïne et ça m'a un peu passé, mais j'ai eu des nosées (je sais pas comment ça s'écrit) toute la journée, j'ai vomi du vert, rien que de la bile, parce que figure-toi que le lendemain du jour où Mati est venue me voir, c'est-à-dire samedi soir, maman a fait une crise, c'est moi la première qui l'ai entendue hurler et, comme je dormais, j'ai oublié un instant que j'étais malade et j'ai voulu me lever, mais j'ai senti une douleur atroce au niveau des reins et une angoisse tellement abominable que tu ne peux même pas l'imaginer, Alex, je voulais me mettre debout mais j'en étais incapable, alors j'ai crié pour appeler Kity, ça m'a fait du mal et maintenant je suis sur les nerfs. Je te disais donc que j'ai passé la nuit dernière à vomir, je me sentais horriblement malade. Villa est venu me voir mais on ne l'a pas laissé entrer dans ma chambre car je souffrais trop. Verastigué aussi est venu, mais lui non plus je ne l'ai pas vu. Ce matin, au réveil, j'avais une inflammation là où je me suis fracturé le pelvis (je déteste ce mot), je ne savais plus quoi faire, dès que je buvais de l'eau, je la vomissais, parce que j'avais l'estomac en feu d'avoir tant hurlé hier. Maintenant, j'ai seulement mal à la tête mais, tu peux me croire, j'en ai marre de passer tout ce temps au lit et toujours dans la même position ; j'aimerais arriver à m'asseoir, petit à petit, mais c'est peine perdue.

Les gens qui me rendent visite sont plutôt nombreux, mais ça ne représente même pas un tiers de ceux que j'aime le plus ; un tas de vieilles et de jeunes filles qui viennent plus par curiosité que par amitié ; quant aux garçons, tu peux imaginer qui ils sont... Mais même quand je suis avec eux je m'ennuie ; ils fouillent dans tous les tiroirs, ils veulent m'apporter un tourne-disque ; figure-toi que la blonde Olaguíbel m'a apporté le sien et samedi, Lalo Ordóñez est rentré du Canada, il a ramené des disques vraiment chouettes des États-Unis, mais je ne supporte pas plus d'un morceau, au deuxième, j'ai mal au crâne ; les Galán viennent presque tous les jours, ainsi que les Campos, les Italiens, les Canet, et cetera, tout Coyoacán ; parmi les plus sérieux, il y a Patiño et Chava, qui m'apporte des livres comme *Les Trois Mousquetaires*, et cetera, tu imagines comme ça me fait plaisir ; j'ai déjà dit à ma mère et à Adriana que je veux que vous veniez, vous, c'est-à-dire toi et la bande (j'oubliais)... Écoute-moi bien, Alex, je veux que tu me dises quand tu vas venir, pour mettre à la porte toutes les emmerdeuses qui voudront débarquer ce jour-là, parce que c'est avec toi que je veux parler, avec toi et personne d'autre. S'il te plaît, dis à Chong Lee (le prince de Mandchourie) et à Salas que j'ai très envie de les voir, eux aussi, alors qu'ils arrêtent de se faire prier ; pareil pour Reyna, sauf que je ne voudrais pas qu'elle se pointe le même jour que toi, parce que devant elle je ne me sentirais pas libre de vous parler, à toi et aux garçons ; mais si c'est plus facile de venir avec elle, tu sais que pour te voir je suis même prête à recevoir la *puper* Dolores Ángela...

Alex, viens vite, le plus vite possible, ne sois pas méchant avec ta petite qui t'aime tant.

Frieda

*

5 novembre 1925

Alex,

Tu vas dire que je ne t'ai pas écrit parce que je t'ai oublié, mais pas du tout ; la dernière fois que tu es venu, tu m'as dit que tu reviendrais très vite, un de ces jours, n'est-ce pas ? Depuis, je n'ai fait qu'attendre ce jour qui n'est toujours pas venu...

Pancho Villa est passé dimanche, mais F. Lune n'arrive toujours pas et je suis en train de perdre espoir. Je suis enfin assise dans un fauteuil et le 18 on va probablement me mettre debout, mais je n'ai la force de rien, alors va savoir ce qui va m'arriver ; mon bras n'a pas bougé (ni en avant ni en arrière), je suis bougrement désespérée avec un *d* comme dentiste.

Viens me voir, allez, sois gentil, c'est à peine croyable : maintenant que j'ai le plus besoin de toi, voilà monsieur qui joue la fille de l'air. Dis à Chong Lee de se souvenir de Jacobo Valdés, qui a si joliment dit que c'est au lit et en prison qu'on reconnaît ses amis. Quant à toi, je t'attends et toujours... Si tu ne viens pas, c'est que tu ne m'aimes plus du tout, pas vrai ? Quoi qu'il en soit, écris-moi et reçois toute la tendresse de ta sœur qui t'adore.

Frieda

*

12 novembre 1925

(...) Dimanche, à sept heures, il y aura probablement une messe pour rendre grâce à Dieu de m'avoir gardée en vie. Ce sera ma première sortie ; mais ensuite, je veux aller dans la rue, ne serait-ce que pour faire quelques pas. Tu aimerais peut-être qu'on aille faire un tour ensemble dans le village, qu'est-ce que tu en dis ?

*

Mon Alex adoré,

Si tu savais dans quel état je suis... Figure-toi que ma mère a fait une crise et moi, j'étais avec elle ; Cristina avait décampé quand tu es arrivé, et cette bonne de malheur t'a dit que je n'étais pas là ; je suis dans une de ces rages... J'avais tellement envie de te voir, d'être un moment seule avec toi, comme nous ne l'avons pas été depuis longtemps, que je brûle de lui en dire des vertes et des pas mûres, à cette maudite bonniche ; je suis sortie sur le balcon pour t'appeler puis je l'ai envoyée te chercher, mais elle ne t'a pas trouvé, je n'avais plus que mes yeux pour pleurer...

Crois-moi, Alex, je veux que tu viennes me voir ou je vais faire un malheur ; je serre les dents, car le désespoir est pire que tout, pas vrai ? Je veux que tu viennes bavarder avec moi comme avant, oublie tout et viens me voir, pour l'amour de ta très sainte mère, et dis-moi que tu m'aimes, peu importe si c'est faux, d'accord ? (Ma plume a du mal avec toutes ces larmes.)

J'aimerais te raconter plein de choses, Alex, mais j'ai envie de pleurer, alors j'essaie de me persuader que tu vas venir... Pardonne-moi, mais ce n'est pas ma faute si tu es venu pour rien, mon Alex.

Écris-moi vite.

Ta chère Friducha

*

5 décembre 1925

(...) La seule bonne nouvelle, c'est que je commence à m'habituer à souffrir...

19 décembre 1925

Alex,

Hier, je suis allée toute seule faire un tour à Mexico ; je suis d'abord allée chez toi (je ne sais pas si c'était bien ou mal), parce que j'avais sincèrement envie de te voir. J'y étais à dix heures, mais pas toi ; je t'ai cherché jusqu'à une heure et quart dans les bibliothèques, au magasin, je suis retournée chez toi à quatre heures, mais tu n'étais toujours pas là ; je me demande bien où tu pouvais être. Ton oncle est toujours malade ou quoi ?

J'ai passé la journée avec Agustina Reyna ; à ce qu'elle dit, elle n'a pas envie de passer trop de temps avec moi parce que tu lui aurais dit qu'elle était pareille ou pire que moi, ce qu'elle considère comme le comble de la disgrâce, d'ailleurs je crois qu'elle a raison, et je me rends compte que « môssieu Olmedo » était dans le vrai lorsqu'il disait que je vaux pas un « clou », du moins pour tous ceux qui ont un jour prétendu être mes amis, car pour moi, naturellement, je vaux bien plus qu'un clou, je m'aime telle que je suis.

Elle dit que plus d'une fois tu lui as répété certaines choses que je t'avais confiées, des détails dont je ne lui avais jamais parlé, d'ailleurs il n'y avait aucune raison pour qu'elle soit au courant, et je me demande ce qu'il t'a pris de lui raconter tout ça. Le fait est que plus personne ne veut être mon ami parce que je suis tombée en disgrâce, mais ça, je n'y peux rien. Je serai donc l'amie de ceux qui m'aiment telle que je suis...

Et puis Lira a fait courir le faux bruit que je l'avais embrassé. J'arrête l'énumération, sinon je pourrais noircir des feuilles entières ; naturellement, au début, j'étais gênée, mais maintenant, tu veux que je te dise ? Je m'en fiche pas mal (c'est bien le problème).

Venant de n'importe qui, Alex, ça m'aurait fait une belle jambe, parce que *tout le monde* fait ça, tu comprends ? Mais jamais je n'oublierai que toi, que j'ai aimé plus que je ne m'aime, toi, tu m'as prise pour une Nahui Olin[1] ou une autre de son espèce, voire pire encore. Chaque fois que tu m'as dit que tu ne voulais plus m'adresser la parole, on aurait dit que tu te soulageais d'un poids. Et tu as osé, Alex, m'insulter en disant que j'avais fait certaines choses avec un autre le jour où je l'ai fait pour la première fois de ma vie, parce que je t'aimais comme personne d'autre au monde.

Je suis une menteuse car personne ne me croit, pas même toi ; voilà comment peu à peu et sans pertes ni fracas on finit par être mise à l'index. J'aimerais tout te dire, Alex, tout, parce que moi, oui, je crois en toi, mais toi, malheureusement, tu ne croiras jamais en moi.

Mardi, j'irai probablement à Mexico. Si tu veux me voir, je serai à onze heures devant la porte de la bibliothèque du ministère de l'Éducation. Je t'attendrai jusqu'à une heure.

Toute à toi,

Frieda

*

1. Nahui Olin : pseudonyme de Carmen Mondragón (1893-1978). Poète, peintre et modèle. Elle avait publiquement et à maintes reprises démontré son penchant pour l'amour libre.

(...) Pour rien au monde je ne peux cesser de te parler. Je ne serai pas ta fiancée, mais toujours je te parlerai, même si tu m'infliges les pires grossièretés... Je t'aime plus que jamais, à présent que tu t'en vas loin de moi...

Carte de 1926

LEONARDO

EST NÉ À LA CROIX-ROUGE
AU MOIS DE SEPTEMBRE DE L'AN DE GRÂCE 1925
IL A ÉTÉ BAPTISÉ DANS LA COMMUNE
DE COYOACÁN
L'ANNÉE SUIVANTE

SA MÈRE ÉTAIT
FRIDA KAHLO
SES PARRAINS
ISABEL CAMPOS
ET ALEJANDRO GÓMEZ ARIAS

Dédicace à Ángel Salas[1]

This dessin d'enfant est for my fichtrement
chouette frangin Ángel Salas.

Friducha

Coyoacán, District Fédéral, le 18 juillet. Mort of
the très vénérable B. Juárez.
F.K.

---

1. Musicien mexicain. Frida le rencontre lorsqu'ils sont étudiants. Dédicace écrite au dos d'une aquarelle de 1925.

Lettres à Alejandro Gómez Arias

13 mars 1926

(...) Tu m'as dit mercredi que l'heure était venue pour nous d'en finir et pour moi de suivre mon propre chemin. Tu crois que je n'en souffre pas, car bien des circonstances te laissent penser que je n'éprouve pas la moindre honte et, surtout, que je ne vaux rien et que je n'ai plus rien à perdre ; mais, je crois te l'avoir déjà dit, si à tes yeux je ne vaux rien, à mes yeux je vaux bien plus que d'autres filles, et libre à toi de me trouver prétentieuse. D'ailleurs, je te signale qu'un jour tu m'as accordé le titre de fille exceptionnelle (je me demande bien pourquoi). Pour ces raisons, je persiste à considérer comme une offense ce que, très sincèrement et pétri de bonnes intentions, tu me dis (...).

*

17 mars 1926

(...) Je t'ai attendu jusqu'à six heures et demie au couvent et je t'aurais bien attendu toute la vie, mais je devais rentrer de bonne heure à la maison (...) Puisque tu as été si bon avec moi, puisque tu es le seul à m'avoir aimée comme il se doit, je te demande de tout mon cœur de ne jamais m'abandonner. Tu me connais par cœur : pas question de compter sur mes parents. Bref, le seul qui pourrait s'occuper de moi, c'est toi, et voilà que tu me quittes car tu as imaginé le pire ; rien que d'y penser, j'en suis toute retournée. Tu dis que tu ne veux plus être mon fiancé (...) Mais qu'est-ce que tu veux donc faire de moi ? Où veux-tu que j'aille ? (Dommage que mon vœu de petite fille ne puisse pas se réaliser : tenir dans ta poche.) Tu ne veux pas l'avouer mais tu sais parfaitement que malgré les bêtises que j'ai faites avec d'autres, ils ne sont rien comparés à toi (...) Nous ne sommes pas près de nous oublier, nous pouvons être de bons fiancés, de bons époux, ne va pas prétendre le contraire, je t'en supplie (...) Tous les jours je t'attendrai à Churubusco jusqu'à six heures, tu finiras peut-être par comprendre et par avoir pitié de ta

Frieda

*

12 avril 1926

(...) Si un jour on se marie, tu en auras pour ton compte, comme si j'avais été faite sur mesure pour toi (...) Je ne connais pas de maison plus triste que la mienne...

*

21 août 1926

My Alex,
Malgré ce que you as pu penser hier soir, je suis pas one sale garce de ne pas avoir dit au revoir to

you, parce que j'ai eu beau faire, j'ai not pu sortir au quatrième top. Mais j'espère que you me pardonnera, or not ?

Si you want, demain vendredi, I verrai you in the night, in the little tree... pour nous livrer à l'amour...

I phonerai to quatre heures, d'ac ? (To you, bien sûr.)

J'ai besoin que you me dises plein de tas de fois... « don't be petit sanglot » – it's very sweet for me.

Me aime you very much. You le crois ?

Well, je te supplie de me pardonner pour hier, c'est la faute à my mom.

Your for ever,

Frieda
petit sanglot de Gómez Arias
ou vierge lacrimorum

C'est à cause du crève-cœur d'hier soir que you m'as pas écrit ?

One vent alizé maous puissant.

May bouche est restée là longtemps.

Je t'adore Alex.

Pour la bécasse verbi gratia (je prends deux pesos pour illustrer les lettres[1]).

*

28 septembre 1926

(...) D'accord, j'ai dit des tas de « je t'aime », j'ai eu des rendez-vous et j'en ai embrassé certains, mais dans le fond je n'ai aimé que toi. (...)

Le portrait[2] sera chez toi dans quelques jours.

1. Lettre couverte d'illustrations et de majuscules alambiquées.
2. *Autoportrait en robe de velours*, 1926.

Excuse-moi de te le donner sans cadre. Je te supplie de ne pas l'accrocher trop haut, pour que tu puisses le regarder comme si c'était moi. (...)

*

29 septembre 1926

(...) Pourquoi tu étudies autant ? Quels secrets cherches-tu ? La vie te le révélera sans crier gare. Moi, je sais déjà tout, sans lire ni écrire. Il y a peu, quelques jours à peine, j'étais une petite fille qui marchait dans un monde de couleurs, de formes dures et tangibles. Tout n'était que mystère, tout cachait quelque chose ; déchiffrer, apprendre, c'était un jeu plaisant. Si tu savais comme il est terrible de tout savoir soudain, comme si un éclair avait illuminé la terre. À présent, j'habite une planète douloureuse, transparente, comme de glace, mais qui ne cache rien ; c'est comme si j'avais tout appris en quelques secondes, d'un coup d'un seul. Mes amies, mes copines d'école sont devenues femmes petit à petit ; moi, j'ai vieilli en quelques instants. Aujourd'hui tout est mou et lucide. Je sais qu'il n'y a rien derrière, sinon je le verrais (...)

*

10 janvier 1927

Alex,

Je veux que tu viennes une bonne fois pour toutes, tu ne peux pas savoir combien j'ai eu besoin de toi tout ce temps et combien je t'aime chaque jour davantage.

Je vais comme d'habitude, c'est-à-dire mal...

toujours la même chanson. Je ne sais plus quoi faire, ça fait plus d'un an que je suis comme ça et j'en ai ras-le-bol d'être patraque, on dirait une vieille, je me demande bien comment je serai quand j'aurai trente ans, tu devras m'envelopper dans du coton à longueur de journée, et me porter à bout de bras : oubliée, la poche dont je t'avais parlé, car même en poussant fort je n'y entre plus.

Parle-moi un peu de ta balade à Oaxaca, le genre de belles choses que tu as vues, j'ai besoin que tu me racontes des trucs nouveaux, parce que moi, je suis née pour faire pot de fleurs, le couloir est mon terminus... Bordel de bourdon, si tu savais !!!!!! Tu vas me dire que je n'ai qu'à faire quelque chose d'utile, et cetera, mais j'en ai même pas envie, je ne suis bonne qu'à... jouer du pipeau, si tu vois ce que je veux dire. Cette pièce où j'ai ma chambre, j'en rêve toutes les nuits et j'ai beau retourner ça dans ma tête encore et encore, je ne sais pas comment gommer son image de mon cerveau (en plus, c'est un vrai bazar, et chaque jour un peu plus). Bon ! Que veux-tu que j'y fasse ? À part attendre, attendre... La seule à s'être souvenue de moi, c'est Carmen Jaimes, et encore, une seule fois, elle m'a juste écrit une lettre... personne, personne d'autre...

Moi qui ai si souvent rêvé de prendre la mer et de voyager ! Patiño me répondrait que c'est *one* ironie du destin. Ha ha ha ha ! (Ne ris pas.) Après tout, ça fait à peine dix-sept ans que je traîne ma carcasse dans ce village. Sûrement qu'un jour je pourrai dire : je ne fais que passer, je n'ai pas le temps de te parler. Et puis, après tout, connaître la Chine, l'Inde et d'autres pays, c'est secondaire... Avant toute chose, quand est-ce que tu viens ? Je ne crois pas nécessaire de t'envoyer un télégramme pour t'annoncer que je suis à l'agonie, n'est-ce pas ? Fais-moi le plaisir de te

magner : rien n'aura changé, mais tu auras droit à un
baiser de la même Frida de toujours...

Au fait, essaie de voir si dans ton entourage quelqu'un ne connaîtrait pas une bonne recette pour
blondir les cheveux (n'oublie pas).

Je suis avec toi, même à Oaxaca.

Frieda

*

Dimanche 27 mars 1927

Mon Alex,

J'étais si heureuse en attendant que tu arrives
samedi, j'étais sûre que tu viendrais (...) Mais à
quatre heures, j'ai reçu ta lettre de Veracruz (...)
Comment t'expliquer le mal qu'elle m'a fait ? J'aimerais ne pas te tourmenter, j'aimerais être forte,
avoir une foi aussi grande que la tienne, mais j'y
arrive pas, je suis inconsolable, et maintenant j'ai
peur : tu me dis que tu n'en as que pour quatre
mois, mais tu m'as déjà menti en ne m'annonçant
pas la date de ton départ (...) Je ne parviens pas à
t'oublier un seul instant, tu es partout, dans toutes
mes affaires, surtout dans ma chambre, et dans mes
livres, et dans mes peintures. Je n'avais pas reçu de
lettre de toi jusqu'à ce midi et je ne sais pas combien
de temps il faudra à celle-ci pour parvenir jusqu'à
toi, mais je vais t'écrire deux fois par semaine, tu me
diras si mon courrier arrive bien et à quelle adresse il
vaut mieux l'envoyer. (...)

Depuis que tu es parti, je ne fais rien de mes journées, rien, je ne peux rien faire, même pas lire (...)
Lorsque j'étais avec toi, tout ce que je faisais, c'était
pour toi, pour que tu le saches et que tu le voies,
mais à présent je n'ai plus envie de rien faire. J'ai

bien conscience, pourtant, que je ne dois pas me comporter de la sorte, au contraire, je vais faire tout mon possible pour étudier ; dès que j'irai mieux, je me remettrai à peindre et je ferai des tas de choses pour te montrer un meilleur visage quand tu seras de retour. Tout dépend du temps que va durer ma maladie. Dans dix-huit jours, cela fera un mois que je suis couchée et va savoir combien de temps je vais passer dans cette boîte ; bref, je ne fais rien à part pleurer, et puis dormir, mais rien qu'un tout petit peu, car c'est la nuit, quand je suis seule, que j'arrive le mieux à penser à toi, alors je voyage avec toi...

Dis-moi, Alex, tu vas sûrement passer le 24 avril à Berlin et ce jour-là, ça fera un mois que tu as quitté Mexico. Pourvu que ce ne soit pas un vendredi et que tu arrives à t'amuser un peu. C'est tellement affreux d'être si loin de toi ! Chaque fois que je pense que le bateau à vapeur t'éloigne de plus en plus de moi, je sens une de ces envies de courir et de courir pour te rejoindre, mais toutes ces choses que je pense, que je ressens, et cetera, je m'en accommode comme toutes les femmes, en pleurant encore et encore. Que veux-tu que j'y fasse ? Rien. « I am un vache de petit sanglot. » Bon, Alex, mercredi prochain je t'écrirai pour te raconter à peu près la même chose que dans cette lettre, je serai à la fois un peu plus et un peu moins triste, parce que ça fera trois jours de plus et trois jours de moins (...) Cette innommable souffrance à petit feu me rapproche du jour où je te reverrai (...) Et là, tu n'auras plus à retourner à Berlin, jamais.

[Elle signe d'un triangle]

Lettre à Alicia Gómez Arias

(...) Je vous supplie de ne pas m'en vouloir de ne pas vous inviter chez moi, mais tout d'abord, je ne sais pas ce qu'Alejandro en penserait, et ensuite, vous n'imaginez dans quel horrible état est cette maison, j'aurais tellement honte si vous veniez ; mais sachez que mon désir est tout autre... Cela fait dix-huit jours que je suis allongée dans un fauteuil et il en manque encore dix-neuf dans la même position (Alejandro a dû vous raconter que ma colonne vertébrale a été bien amochée lors de l'accident de bus) ; après ces dix-neuf jours, il faudra probablement me poser une attelle ou un corset en plâtre. Vous pouvez donc imaginer mon désespoir. Mais j'endure ces souffrances en espérant aller mieux ainsi, malgré l'ennui de ne rien pouvoir faire, à cause de cette maladie qui n'en finit pas.

(...) Je suis en train de me renseigner pour trouver l'adresse d'une sœur de mon père qui vit à Pforzheim, dans la commune de Baden, car ce serait plus simple d'entrer en contact avec Alejandro à travers elle. Mais je doute d'y arriver, cela fait bien longtemps que nous n'avons pas de nouvelles de la famille de mon père, à cause de la guerre. (...)

Lettres à Alejandro Gómez Arias

10 avril 1927

(...) En plus de toutes les choses qui me chagri-
nent, voilà que maman est tombée malade elle aussi,
papa n'a pas d'argent et Cristina ne s'occupe pas de
moi, elle ne fait pas le ménage dans ma chambre, je
dois la supplier pour tout, elle poste mes lettres
quand ça lui chante et elle me pique tout ce qui lui
fait envie (...) Pour me distraire un peu, je lis ; j'en
suis à la cinquième relecture de *John Gabriel Bork-
man* et à la six ou septième de *La Bien Plantada*[1] ; il
y a aussi dans le journal un article quotidien sur « La
révolution russe », par Alexandre Kerenski (c'est le
dernier aujourd'hui), et sur ce qui se passe à Shan-
ghai. J'apprends l'allemand, mais j'en suis toujours à
la troisième déclinaison, c'est vraiment la croix et la
bannière. (...)

Dimanche prochain, papa va faire une photo de
moi avec « Cañita », pour que je te l'envoie,
d'accord ? Si tu peux en faire faire une jolie de toi là-
bas, envoie-la-moi, histoire que je dessine ton portrait quand j'irai un peu mieux.

1. Roman de l'Espagnol (catalan) Eugeni d'Ors, dit Xenius,
publié en 1911.

Écris-moi – écris-moi – écris-moi et écris-moi, et puis surtout, même si tu vois au Louvre la *Vénus de Milo* en personne, ne m'oublie pas.

Et même si tu vois le nec plus ultra de l'architecture, ne m'oublie pas. C'est la seule chose susceptible de me soulager, ne m'oublie pas.

[*Elle signe d'un triangle*]

*

Vendredi saint, 22 avril 1927

Mon Alex,

Alicia m'a écrit mais, depuis le 28 mars, ni elle ni personne n'a reçu la moindre nouvelle... Rien n'est comparable au désespoir de ne rien savoir de toi depuis un mois.

Je suis toujours malade, je maigris beaucoup. Le médecin est d'avis qu'il faut me poser un corset en plâtre pendant trois ou quatre mois, au lieu de cette gouttière qui fait peut-être un peu moins mal que le corset mais qui donne de piètres résultats ; comme il faut y rester des mois, les malades se blessent, et les plaies sont plus faciles à soigner que la maladie. Le corset va me faire horriblement souffrir, parce qu'il doit être bien ajusté et, pour me le poser, il va falloir me suspendre par la tête jusqu'à ce qu'il sèche, sinon ça ne servirait à rien tellement ma colonne est déglinguée ; alors, en me suspendant, ils vont faire en sorte de me redresser le plus possible, et je te passe les détails ; bref, tu peux imaginer ma souffrance et celle qui m'attend... Le *vieux* docteur dit que le corset donne de très bons résultats quand il est bien mis, mais ça reste à voir. Si je casse pas ma pipe d'ici là, on me le posera lundi à l'hôpital français... Le seul avantage de cette saleté, c'est que je pourrai marcher, mais vu à quel point j'ai mal à la jambe quand je marche, l'avantage s'avère être un inconvénient. En plus, je risque pas de sortir dans la rue avec cette dégaine, ou j'atterrirais à l'asile à coup sûr. Si jamais par malheur le corset ne donnait aucun résultat, alors il faudrait m'opérer et l'opération consisterait, toujours d'après ce même docteur, à m'enlever un bout d'os dans une jambe pour me le mettre dans la colonne, mais avant que ça arrive, tu peux être sûr que je me serai autoéliminée de la surface de la terre (...) Voilà à quoi se réduit mon existence, rien de nouveau sous le soleil. Je m'ennuie avec un *E* comme Et merde ! Mon seul espoir est de te revoir (...)

Écris-moi
"
"
"

et surtout, aime-moi
"
"
"
"

[*Elle signe d'un triangle*]

Lettre à Alicia Gómez Arias

Samedi 23 avril 1927

Alicia,

Je vous remercie d'avoir eu la gentillesse de me donner aussi vite des nouvelles d'Alejandro et, croyez-moi, je suis ravie d'apprendre qu'il est bien arrivé à Hambourg.

Pour ma part, j'en suis toujours au même point, mon état ne s'améliore pas du tout et voilà que le docteur a changé d'avis : au lieu de me poser l'appareil prévu lundi prochain à l'hôpital français, on va me plâtrer, ce qui aura l'avantage de me permettre au moins de marcher un peu, mais le docteur dit que c'est très inconfortable et que je vais devoir rester comme ça trois ou quatre mois ; je suis désespérée, mais je préfère encore le corset en plâtre à l'opération, qui me fait peur car toutes les opérations de la colonne vertébrale sont très dangereuses.

Vous pouvez donc imaginer ce que j'endure. Veuillez excuser mon écriture, Alicia, mais je ne peux presque pas m'asseoir pour écrire. Dites-moi, s'il vous plaît, comment va votre mère, car Alex m'a conseillé de m'adresser à vous pour avoir de ses nouvelles. Si j'arrive à marcher quand on m'aura mis ce corset, j'irai vous téléphoner quand j'en aurai l'occasion, pour ne pas vous embêter avec mes lettres ; comprenez bien que j'agis comme ça parce que je suis malade, comme d'habitude.

Soyez assurée de ma très sincère affection et de ma reconnaissance.

Frieda

Lettres à Alejandro Gómez Arias

25 avril 1927

Mon Alex,

Hier, je me sentais mal et triste à un point... Tu n'imagines pas le désespoir dans lequel te plonge cette maladie, je me sens horriblement mal fichue et parfois les douleurs sont telles que rien ne peut les faire disparaître. Aujourd'hui, on devait me poser le corset de plâtre, mais cela se fera probablement mardi ou mercredi parce que mon père n'a pas réuni la somme – ça coûte 60 pesos – et ce n'est pas tellement une question d'argent, parce qu'il pourrait le trouver, mais c'est que personne dans cette maison ne me croit vraiment malade. Je ne peux même pas en parler car ma mère, la seule à qui ça fait de la peine, se met dans tous ses états, et après on dit que c'est ma faute, que je suis imprudente. Du coup, c'est moi et moi seule qui souffre et je t'assure que j'en perds tout espoir. Je ne peux pas trop écrire car c'est tout juste si j'arrive à me pencher, je suis incapable de marcher car cela me fait horriblement mal à la jambe, je suis fatiguée de lire – je n'ai rien de vraiment sympathique à lire –, je ne peux rien faire à part pleurer et encore, parfois j'y arrive même pas. Rien ne m'amuse, je n'ai pas la moindre distraction, rien que des malheurs, et ceux qui viennent me voir de temps en temps me tapent sur les nerfs. Je pourrais supporter tout ça si tu étais là mais, vu les circonstances, j'aimerais autant passer l'arme à gauche le plus vite possible... J'en peux plus de ces quatre murs. Et de tout ! Je n'ai pas les mots pour te décrire mon désespoir...

*

Dimanche 31 avril 1927
Jour du Travail

Mon Alex,

Je viens de recevoir ta lettre du 13 : mon seul bonheur de tous ces derniers temps. Même si ton souvenir m'aide à être moins triste, tes lettres sont encore mieux.

Comme j'aimerais t'expliquer minute par minute ma souffrance. Je vais pire que quand tu es parti et je suis inconsolable, pas un seul instant je n'arrive à t'oublier.

Vendredi, on m'a posé cet engin en plâtre. Depuis, c'est un vrai calvaire, comparable à rien ; je ressens comme une asphyxie, une douleur atroce dans les poumons et dans tout le dos ; quant à ma jambe, je ne peux même pas la toucher ; je ne peux presque pas marcher et encore moins dormir. Figure-toi qu'on m'a suspendue par la tête pendant deux heures et demie, ensuite sur la pointe des pieds pendant plus d'une heure, pendant qu'on séchait tout ça avec de l'air chaud ; mais quand je suis arrivée à la maison, c'était encore humide. Ça s'est passé à l'hôpital des Dames françaises. À l'hôpital français, ils voulaient me garder au moins une semaine en observation, sinon rien ; dans l'autre, la pose a commencé à neuf heures et quart et j'ai pu sortir vers une heure. Ils n'ont laissé entrer ni Adriana ni personne, j'étais toute seule à souffrir le martyre. Je vais devoir endurer cette torture pendant trois ou quatre mois et, si ça ne me soulage pas, sincèrement, je préfère mourir, parce que je suis au bout du rouleau. Ce n'est pas seulement la souffrance physique, c'est aussi que je n'ai pas la moindre distraction, je ne sors pas de cette chambre, je ne peux rien faire, je ne peux pas marcher, je suis complètement désespérée et, surtout, tu n'es pas là. Sans compter le reste : entendre en permanence les plaintes des uns et des autres ; ma mère va toujours aussi mal, elle a fait sept crises ce mois-ci ; mon père n'en mène pas plus large et il n'a plus un sou. Il y a de quoi perdre espoir, non ? Chaque jour je suis plus maigre et plus rien ne m'amuse. La seule chose qui me fait plaisir, c'est quand les garçons viennent me voir ; jeudi, j'ai reçu la visite de Chong, du blondinet Garay, de Salas et de Goch, et ils vont revenir mercredi ; sauf que ça ravive ma souffrance, car tu n'es pas avec nous.

Ta petite sœur et ta mère vont bien, mais elles donneraient sûrement n'importe quoi pour t'avoir ici ; fais ton possible pour venir bientôt.

Sois sûr et certain que quand tu reviendras je serai exactement la même.

Ne m'oublie pas et écris-moi beaucoup, c'est presque dans l'angoisse que j'attends tes lettres et elles me font un bien infini.

N'arrête jamais de m'écrire, au moins une fois par semaine, tu me l'as promis.

Dis-moi si je peux t'écrire à la Légation du Mexique à Berlin, ou si je fais comme d'habitude.

Si tu savais comme j'ai besoin de toi, Alex ! Viens vite !

Je t'adore.

Samedi 7 mai 1927

(...) Quand je me serai habituée à cette saleté d'appareil, je vais peindre le portrait de Lira, après je verrai quoi d'autre. J'ai le moral à zéro (...) Salas m'a prêté *La Lanterne sourde* de Jules Renard et je me suis acheté *Jésus* de Barbusse. C'est tout ce que j'ai lu. Je vais maintenant me plonger dans *Le Phare* (...)

Lettre et dédicace à Miguel N. Lira

22 mai 1927

Cher frangin,

Depuis aujourd'hui lundi, je suis de retour à Coyoacán. Je serais ravie de vous revoir. Ton portrait est presque terminé. Je vous attends mercredi comme d'habitude, préviens les garçons, s'il te plaît. Mon échine se porte toujours aussi mal, j'en bave comme ça n'est pas permis, tu ne peux même pas imaginer. Bon, mais il va bien falloir que je tienne, pas vrai ?

Alex m'a écrit de Berlin, mais il ne me donne pas sa nouvelle adresse ; je ne sais pas si je dois continuer à écrire chez Ortega. Qu'est-ce que tu en penses ? Tu me diras mercredi.

> Amitiés de ta frangine,
> Frieducha

*

Au dos de l'aquarelle *Cantina Tu Suegra*

This is my chef-d'œuvre and seulement you sauras l'apprécier avec your âme d'enfant, your frangine à l'eau. Friducha. 18 juillet 1927.

Lettres à Alejandro Gómez Arias

Mardi 29 mai 1927

(...) Mon père m'a dit que quand j'irai mieux il m'emmènera à Veracruz, mais c'est pas demain la veille, vu que les caisses sont vides (toujours la même rengaine). Attendons de voir s'il arrive à tenir sa promesse. Ça fait un bail que je me tourne les pouces et si ça continue, je vais devenir dingue. Mais quand *you* rentreras, *tute this* bourdon disparaîtra... Certains naissent sous de bons auspices mais, crois-le ou non, je suis de ceux qui dès la naissance sont bons pour l'hospice. (...)

*

Dernier jour de mai 1927

(...) J'ai presque fini le portrait de Chong Lee, je vais t'en envoyer une photo (...) Je vais de plus en plus mal et il faut que je me fasse à l'idée qu'on va devoir m'opérer à coup sûr, sinon le temps va passer et le deuxième corset qu'on m'a mis n'aura servi à rien : presque 100 pesos foutus en l'air, généreusement refilés à deux voleurs, comme le sont la plupart des médecins. Quant à ma jambe, rien n'a changé, parfois même c'est la bonne qui me fait mal, bref, je vais de mal en pis et je n'ai même pas l'espoir d'aller mieux parce qu'il manque le principal, c'est-à-dire l'argent. J'ai une lésion au nerf sciatique et à un autre dont j'ignore le nom mais qui a des ramifications dans les organes génitaux, deux vertèbres va savoir dans quel état et une tripotée d'autres choses que je ne peux pas t'expliquer car je n'y comprends rien, alors ne me demande pas en quoi consiste l'opération, personne n'est fichu de me le dire. Bref, je n'ai pas grand espoir d'aller, si ce n'est bien, au moins mieux pour ton retour. Je comprends que, dans de telles circonstances, il faut avoir la foi, mais tu n'imagines pas une seule seconde ce que j'endure, surtout que je ne crois pas que tout ça m'aide à guérir un jour. Si un docteur s'intéressait un tant soit peu à moi, il pourrait au moins me soulager, mais ceux que j'ai consultés forment une bande d'abrutis qui se fichent bien de moi, et des escrocs par-dessus le marché. Du coup, je ne sais plus quoi faire, et le désespoir ne sert à rien (...) Lupe Vélez est en train de tourner son premier film avec Douglas Fairbanks. Tu étais au courant ? Comment sont les cinémas en Allemagne ? Qu'est-ce que tu as vu ou appris de neuf sur la peinture ? Tu vas aller à Paris ? Et le Rhin, il est comment ? Et l'architecture allemande ? Tout (...)

*

Samedi 4 juin 1927

Alex, mon cœur,

J'ai reçu ta lettre cet après-midi (...) Je n'espère même plus que tu sois rentré pour le mois de juillet, car tu es tombé sous le charme (...) de la cathédrale de Cologne et de toutes ces choses que tu as vues ! Moi, en revanche, je compte les jours jusqu'à ton retour à une date inconnue. Je suis triste de penser que je serai toujours malade quand tu rentreras. Lundi on va me changer cet appareil pour la troisième fois, du coup je ne pourrai pas marcher pendant deux ou trois mois, jusqu'à ce que ma colonne soit parfaitement soudée, et je ne sais pas si après il faudra encore m'opérer. De toute façon, je m'ennuie déjà et bien souvent je me dis qu'il vaudrait mieux que j'aille goûter les pissenlits par la racine, tu ne crois pas ? Je ne pourrai jamais rien faire avec cette maudite maladie, et si c'est comme ça à dix-sept ans, je veux même pas imaginer comment je serai plus tard. Je suis de plus en plus maigre et tu vas voir, quand tu seras là, tu vas tomber à la renverse tellement je suis affreuse avec *this appareillage à la noix*. Et ce n'est pas près de s'arranger, imagine un peu : un mois couchée (comme quand tu m'as quittée), un autre avec différents appareils, et maintenant deux de plus couchée, dans ma gaine de plâtre, et puis à nouveau six avec le petit appareil pour pouvoir marcher et avec l'espoir grandiose de me faire opérer et d'y laisser ma peau... Il y a de quoi désespérer, non ? Tu vas me dire que je broie du noir, que je me noie dans le chagrin, surtout maintenant que tu nages en plein optimisme, depuis que tu as vu l'Elbe et le Rhin, tout Lucas Cranach et Dürer, et surtout il Bronzino et les cathédrales. Dans ces conditions, moi aussi je pourrais être optimiste, garder mon âme de petite fille. J'étais tellement contente que tu aies vu le merveilleux portrait d'*Éléonore de Tolède* et toutes ces choses dont tu me parles. (...)

Pour l'instant, je vais mal, il faudra sûrement m'opérer plus tard car, même si cet appareil en plâtre me soulage la colonne, il ne guérira pas les lésions des nerfs dans ma jambe, et seule une opération ou l'application d'un courant électrique (chaud) à plusieurs reprises (ce qui est problématique et pas très efficace, d'après le médecin) pourrait me soulager. De toute façon, je n'ai pas d'argent, bref, plus rien à faire, tu peux imaginer ma tristesse. Je suis en train de réaliser un portrait de Lira, sacrément moche. Il l'a voulu avec un fond style Gómez de la Serna[1] (...)

Si tu reviens vite, je promets d'aller mieux de jour en jour.

Toute à toi,
Ne m'oublie pas...

[Elle signe d'un triangle]

*

24 juin 1927

(...) Je vais mal et j'irai toujours plus mal, mais j'apprends à être seule ; un petit triomphe qui n'est pas sans atout...

*

15 juillet 1927

(...) Je ne suis pas encore en mesure de t'affirmer que mon état s'améliore, en revanche je suis de bien meilleure humeur, j'ai tellement envie d'aller mieux pour ton retour, il ne faut surtout pas que tu sois triste pour moi. Je me laisse rarement aller au déses-

1. Les articles et essais de l'écrivain et critique d'art espagnol Ramón Gómez de la Serna (1888-1963), défenseur enthousiaste des avant-gardes, circulaient à l'époque au Mexique.

poir, j'évite de me transformer en « petit sanglot ».
Le 9 août, cela fera deux mois que je suis dans cette
position et le docteur dit qu'on va me faire une radio
pour voir comment vont mes vertèbres ; visiblement,
je n'aurai à porter cet appareil en plâtre que jusqu'au
9 septembre ; je ne sais pas ce qui m'attend après. On
me fera cette radio chez moi, car je ne dois surtout
pas bouger. Je suis sur une table à roulettes, pour
qu'on puisse me sortir au soleil, c'est inconfortable au
possible, cela fait un mois que je ne fais pas le
moindre mouvement, mais je suis prête à passer six
mois comme ça, si ça peut me soulager. (...)

Si tu savais comme il est merveilleux de t'attendre
avec la même sérénité que sur mon portrait. (...)

*

22 juillet, jour de sainte Marie Madeleine

Mon Alex,
(...) Malgré les souffrances, je crois que je commence à aller mieux ; ce n'est peut-être pas vrai,
mais *je veux y croire*, de toute façon ça vaut mieux,
tu ne crois pas ? Ces quatre derniers mois ont été un
tourment continuel, jour après jour ; j'ai presque
honte aujourd'hui de ne pas avoir eu la foi, mais
c'est que personne ne peut imaginer ce que j'ai souffert. Pauvre de ta fiancée ! Tu aurais pu m'emporter,
comme je te le disais quand j'étais petite, dans une
de tes poches, comme la pépite d'or du poème de
López Velarde... mais je prends trop de place à présent ! J'ai tellement grandi (...)
Dis-moi, mon Alex, le Louvre doit être une vraie
merveille ; je vais apprendre tellement de choses
quand tu vas revenir.
J'ai dû chercher Nice dans un atlas, parce que je

ne me rappelais plus où c'était (j'ai toujours été « *sometimes* bêtasse »), mais je n'oublierai plus jamais, ça non... crois-moi.

Alex, je vais t'avouer quelque chose : parfois je me dis que tu es en train de m'oublier, mais je me trompe, pas vrai ? Tu ne pourrais plus retomber amoureux de la Joconde (...)

« *Des nouvelles de chez moi* »
— Maty remet les pieds dans *this* maison. Tout le monde a fait la paix. (Toutes les dames catholiques – la Veilleuse, la Grand-mère, la Pianiste[1], et cetera – ont succombé à *this chance* pas très catholique.)
— Le studio de mon père n'est plus à La Perla mais au n° 51 de la rue Uruguay.

« *En dehors de chez moi* »
— Chelo Navarro a eu *one* « petite fille ».
— Jack Dempsey a battu Jack Sharkey à New York. Tout un événement !
— La révolution au Mexique*.
                    Partisans de la réélection
                    Adversaires de la réélection

« *Dans mon cœur* »
— seulement toi –
                              ta
                              -
                              -
                              -
                              -

---

1. « La Veilleuse » et « la Grand-mère » sont respectivement la mère et la grand-mère de Frida ; « la Pianiste » est une amie de la famille. (*N.d.l.T., d'après les indications fournies par Raquel Tibol.*)

Frieda

* Candidats intéressants : José Vasconcelos (?),
Luis Cabrera.

*

23 juillet 1927

Mon Alex,

Je viens de recevoir ta lettre (...) Tu me dis que tu
vas embarquer pour Naples et qu'après tu iras sûrement en Suisse. J'ai une chose à te demander : dis à
ta tante[1] que tu veux rentrer, que tu n'as pas du tout
l'intention de rester là-bas au-delà du mois d'août (...)
Tu n'as pas idée de ce que signifie pour moi une
journée, une minute sans toi (...)

Cristina est toujours aussi belle, mais ce qu'elle
peut être pénible, aussi bien avec moi qu'avec ma
mère.

J'ai peint Lira, parce qu'il me l'avait demandé,
mais c'est tellement mauvais que je me demande
vraiment comment il peut me dire que ça lui plaît.
Le summum de l'horreur. Je ne t'envoie pas la photo

1. Lorsqu'il évoque cette époque, Alejandro Gómez Arias
ne fait nulle mention d'une tante qui l'aurait accompagné lors
de son voyage en Europe. Il fait en revanche référence à une
certaine Mme Mosser, propriétaire de la pension de Wiesbaden
dont il fit son quartier général pour pouvoir se déplacer à
Vienne, Prague, Belgrade, Rome, Florence, Venise... Il précise
qu'à la différence de nombreux Allemands elle le traita avec
beaucoup de déférence. (Propos confiés à Víctor Díaz Arciniega, in *Memoria personal de un país*, Grijalbo, 1990.)

car mon père n'a pas eu le temps de ranger ses négatifs après le déménagement ; de toute façon, ça n'en vaut pas la peine : le fond est trop alambiqué et lui, il a l'air découpé dans du carton. Il y a juste un détail que je trouve pas mal (*one* ange dans le fond), tu verras. Mon père a pris des photos du tableau d'Adriana, de celui d'Alicia avec le voile (très mauvais) et de celui qui voudrait ressembler à Ruth Quintanilla, qui plaît tant à Salas. Dès que mon père aura tiré *more* copies, je te les enverrai[1]. Il y en avait une de chaque, mais Lira les a emportées pour les faire publier dans *one* magazine qui va sortir en août (il a dû t'en parler, non ?). Il va s'appeler *Panorama*. Les collaborateurs du premier numéro seront Diego, Montenegro[2] (en tant que poète), et je ne sais qui d'autre encore. À mon avis, ce ne sera pas très bon.

J'ai détruit le portrait de Ríos, parce qu'il me portait sur les nerfs. C'est Flaquer qui voulait ce fond, mais le portrait a fini ses jours comme Jeanne d'Arc.

Demain, c'est la Sainte-Cristina. La bande va venir, ainsi que les deux fils de M. Cabrera ; ils ne lui ressemblent pas du tout (qu'est-ce qu'ils sont bêtes) et ils parlent à peine espagnol vu que ça fait douze ans qu'ils vivent aux États-Unis et qu'ils ne viennent au Mexique que pour les vacances. Les Galant seront aussi de la partie, ainsi que Pinocha, et cetera. Il ne manquera que Chelo Navarro, toujours alitée depuis la naissance de sa petite fille, qui est mignonne comme un cœur à ce qu'il paraît.

Voilà les nouvelles du côté de chez moi, mais tout ça me fait une bien belle jambe.

1. Des tableaux auxquels Frida fait allusion, deux sont aujourd'hui localisables : celui de Miguel N. Lira et celui d'Alicia Galant.
2. Le peintre mexicain Roberto Montenegro (1885-1968).

Demain, ça fera un mois et demi que je suis plâtrée, et *quatre* que je ne t'ai pas vu. J'aimerais pour le mois prochain que la vie recommence et pouvoir t'embrasser. Tu crois que c'est possible ?

Ta sœur

Frieda

*

Coyoacán, 2 août 1927

Alex,

Voici le mois d'août revenu... et j'aimerais pouvoir dire qu'avec lui revient la *vie*, si j'étais sûre que tu rentres à la fin du mois. Mais hier Bustamante m'a dit que tu allais probablement partir pour la Russie, donc tu seras absent plus longtemps (...) Hier, c'était la fête d'Esperanza Ordóñez (Pinocha) et on a organisé *sam java* chez moi parce qu'il n'y a pas de piano chez eux. Les garçons étaient là (Salas, Mike, Flaquer), ainsi que ma sœur Matilde et quelques jeunes garçons et filles. On m'a transportée sur mes roulettes jusqu'au salon et je les ai regardés danser et chanter. Les garçons étaient plutôt contents (du moins je crois). Lira a récité *one* poème à Pinocha, et ils ont discuté tous les trois dans la salle à manger. Miguel a parlé à bâtons rompus, il a cité Heliodoro Valle, Tsiu Pau, López Velarde *et j'en passe*. Je crois bien que Pinocha leur plaît (esthétiquement parlant) à tous les trois et qu'ils se sont bien entendus.

Moi, comme d'habitude, j'ai joué du sanglot. Même si *tutes* les matins on me sort au soleil (quatre heures), j'ai pas vraiment l'impression d'aller mieux : les douleurs sont toujours les mêmes et je suis plutôt maigre ; malgré tout, comme je te l'ai expliqué dans une autre lettre, je veux avoir la foi. Si on trouve l'argent, je me ferai faire une autre radio ce mois-ci, histoire d'être fixée ; sinon, on en saura plus le 9 ou le 10 septembre, date à laquelle je pourrai me lever, on verra bien alors si l'appareil m'a fait de l'effet ou s'il est nécessaire de m'opérer (j'ai peur). Mais il va encore falloir attendre pas mal de temps pour connaître le résultat de ces trois mois de repos (je pourrais presque dire de martyre).

À en croire ce que tu m'écris, la Méditerranée est merveilleusement bleue. La connaîtrai-je un jour ? Je ne crois pas, car je ne suis pas née sous une bonne étoile ; pourtant, mon plus cher désir a toujours été de voyager. Il ne me restera que la mélancolie des lecteurs de récits de voyages. En ce moment, je ne lis pas. Je n'en ai pas envie. Je n'étudie pas l'allemand non plus, je ne fais que penser à toi. Je dois me trouver sacrément cultivée. Dans le journal, en dehors des départs et des arrivées des bateaux à vapeur, je lis l'éditorial et ce qui se passe en Europe.

Ici, on ne sait toujours rien de la révolution. Il semblerait que tout soit entre les mains d'Obregón, mais personne ne sait rien.

À part ça, rien de bien intéressant... Tu as fait des progrès en français ? Inutile de te donner des conseils... cela dit, mets les bouchées doubles, hein ?

Quels musées as-tu visités ?

Comment sont les filles dans toutes ces villes que tu as visitées ? Et les garçons ? Ne flirte pas trop avec les filles dans les stations balnéaires (...) Il n'y a qu'au Mexique qu'on appelle « Medea » ou « Meche » celles qui sont si belles qu'on dirait des Botticelli, avec de ces jambes... Et il n'y a qu'ici que tu puisses leur dire : *Señorita* (*Sorita*), voulez-vous être ma fiancée ? Pas en France, ni en Italie, et encore moins en Russie, avec toutes ces communistes mal dégrossies...

Qu'est-ce que je ne donnerais pas juste pour t'embrasser.

J'ai suffisamment souffert, je l'ai bien mérité, non ? Ce sera au mois d'août, comme tu me l'avais dit ? Oui ?

Ta Frieda
(*Je t'adore.*)

Lettres à Miguel N. Lira

Coyoacán, août 1927

Mon frère,

Je ne sais pas quoi dire de ton bonheur.

Que peut-on dire quand la vie commence ?

Chante *L'Internationale* car son corps est celui du monde, comme la vague socialiste !

Bougrement révolutionnaire et seulement comparable au triomphe de Lindbergh, hurlement de tous les hommes à la minute universelle.

Je sens en Elle la simplicité et l'attirance infinies de la phrase que nous avons tous entendue : Il était une fois un roi qui avait trois filles...

Elle ne peut pas être ta fiancée, une fiancée est seulement jeune et Elle, elle est la jeunesse.

Elle est dans ta vie, mais quand tu la perdras tu pourras dire comme Xenius : Ramons, Nando, ramons, la nuit nous tombe dessus et la mer se déchaîne...

Tu auras juste vieilli d'un an ou deux et tu seras toujours le prince de la Mandchourie et moi...

Ta sœur
Frida

*

Mike,

Comment vas-tu ? Tu n'as plus de fièvre ? J'allais t'écrire hier, mais je me suis sentie vachement mal *tute* la journée.

Il est sept heures et demie en this moment et je viens de me réveiller, encore un peu patraque.

Hier, Alex m'a écrit, il dit qu'il a only reçu deux lettres de toi, dont une du 16 juillet, à Nice. Il me dit qu'il va probablement partir pour Florence et de continuer à lui écrire. Je vois pas comment il pourra être rentré à la fin du mois, qu'est-ce que tu en dis ? Ma lettre arrivera à Paris autour du 18, date à laquelle il devrait déjà être en route pour l'Amérique. Je crois qu'il me mène en bateau, non ?

Comment s'est passée la fête de Salisky ? Lucha et moi, on voulait lui faire un cadeau, mais on n'avait pas un sou.

Demain jeudi, vous allez venir, pas vrai ?

J'ai encadré ton poème dans un passe-partout. Juan Timburón !

Bon, frangin, moi qui n'ai chanté que l'exquise mélodie de l'intime pudeur, j'élève à présent la voix en société[1]... et j'exige mon petit déjeuner, sans un pleur...

Je crois que je vais tourner de l'œil tellement j'ai mal à la colonne et à la guibole, c'est tragique... J'ai la croupe sens dessus dessous (ce que je suis grossière !).

Si tu peux, réponds-moi.

1. Référence au poème de Ramón López Velarde : « Douce patrie ». (*N.d.l.T.*)

Remets-toi bien sur pied, c'est ce que ta frangine souhaite de *tute* cœur.

Frieducha

(*Apporte-moi de la lecture.*)

Lettres à Alejandro Gómez Arias

8 août 1927

(...) Je ne saurais te dire si je vais mieux ou pas, car les résultats de la radio ne sont toujours pas arrivés, mais les douleurs persistent et avant-hier j'étais au trente-sixième dessous. Lira a bien voulu aller chercher son père pour qu'il me regarde de plus près que les autres. Ce serait trop long de t'expliquer tout ce que j'ai d'après lui, mais je crois que ce qui l'inquiète pas mal, c'est ma jambe : le nerf sciatique est touché au niveau des vertèbres. Il dit qu'il faudrait m'appliquer le thermocautère, je ne sais pas pourquoi. On m'a donné une vingtaine d'avis divergents, mais le fait est que je vais toujours aussi mal et que tout le monde s'emmêle les pinceaux (...) Mes réserves d'optimisme sont épuisées, je perds espoir à nouveau, mais cette fois j'ai raison, n'est-ce pas ? (...)

*

9 septembre 1927

(...) Coyoacán est en tout point pareil : surtout le ciel si pur de nuit. Vénus et Arcturus. Vénus et Vénus. Le 17, notre tragédie aura deux ans, et c'est surtout moi qui vais en garder un vache de souvenir, même si c'est stupide, non ? Je n'ai rien peint de neuf, j'attends que tu reviennes. À présent, les après-midi de septembre sont gris et tristes. Tu aimais tellement les journées nuageuses à l'École, tu te souviens ? Qu'est-ce que j'ai pu souffrir, je suis quasi neurasthénique, gourde à qui mieux mieux, une vraie bonne à rien, crois-moi (...) Je suis en train de lire *Cités et Années*, de Fedine, une merveille de talent. C'est le père de *tute* les romanciers modernes (...)

*

17 septembre 1927

(...) Je suis toujours malade et presque sans espoir. Comme d'habitude, personne ne me croit. C'est aujourd'hui le 17 septembre, le pire de tous car je suis seule. Quand tu viendras, j'aurai beau vouloir, je n'aurai rien à t'offrir. À la place d'une sombre coquette, tu retrouveras une sombre inutile, ce qui est pire. Tout cela me tourmente en permanence. Toute la vie est en toi, mais je ne pourrai pas la posséder (...) Je suis très simple et je souffre trop, alors que je ne devrais pas. Je suis très jeune et je pourrrais aller mieux. Sauf que je n'arrive pas à y croire ; je devrais y croire, n'est-ce pas ? Ça viendra probablement en novembre (...)

*

(...) Ça peut te sembler exagéré, mais j'ai parfois l'impression d'être la plus malheureuse des femmes (c'est un peu vulgaire de jouer les martyrs). En y réfléchissant bien, je me dis que ça n'est pas complètement faux, mais la grande main de Dieu ne m'a pas encore complètement oubliée.

Je me suis laissée glisser dans le bassin ce matin (félicite-moi).

Écoute, mon Alex, je t'adore, promis, ne va pas croire que c'est une illusion d'optique, quand tu viendras je te le dirai de vive voix, hein ? Et toi, s'il te plaît, ne vas pas m'oublier pendant que tu ne m'as pas sous les yeux ; je t'en prie, dis-moi que tu vas m'aimer autant que si tu me voyais, que tu vas m'écrire des lettres longues comme des journaux du dimanche.

Ta copine qui t'aime au-delà de ce que tu peux imaginer.

F.

*

15 octobre 1927

Mon Alex,

L'avant-dernière lettre ! Tout ce que je pourrais te dire, tu le sais déjà !

Chaque hiver nous avons été heureux, jamais autant que maintenant. La vie est devant nous, je ne peux t'expliquer ce que cela signifie.

Je continuerai probablement à être malade, mais je ne sais plus trop. À Coyoacán, les nuits sont aussi stupéfiantes qu'en 1923, et la mer, symbole sur mon portrait, synthétise la *vie*, ma vie.

Tu ne m'as pas oubliée ?

Ce serait presque injuste, tu ne crois pas ?

Ta Frieda

*

(...) Aujourd'hui plus que jamais je sens que tu ne m'aimes plus, mais je t'avoue que je n'y crois pas, j'ai la foi... ça ne se peut pas. Dans le fond, tu me comprends ; tu sais la raison de tout ce que j'ai fait ! En plus, tu sais que je t'adore ! Tu n'es pas seulement à moi, tu es moi ! (...) Irremplaçable !

Lettre à Guillermo Kahlo

San Francisco, Californie,
le 21 novembre 1930

Mon joli petit papa,

Si tu savais comme j'étais contente de recevoir ta lettre, tu m'écrirais tous les jours, car tu n'as pas idée du plaisir qu'elle m'a procuré. Je n'ai pas aimé que tu me dises que tu avais toujours ton sale caractère, mais comme je suis pareille que toi, je te comprends parfaitement et je sais à quel point il est difficile de se maîtriser ; mais bon, fais tout ton possible, ne serait-ce que pour maman qui est tellement gentille avec toi. Ça a fait rire Diego, ce que tu m'as écrit à propos des Chinois, mais il dit qu'il veillera bien sur moi pour que je ne me fasse pas voler.

Je vais bien, je me fais faire des piqûres par un certain docteur Eloesser d'origine allemande mais qui parle espagnol mieux qu'à Madrid, ça tombe bien : je peux lui expliquer clairement tout ce que je ressens. Chaque jour je fais de petits progrès en anglais et je peux au moins comprendre l'essentiel, aller dans les magasins, etc.

Dis-moi dans ta réponse comment tu vas, et comment va maman, et tout le monde. Tu me manques, tu sais *à quel point je t'aime*, mais on se reverra sûrement en mars et alors on pourra parler longtemps, longtemps.

Continue à m'écrire et si jamais tu as besoin d'argent, n'hésite surtout pas à me le dire.

Diego te salue tendrement, il dit qu'il ne vous écrit pas car il a des tas de choses à faire.

Avec toute ma tendresse, je t'envoie mille baisers.

Ta fille qui t'adore,
Frieducha

Écris-moi tout ce que tu fais, tout ce qui t'arrive.

Corrido pour Antonio Pujol et Ángel Bracho

San Francisco, 1ᵉʳ janvier 1931

À Pujol et à Bracho[1]

Vous, les fils du grand matin !
même si vous êtes bien loin,
je vous passe le bonjour
à la mode de chez nous.

Il va falloir travailler dur
et faire couler la peinture
pour en vendre aux sales gringos
et gagner plein de pesos.

Et surtout amusez-vous
avec les filles de chez nous.
Faudrait pas rater le coche,
ce serait vraiment trop moche.

---

1. Antonio Pujol et Ángel Bracho : deux jeunes artistes mexicains, respectivement nés en 1914 et en 1911, qui étudiaient à l'École d'arts plastiques de l'Université nationale au moment où Diego Rivera en était le directeur.

Je vous tire ma révérence,
mais en dépit de mon absence,
gardez toujours à l'esprit
celle qui de loin vous chérit.

Votre pote
Frida

Extraits de lettres
(destinataires non précisés)

San Francisco, 24 janvier 1931

(...) Ça fait trois jours que Diego a commencé à peindre, le pauvre, il arrive le soir épuisé : on le fait travailler comme une bête de somme. Figure-toi qu'hier il a commencé à huit heures et demie du matin et il est rentré à neuf heures du matin ; plus de vingt-quatre heures sans s'arrêter, sans rien manger ; il était au bout du rouleau, le malheureux. Il est gentil avec moi mais moi, je fais des caprices : chassez le Kahlo, il revient au galop. Heureusement, il a bon caractère et on dirait bien qu'il m'aime ; moi, je l'aime vraiment vachement. Je suis en train de peindre et j'espère que ça marchera pour l'exposition. (?)

Ici, la vie est intéressante, il y a des tas de choses à voir ; les gens sont comme partout : ils aiment les potins et les ragots, etc., etc., mais si on n'y fait pas gaffe, on peut travailler tranquillement et vivre bien. Hier, Diego a donné une conférence dans un club de vieilles, devant un parterre de quatre cents épouvantails qui devaient avoir dans les deux cents ans, avec le cou bien ficelé parce qu'il pendouille en forme de vagues ; bref, une bande de vieilles hideuses, mais toutes très aimables ; elles me regardaient comme une bête rare, vu que j'étais la seule jeune, à part deux ou trois filles qui avaient au moins la trentaine. Du coup, elles m'ont trouvée tellement sympathique qu'elles m'ont tenu le crachoir, c'est le cas de le dire : elles postillonnent presque toutes quand elles parlent, comme M. Campos ; et puis si tu avais vu leurs dentiers qui se débinaient dans tous les sens. Bref, un paquet d'iguanodons ancestraux à vous faire passer le hoquet. En termes de beauté, Carmen Jaimes était battue à plate couture !

*

12 février 1931

(...) Je suis en train de peindre, j'ai terminé six tableaux qui ont pas mal plu. Les gens d'ici nous ont bien traités, mais les Mexicains de San Francisco sont d'authentiques crétins, tu ne peux même pas imaginer ; des idiots, pourtant, il y en a partout, et les Ricains, je te raconte pas, des andouilles au carré, sauf qu'ils ont aussi leurs bons côtés, et puis ils ne sont pas aussi sans gêne que dans notre Mexique adoré.

*

16 février 1931

Aujourd'hui, Diego n'est pas allé travailler, on a traîné toute la journée, jusqu'à tout à l'heure, quand il est parti chez le directeur du Stock Exchange, pour une petite fête en son honneur. J'ai pas voulu y aller parce que j'ai une inflammation et dans ce cas il vaut mieux ne pas marcher, non ? Il y a quelques jours, j'ai vu au théâtre une chose magnifique, avec des Noirs ; c'est ce que j'ai préféré.

Bandeau sur le tableau *Frieda et Diego Rivera*

Nous voici, moi, Frieda Kahlo, auprès de mon époux bien-aimé Diego Rivera, j'ai peint ces portraits dans la belle ville de San Francisco, Californie, pour notre ami Albert Bender, au mois d'avril de l'an 1931.

Lettre à Isabel Campos

San Francisco, Californie,
3 mai 1931

Ma copine chérie,

J'ai reçu ta lettre ça fait une masse de siècles. J'ai pas pu te répondre avant car je n'étais pas à San Francisco mais plus au sud et j'avais un paquet de choses à faire. Tu n'imagines pas à quel point j'étais contente de la recevoir. *Tu es ma seule amie à s'être souvenue de moi.* Je suis très contente d'être ici, sauf que ma mère me manque. Tu n'as pas idée de ce que cette ville est merveilleuse. Je ne t'en écris pas plus pour avoir des tas de choses à te dire de vive voix.

Je serai bientôt de retour au « village » tout-puissant, probablement dans le courant du mois, et j'en aurai de belles à te raconter. On aura de quoi bavasser...

Salue *très tendrement* de ma part la tante Lolita, tonton Panchito et tous tes frères et sœurs, tout spécialement Mary.

La ville et la baie sont chouettes. J'apprécie moins la *ricainerie :* ce que ces gens peuvent être fades, et puis ils ont des têtes de biscuit cru (surtout les vieilles). Ce qui est vraiment sensas, c'est le quartier chinois ; toutes ces ribambelles de Chinois sont sacrément sympas. Et les petits Chinois sont les plus jolis enfants que j'aie jamais vus de ma vie. Une vraie merveille ! J'aimerais en voler un pour que tu puisses voir ça.

Pour ce qui est de l'anglais, je préfère ne pas aborder la question parce que je suis décidément bouchée. J'aboie le principal, mais c'est vachement difficile de bien le parler. Je me fais quand même comprendre, ne serait-ce qu'avec ces crapules de marchands.

Je n'ai pas d'amies. Une ou deux, qu'on ne peut pas vraiment appeler des amies. Du coup, je passe mon temps à peindre. En septembre je vais exposer (pour la première fois) à New York. Ici, je n'ai pas eu le temps et j'ai seulement pu vendre quelques tableaux. Mais de toute façon, j'ai bien fait de venir, ça m'a ouvert les yeux et j'ai vu des tas de choses nouvelles et chouettes.

Toi qui peux voir ma mère et Kitty, raconte-moi ce qu'elles deviennent. Je t'en serais vraiment reconnaissante. Tu as encore le temps (si tu en as envie) de m'écrire une lettre. Je te le demande, ça me ferait tellement plaisir. C'est beaucoup demander ?

Si tu les vois, passe le bonjour au docteur Coronadito, à Landa, à M. Guillén. À tous ceux qui se souviennent de moi. Et toi, ma toute belle, reçois l'*éternelle* tendresse de ta copine qui t'adore.

Frieducha

Des bises à ta maman, à ton papa et à tes frères.
Mon adresse : 716 Montgomery Street.

Lettre à Nickolas Muray[1]

Coyoacán, 31 mai 1931

Nick,
Je t'aime comme un ange.
Tu es un lys des vallées, mon amour.
Je ne t'oublierai jamais, jamais.
Tu es toute ma vie.
J'espère que tu ne l'oublieras jamais[2].

Frida

S'il te plaît, viens au Mexique comme tu me l'as promis ! Nous irons tous les deux ensemble à Tehuantepec, en *août*.

[*Impression de ses lèvres sur le papier.*] Tout spécialement pour ta nuque.

1. Photographe new-yorkais d'origine hongroise. Il fait la connaissance de Frida Kahlo à Mexico par l'entremise de Rosa Rolando et de Miguel Covarrubias. Après cette première approche amoureuse, ils ont une liaison lorsqu'elle se rend à New York pour présenter sa première exposition individuelle dans la galerie de Julien Levy, du 1er au 15 novembre 1938.

2. Ces lignes sont rédigées en hongrois, dans une orthographe approximative. Frida Kahlo ne parlant pas cette langue, elle fut probablement aidée pour l'écrire. La suite de la lettre est en anglais.

Lettres au docteur Leo Eloesser[1]

Coyoacán, 14 juin 1931

Cher docteur,
Vous n'imaginez pas à quel point nous avons honte de ne pas être passés vous voir avant notre retour au Mexique, mais c'était impossible. J'ai téléphoné trois fois à votre bureau, sans jamais vous y trouver, car personne n'a décroché, alors j'ai dit à Clifford de bien vouloir vous expliquer. En plus, figurez-vous que Diego a peint jusqu'à minuit la veille de notre départ de San Francisco, du coup, nous n'avons eu le temps de rien faire. Cette lettre a donc avant tout pour objet de vous demander mille fois pardon et de vous dire aussi que nous sommes bien arrivés au pays des *enchiladas* et des haricots noirs. Diego a commencé à travailler au Palais. Il a eu un petit souci à la bouche ; en plus, il est épuisé. Si jamais vous lui écrivez, dites-lui, s'il vous plaît, qu'il doit ménager sa santé, sinon, s'il continue à travailler comme ça, il va mourir. N'allez surtout pas lui dire que je vous ai raconté

1. Chirurgien spécialisé en ostéologie. Frida Kahlo fait sa connaissance à Mexico en 1926. Leur amitié se consolide en 1930, à San Francisco.

qu'il travaille autant, dites-lui juste que vous êtes au courant et qu'il faut absolument qu'il prenne un peu de repos. Je vous en serais extrêmement reconnaissante.

Diego n'est pas content d'être ici, l'amabilité des gens de San Francisco lui manque, et la ville aussi. Tout ce qu'il veut, c'est retourner peindre aux États-Unis. Mon retour s'est bien passé, je suis aussi maigre que d'habitude et tout m'ennuie, mais je me sens beaucoup mieux. Je ne sais pas comment vous payer ma guérison et toutes les attentions que vous avez manifestées à notre égard. Je sais que l'argent serait la pire des méthodes, mais la plus grande reconnaissance que je pourrais vous témoigner ne compenserait jamais votre amabilité, alors, je vous en supplie, dites-moi combien je vous dois, car j'ai honte d'être rentrée sans vous avoir rien donné qui puisse équivaloir à votre bonté. Quand vous me répondrez, racontez-moi comment vous allez, ce que vous faites, tout, et veuillez saluer de ma part tous nos amis, en particulier Ralph et Ginette[1].

Le Mexique n'a pas changé, c'est un désordre de tous les diables, il ne lui reste que l'immense beauté de la terre et des Indiens. Chaque jour, les sales États-Unis lui en volent un petit bout, c'est bien triste, mais les gens ont besoin de manger, alors c'est comme ça, le grand poisson dévore le plus petit. Diego vous passe bien le bonjour. Et recevez toute l'affection que vous porte

Frieda

*

1. Ralph et Ginette Stackpole.

New York, 26 novembre 1931

(...) La *high society* d'ici me tape sur le système et je suis pas mal en colère contre tous les richards du coin, car j'ai vu des milliers de gens dans une misère noire, sans rien à manger, sans un toit où dormir, c'est ce qui m'a le plus impressionnée ici. Je trouve épouvantable de voir les riches passer leurs jours et leurs nuits dans des *parties*, pendant que des milliers et des milliers de gens meurent de faim. (...)

Malgré tout l'intérêt que je porte au développement industriel et mécanique des États-Unis, je trouve qu'ils manquent cruellement de sensibilité et de bon goût.

Ils vivent comme dans un énorme poulailler, sale et désagréable. Leurs maisons ressemblent à des fours à pain et le confort dont ils nous rebattent les oreilles n'est qu'un mythe. Peut-être que je me trompe, je vous dis juste ce que j'ai sur le cœur. (...)

Lettre à Matilde Calderón

New York, 20 janvier 1932

Ma chère petite maman,

Je vais enfin mieux, juste un chat dans la gorge et je tousse un peu, mais ce n'est rien. Le pire, c'est d'avoir passé quelques jours à m'ennuyer comme pas deux, cloîtrée dans cet hôtel miteux, à regarder Central Park où les arbres sont tellement clairsemés qu'on dirait une décharge, et à écouter rugir les lions, les tigres et les ours qui sont dans le zoo en face de l'hôtel. La nuit, je me suis mise à lire des romans policiers ; quand je tombe de sommeil, je vais au lit et là, les cauchemars commencent.

Huit jours de grippe où je n'ai rien fait d'autre. Hier, je suis enfin sortie un moment, mais je ne veux pas jouer les dures, parce que, ici, le climat ne fait pas de cadeau et si je rechute ce sera pire, tu ne crois pas ? Je préfère donc m'ennuyer et bayer aux corneilles à l'intérieur de l'hôtel. En plus, dès le matin, ça défile, l'après-midi aussi, et le soir j'attends Diego.

Alors on descend manger au restaurant de l'hôtel, ou bien on se fait monter le dîner dans la chambre.

Il y a une dame qui vient me voir régulièrement ; elle a sa sœur à San Francisco ; elle dit qu'elle me trouve sacrément sympa. La pauvre vieille, elle est gentille avec moi, mais moi, je ne supporte pas beaucoup les gens, je ne sais pas pourquoi.

Des fois, je reçois la visite des Bloch, des Juives dont le père est le meilleur compositeur de musique moderne, Ernest Bloch. Elles sont gentilles avec moi. La plus grande joue du luth (un instrument très ancien qui remonte au Moyen Âge) et la pauvre, elle traîne son luth pour s'accompagner en me chantant des chansons. L'autre jour, elle est venue cuisiner pour moi, histoire de varier mes repas, elle m'a préparé une soupe de légumes que j'ai trouvée dégueulasse, mais j'ai dû lui dire qu'elle était délicieuse ; après elle m'a concocté un dessert au chocolat avec des galettes, c'était pas trop mauvais. En tout cas, je lui suis reconnaissante d'être aussi gentille avec moi, parce qu'elle n'est pas obligée, tu ne crois pas ? Elles sont très pauvres, elles travaillent mais ce qu'elles gagnent leur permet tout juste de joindre les deux bouts, parce que leur père est en Europe et en plus c'est un coureur de jupons, il fait souffrir leur mère, elles ne l'aiment pas, elles vivent toutes seules ici ; elles ont seulement leur frère, qui est marié, c'est un ingénieur électricien, très pauvre lui aussi, un garçon très gentil.

Plusieurs personnes m'ont témoigné leur affection. Il y a une jeune fille qui a vécu trois ans au Mexique et qui parle très bien espagnol, elle s'appelle Ella Wolfe. Elle m'aime beaucoup et quand je suis tombée malade, elle avait beau travailler et vivre à l'autre bout de la ville, elle est venue me voir, m'apporter des médicaments, des livres, tout ce dont j'avais envie. Elle est russe, brune, rondelette, elle me rappelle Mati, sauf que Mati est plus jolie.

Malú Cabrera aussi a été très bonne pour moi, parce que malgré le passé... que tu connais, malgré son amitié avec Guadalupe Marín[1], elle est gentille avec moi et elle veut être mon amie.

Comme tu vois, il y a pas mal de gens qui s'occupent de moi. Quant à Diego, même s'il a l'air de s'en ficher et de s'intéresser seulement à sa peinture, il m'aime beaucoup et il est très gentil. Je crois que tous les hommes sont pareils : des inutiles si jamais on tombe malade, pas vrai ? Mais il est extraordinaire avec moi, et même parfois c'est moi qui ramène un peu trop ma fraise, j'exagère, je suis d'une humeur massacrante, mais ça me passera avec le temps.

Je vais écrire à Hortensia Muñoz. J'ai très envie de la voir avant de partir à Detroit.

Et toi, ma belle, qu'est-ce que tu me racontes de neuf ? Qu'est-ce que tu fais de tes journées ? Tu me manques à un point que tu ne peux pas imaginer. Parfois, quand je pense à toi et à papa, j'ai du mal à croire que je suis si loin de vous, mais face à l'évidence, il me prend des envies de partir en courant jusqu'à Coyoacán. Je crois qu'en août ou en septembre Diego aura fini tout ce qu'il a à faire.

Les Covarrubias me proposent de rentrer avec eux au Mexique en mars, mais je crois que je ne pourrai pas laisser Diego. Lui, il me dit que s'il gagne un peu d'argent cette année, on pourra aller vivre à Mexico pour toujours, mais qu'en attendant je dois faire contre mauvaise fortune bon cœur et supporter toutes ces vieilles, ces fêtes, etc., pour qu'il puisse atteindre son objectif. Je crois qu'il a mille fois raison, mais ça m'angoisse, je perds patience, je voudrais que ça arrive comme par magie. Tout ce que je constate, c'est que je ne peux pas aller bien sans

1. Seconde épouse de Diego Rivera, de 1922 à 1929.

vous, alors je broie du noir, tout m'ennuie, tout me gêne, bref, j'ai la coyoacanite.

Quand tu pourras, quand tu auras un tout petit peu de temps libre, écris-moi, ma belle, quand je reçois une lettre de toi je suis tellement contente que tout devient plus léger.

J'ai écrit à papa. Dans ses lettres il me dit qu'il ne peut pas se mettre à la peinture comme je le lui ai recommandé, parce qu'il est toujours occupé par son travail, il se dit qu'il vit aux crochets des autres et qu'il n'a plus les moyens de te donner tout ce qu'il voudrait. Moi, je lui réponds qu'il n'est qu'un gros bêta et qu'il doit prendre la vie plus à la légère. Au moins, vous ne manquez pas de l'essentiel, non ? Et puis, il peut faire des petits boulots de temps en temps, juste pour ne pas s'ennuyer et pour avoir de quoi s'acheter des cigarettes et des friandises. Si jamais j'arrive à vendre un tableau, je lui enverrai de quoi rembourser ce qu'il doit au Foto Supply, histoire de le calmer, et quand je rentrerai, tu verras comme tout se passera bien ; on vivra tous les trois très heureux. Je veux vivre avec toi maintenant, parce que durant les mois que j'ai passés à Mexico, je t'ai à peine vue et je ne peux pas me partager entre ma maison et la tienne. Si on vit tous les trois ensemble, tu verras comme ça ira bien, et moi, je serai la plus heureuse au monde.

Bon, ma belle, ne t'inquiète pas et ne va surtout pas croire que j'étais gravement malade ou je ne sais quoi d'autre. J'ai juste été enrhumée et maintenant je vais parfaitement bien, je tousse juste un peu.

Prends soin de toi, pense bien à moi et écris-moi chaque fois que tu pourras.

Fais plein plein de bisous à papa, à Cristi, à la petite, et passe le bonjour de ma part à Antonio. J'ai écrit à grand-mère. Tout ce que j'attends, c'est une autre lettre de toi.

Le cadeau d'Isoldita est bien arrivé ou pas ?

Je t'envoie mon cœur tout entier.

Ta Frieducha

Je vous envoie à toi et à papa ces cinq dollars pour que vous vous achetiez quelque chose qui vous plaise.

Lettres à Abby A. Rockefeller[1]

New York, 22 janvier 1932

Chère Madame Rockefeller,

Je veux vous remercier pour le très beau livre que vous m'avez envoyé la semaine dernière. J'espère que malgré mon anglais déplorable j'arriverai à le lire. Vos fleurs étaient magnifiques, vous n'imaginez pas comme elles resplendissent dans cette chambre. Cet hôtel est tellement hideux que les fleurs me donnent l'impression d'être au Mexique.

Je vais bien mieux à présent et j'espère vous voir bientôt.

Après être restée enfermée ces huit derniers jours, je suis affreuse et toute maigre, mais j'espère aller mieux très bientôt.

Je vous prie de passer le bonjour à M. Rockefeller et à vos enfants.

Diego vous transmet toute son affection.

Je vous embrasse.

Frieda Rivera

Veuillez excuser mon anglais abominable.

1. Originaux en anglais. (*N.d.l.T.*)

*

New York, 27 janvier 1932

Chère Madame Rockefeller,

Diego est vraiment désolé de ne pas pouvoir vous écrire, mais il est toujours alité.

Il tient à vous remercier pour vos fleurs magnifiques et pour votre aimable lettre.

Il s'ennuie beaucoup quand il ne travaille pas, mais vous le connaissez, il est comme un enfant et il déteste les médecins ; malgré tout, j'en ai fait venir un et maintenant il est très en colère contre moi parce que le médecin lui a recommandé de garder le lit quelques jours de plus.

Le bébé de votre fille lui manque beaucoup, il m'a dit qu'il l'aimait encore plus que moi.

J'espère qu'il va très vite se rétablir et qu'il pourra vous écrire lui-même, et surtout qu'il pourra se remettre à travailler. Il a été ravi d'apprendre que M. Rockefeller et vous-même aviez aimé ses dessins de Mme Milton, et il vous en remercie.

Je vous prie d'excuser mon anglais.

Bien cordialement,

Diego Rivera
Frieda Rivera

Lettre à Clifford[1] et à Jean Wight[2]

New York, 12 avril 1932

Chers Cliff et Jean,

J'ai reçu la lettre de Jean il y a une semaine ; je n'ai pas pu y répondre tout de suite car j'étais *encore* au lit, avec un rhume, et je me sentais vraiment mal. J'espère que vous me pardonnerez. Ce climat new-yorkais, mon Dieu, c'est une calamité pour moi. Mais... qu'est-ce que je peux bien y faire ? J'espère que ça ira mieux à Detroit, sinon je me suicide.

Je suis ravie d'apprendre que Cristina et Jack[3] sont arrivés et je suis sûre que nous allons passer du bon temps tous ensemble. Ce serait vraiment chouette si nous pouvions descendre au même hôtel, vous ne croyez pas ?

Diego voudrait que vous cherchiez un appartement pour nous le plus tôt possible, car nous allons quitter New York la semaine prochaine. Il pense que celui que vous avez décrit dans la lettre est trop

1. Sculpteur anglais. Il fut l'un des assistants de Diego Rivera à San Francisco et à Detroit.
2. Original en anglais. (*N.d.l.T.*)
3. John (surnommé Jack) Hastings est aussi l'un des assistants de Diego Rivera à San Francisco.

petit, car il manque une pièce pour travailler ou peindre. Et c'est le point le plus important. C'est absolument indispensable pour Diego, et pour moi aussi. (J'ai prévu de peindre là-bas, parce que j'en ai marre de ne rien faire à part rester allongée sur un *sopha*. Je ne sais même pas comment ça s'écrit.)

Pour cette raison essentielle, et si ça ne vous dérange pas trop, nous aimerions beaucoup que vous nous trouviez un appartement avec une pièce assez lumineuse pour pouvoir y peindre, une chambre avec deux lits, ou *un seul* mais grand (ce qui serait bien sûr plus agréable), une petite cuisine et une salle de bains. Vous pourrez peut-être en trouver un dans le même hôtel, le Wardell, au dernier étage, et tant pis si c'est un peu plus cher ; mais s'il n'y a pas moyen, alors ailleurs, près du musée.

Autrement, si jamais c'était possible, vous pourriez peut-être nous trouver un atelier pas trop cher ; dans ce cas nous prendrions l'appartement du Wardell que vous m'avez décrit. Je sais que ça n'est pas si facile à trouver, mais si vous le pouvez, je vous en serais très reconnaissante. Vous n'ignorez pas combien il est difficile de travailler dans le séjour d'une chambre d'hôtel, parce qu'il faut bien manger, recevoir du monde, et tout ça dans la même pièce. Voilà pourquoi je préférerais un atelier, ou alors une pièce plus grande dans l'appartement.

Diego a terminé sa dernière lithographie, mais je ne sais pas s'il a l'intention de continuer ; nous ne pouvons donc pas partir cette semaine, mais la semaine prochaine, sans faute, nous prendrons le train pour Detroit. Je vous enverrai un télégramme pour vous communiquer la date exacte de notre départ.

Il n'y a pas de nouvelles très intéressantes à New York. Vous devez déjà savoir que le bébé de Lindbergh n'est toujours pas de retour à la maison. Les

Chinois et les Japonais continuent à se battre… etc., etc. Universal news. Un détail, tout de même : nous sommes allés au cirque, un énorme cirque dans Madison Garden, et nous nous sommes bien amusés. Il y a plein d'animaux, des monstres, des jolies filles et 100 clowns. Mon Dieu ! Je n'avais encore jamais vu de telles merveilles.

Les Blanch sont passés par ici. Arnold a monté une exposition très intéressante. Ils sont venus à une fête organisée par Malú Cabrera pour notre départ et parce que j'ai été « rebaptisée ». À présent, mon prénom n'est plus « Frieda » mais « Carmen ». C'était une bien belle fête. Je me suis déguisée en bébé, Diego en prêtre, Malú était la marraine et Harry le parrain. Diego a été merveilleux. Vous auriez été morts de rire.

En plus de tout ça, Concha Michel, une chanteuse mexicaine (peut-être que Cliff se souvient d'elle), a donné un concert ici, au Barbizon Plaza. Elle chante vraiment très bien, elle a eu beaucoup de succès. Elle s'est d'abord habillée en Indienne, puis en Tehuana, et finalement en *china poblana*. Tout le monde l'a adorée. Elle m'a donné les paroles des chansons et nous pourrons les chanter à Detroit si je m'achète une guitare.

Ella Wolfe et Bert transmettent leurs amitiés à Cliff, et les Block et les Bloch (Suzanne et Lucienne, oui, Luci !) en font de même.

Dites à Cristina, s'il vous plaît, que j'ai très envie qu'elle m'écrive. Diego et moi lui envoyons toute notre affection. Et passez le bonjour de notre part à Niendorff et à M. Valentiner.

Avec toute notre tendresse,

Diego et la Chicuita

Au revoir

Je vous enverrai un télégramme pour vous dire quand nous arriverons à Detroit.

Faites-moi savoir si vous avez pu trouver l'appartement et merci beaucoup beaucoup beaucoup beaucoup beaucoup.

Chicua

Cliff,

J'ai trouvé ton mètre déroulant ou ton rouleau à mesurer (comment ça s'appelle en anglais ?). Oh la la, mon anglais ! Mais bon, tu vois ce que je veux dire. Chez nous, on appelle ça « mètre à ruban ». Bref, un mètre mesureur.

Écris-moi sans tarder, d'accord ?

Mon rhume va mieux, mais maintenant j'ai mal au ventre. Pôv Chicua ! Elle a envie de rentrer au Mexique, un point c'est tout. Nous irons directement de Detroit à Coyoacán, D.F. D'accord ?... OUI. Clifford et Jean.

Lettres au docteur Leo Eloesser

Detroit, 26 mai 1932

(...) Cette ville me fait l'effet d'un vieux patelin miteux, on dirait un petit village, je n'aime pas du tout. Mais je suis contente parce que Diego y est bien pour travailler, il a trouvé pas mal de matériel pour les fresques qu'il va peindre dans le musée. Les usines, les machines, etc., tout ça, il adore, il est comme un enfant avec un nouveau jouet. La zone industrielle de Detroit est d'ailleurs la plus intéressante, le reste est comme dans tous les États-Unis : moche et stupide (...)

J'ai pas mal de choses à vous raconter à mon propos, mais, disons, pas très agréables. D'abord, ma santé va mal. Je voudrais vous parler de tout sauf de ça, car vous devez en avoir par-dessus la tête d'entendre tout le monde se plaindre et, surtout, d'écouter les malades vous raconter leurs maladies, mais j'aimerais avoir la prétention de croire que mon cas est un peu différent car nous sommes amis et, aussi bien Diego que moi-même, nous vous aimons beaucoup. Et vous le savez bien.

Sachez d'abord que je suis allée voir le docteur Pratt, parce que vous l'aviez recommandé aux Hastings. La première fois, j'y suis allée pour mon pied, qui ne va pas mieux, et par conséquent pour mon orteil, qui va encore plus mal que la dernière fois que vous m'avez vue, il y a presque deux ans. Ça ne m'inquiète pas trop vu que je sais qu'une guérison n'est pas envisageable et que pleurer n'arrange rien, au contraire. À l'hôpital Ford, où le docteur Pratt exerce, un médecin, je ne me rappelle plus lequel, m'a diagnostiqué un *ulcère trophique*. Qu'est-ce que c'est ? J'en suis restée bouche bée quand j'ai appris que j'avais un truc pareil à la patte. Mais la chose la plus importante dont je veux m'entretenir avec vous avant toute autre personne, c'est que je suis enceinte de *deux* mois. Voilà pourquoi je suis retournée voir le docteur Pratt, qui m'a dit qu'il connaissait mon cas parce qu'il en avait parlé avec vous à La Nouvelle-Orléans et que je n'avais pas besoin de lui rappeler toutes ces histoires d'accident, d'hérédité, etc. Estimant que dans mon état il valait mieux avorter, je le lui ai dit et il m'a donné une dose de *quinine* et une purge bien carabinée d'huile de ricin. Le lendemain, j'ai eu une très légère hémorragie, *presque rien*. Pendant cinq ou six jours, j'ai un peu saigné, mais vraiment très peu. J'ai quand même cru que j'avais avorté et je suis retournée voir le docteur Pratt. Il m'a auscultée et m'a dit que non, qu'il était sûr et certain que *je n'avais pas avorté* et qu'à son avis, au lieu d'avoir recours à une opération, il valait mieux que je garde l'enfant, parce que malgré le mauvais état de mon organisme, notamment la légère fracture du pelvis, la colonne, et cetera et cetera, je n'aurais pas trop de mal à le mettre au monde par césarienne. Il dit que si nous restons à Detroit pendant les sept prochains mois de ma grossesse, il s'occupera de moi avec le plus grand soin. Je voudrais avoir votre avis, en toute confiance, car *en l'occurrence je ne sais pas quoi faire*. Naturellement, je prendrai la décision que vous jugerez la plus convenable pour ma santé, et *Diego en dit de même*. Pensez-vous qu'il serait plus dangereux d'avorter que d'avoir l'enfant ? Il y a deux ans, j'ai subi un avortement chirurgical au Mexique, plus ou moins dans les mêmes circonstances qu'aujourd'hui, sauf que j'étais enceinte de trois mois. Cette fois, ça ne fait que deux mois et je pense que ce sera plus facile, mais *je ne sais pas pourquoi* le docteur Pratt pense qu'il vaudrait mieux que j'aie cet enfant. Vous connaissez mon état mieux que personne. En premier lieu, avec cette hérédité dans le sang, je ne crois pas que le petit arriverait en très bonne santé. En deuxième lieu, je suis très faible et l'accouchement n'arrangerait rien. Et pour couronner le tout, la situation n'est pas simple pour moi en ce moment, car je ne sais pas exactement combien de temps il va falloir à Diego pour terminer sa fresque[1], mais d'après mes calculs ce sera en septembre, or l'enfant est censé naître en décembre, il faudrait donc que je reparte au Mexique trois mois avant l'accouchement. Si Diego tardait plus, il vaudrait mieux que j'attende la naissance du petit ici, mais il serait de toute façon compliqué de voyager avec un bébé de quelques jours. Je n'ai personne de ma famille ici pour s'occuper de moi pendant et après ma grossesse, et mon pauvre petit Diego ne pourrait pas même s'il le voulait, à cause de son travail et des milliers de choses dont il doit s'occuper. Inutile, donc, de compter sur lui. À la limite, je pourrais partir à Mexico en août ou en septembre et accoucher là-bas. Je ne crois pas que Diego ait très envie d'avoir un enfant : le travail est son principal

1. Diego est en train de peindre dans la cour centrale du Detroit Institute of Arts une fresque intitulée *L'Homme et la Machine*.

souci, et il a bien raison. Les gosses arrivent en troisième ou en quatrième position. En ce qui me concerne, je ne saurais vous dire si cela me convient ou pas d'avoir un enfant, car Diego est continuellement en voyage et je n'ai aucune intention de rester à Mexico et de le laisser partir tout seul. Bref, ça ne ferait que nous compliquer la vie à tous les deux, vous ne croyez pas ? Mais si vous êtes vraiment du même avis que le docteur Pratt, si vous pensez qu'il vaut mieux pour ma santé ne pas avorter et garder cet enfant, alors je trouverai le moyen de pallier toutes ces difficultés. Votre avis m'importe plus que tout autre, parce que vous êtes le mieux placé pour juger de ma situation, et par avance je vous remercie du fond du cœur de me dire clairement ce que vous estimez préférable. Au cas où il conviendrait d'avorter par voie chirurgicale, je vous prie de bien vouloir écrire au docteur Pratt, car il ne se rend probablement pas compte de tout et, comme l'avortement est contraire à la loi, il a peut-être peur, mais après il sera trop tard pour l'opération.

Si, au contraire, vous pensez qu'il vaut mieux pour moi avoir cet enfant, alors dites-moi s'il est plus convenable de repartir au Mexique en août, pour accoucher là-bas, auprès de ma mère et de mes sœurs, ou bien d'attendre la naissance ici. J'arrête de vous embêter, vous n'imaginez pas, mon cher petit docteur, combien j'ai honte de vous déranger avec tout ça ; je vous parle non seulement comme à un médecin mais surtout comme à mon meilleur ami et votre avis me sera d'une utilité dont vous n'avez pas idée, parce que je ne peux compter sur *personne* ici. Diego, comme d'habitude, est très gentil avec moi, mais je ne veux pas le distraire avec ce genre de choses maintenant qu'il a tellement de travail et qu'il a besoin, avant tout, de tranquillité et de calme. Je ne suis pas assez proche de Jean Wight et de Cristina Hastings pour leur demander leur avis, c'est trop important, surtout qu'à la moindre bourde, la faucheuse m'attend au tournant ! Voilà pourquoi, pendant que j'ai encore un peu de temps devant moi, je veux savoir ce que vous pensez et faire ce qui sera le plus approprié pour ma santé. Je crois d'ailleurs que c'est la seule chose qui intéressera Diego, parce qu'il m'aime, je le sais, et je ferai tout ce qui sera en mon pouvoir pour lui être agréable. Je mange mal, je n'ai pas d'appétit ; en faisant un effort, j'arrive à avaler deux verres de crème chaque jour ainsi qu'un peu de viande et de légumes. Mais maintenant, à cause de cette satanée grossesse, j'ai tout le temps envie de vomir et... je suis au bout du rouleau ! *Tout* me fatigue, ma colonne me fait mal, quant à ma jambe, n'en parlons pas ; je ne peux pas faire d'exercice, du coup, pour digérer, c'est la croix et la bannière ! Pourtant, j'ai envie de faire des tas de choses et jamais je ne me sens *déçue de la vie*, comme dans les romans russes. Je comprends parfaitement ma situation et je suis plus ou moins heureuse, d'abord parce que j'ai Diego, ma mère et mon père ; je les aime tellement. Je crois que c'est amplement suffisant, je ne demande surtout pas de miracles à la vie. De tous mes amis, c'est vous que j'aime le plus et c'est pour cette raison que je me permets de vous embêter avec toutes ces sottises. Pardonnez-moi et, quand vous répondrez à cette lettre, donnez-moi de vos nouvelles. Diego et moi vous embrassons tendrement.

Frieda

Si vous pensez que je dois me faire opérer tout de suite, envoyez-moi, s'il vous plaît, un télégramme codé, histoire que vous n'ayez pas d'ennuis. Mille mercis et mon meilleur souvenir. F.

Concernant ce que vous m'avez demandé à propos du ballet de Carlos Chávez et Diego[1], figurez-vous que c'était une vraie pourriture, avec un grand P comme... Ce n'était pas la faute de la musique ou des décors, mais de la chorégraphie, pleine de blondes insipides essayant de se faire passer pour des Indiennes de Tehuantepec, et si vous les aviez vues remuer leurs fesses : on aurait dit que c'était du plomb qui leur coulait dans les veines. Bref, de la cochonnerie à l'état pur.

*

Detroit, 29 juillet 1932

Mon cher petit docteur,

J'aurais voulu vous écrire il y a longtemps, croyez-moi, mais il m'est arrivé tellement de choses que jusqu'à aujourd'hui je n'ai pas trouvé le temps de m'asseoir tranquillement pour prendre ma plume et vous écrire ces quelques lignes.

Je veux tout d'abord vous remercier pour votre lettre et votre télégramme si aimables. À ce moment-là, j'étais enthousiaste à l'idée d'avoir cet enfant, même après avoir réfléchi aux difficultés que cela engendrerait ; c'est sûrement mon corps qui parlait, car je sentais le besoin de le garder. Quand votre lettre est arrivée, elle m'a encore plus encouragée, car il vous semblait que je pouvais avoir cet enfant, alors je n'ai pas remis au docteur Pratt la lettre que vous

1. Avant de se rendre à Detroit en avril 1932, Diego et Frida étaient passés par Philadelphie pour assister à la première du ballet *H.P.* La musique avait été composée par Carlos Chávez, les décors conçus par Diego Rivera et l'orchestre était dirigé par Leopold Stokowski.

m'aviez envoyée pour lui ; j'étais en effet persuadée que je pourrais supporter cette grossesse, retourner au Mexique en temps voulu et accoucher là-bas. Presque deux mois se sont écoulés et je ne ressentais aucune gêne, je me suis mise au repos et j'ai pris grand soin de moi. Mais deux semaines environ avant le 4 juillet, j'ai remarqué un filet de sang épais qui coulait presque tous les jours, alors je me suis inquiétée et je suis allée voir le docteur Pratt, qui m'a dit que tout allait bien et que je pourrais avoir mon enfant par césarienne. Ça a continué jusqu'au 4 juillet et là, sans que je sache pourquoi, en un clin d'œil j'ai fait une fausse couche. Le fœtus n'était pas formé, quand il est sorti il était tout désagrégé, alors que j'étais enceinte depuis trois mois et demi. Le docteur Pratt n'a pas évoqué de cause précise, il m'a juste assuré que je pourrais un jour avoir un autre enfant. À l'heure où je vous écris, je ne sais toujours pas pourquoi je l'ai perdu et pour quelle raison le fœtus n'était pas formé, alors allez savoir comment je vais de l'intérieur, parce que c'est un peu bizarre, vous ne croyez pas ? J'étais tellement contente à l'idée d'avoir un petit Dieguito que j'ai beaucoup pleuré, mais maintenant que c'est passé, il n'y a plus qu'à se résigner... Bref, il y a des milliers de choses autour desquelles règne le mystère le plus absolu. Quoi qu'il en soit, je suis comme les chats, on n'a pas ma peau si facilement... c'est toujours ça... !

Faites un saut par ici et venez nous rendre visite ! Nous avons des tas de choses à nous raconter et avec de bons amis on en arrive à oublier qu'on est dans ce pays à la con ! Écrivez-moi et n'oubliez pas vos amis qui vous aiment tant.

Diego et Frieda

À vrai dire, je ne me sens pas à ma place, mais je dois faire contre mauvaise fortune bon cœur et rester ici, car je ne peux pas laisser Diego.

Lettre à Diego Rivera

Coyoacán, 10 septembre 1932

(...) Tu as beau me dire que tu te trouves moche dans le miroir avec tes cheveux courts, je n'en crois pas un mot, je sais que tu es beau de toute façon et tout ce que je regrette, c'est de ne pas être là pour t'embrasser et prendre soin de toi, et t'enquiquiner aussi de temps en temps avec mes grognements. Je t'adore, mon Diego. Je suis désolée d'avoir laissé mon cher gamin à l'abandon, je vois bien que tu as besoin de moi... Je ne peux pas vivre sans mon joli petit môme... La maison sans toi ne rime à rien. Tout sans toi me semble horrible. Je suis amoureuse de toi plus que jamais et de plus en plus.

Je t'envoie tout mon amour.

Ta toute petite petiote

Lettres à Abby A. Rockefeller[1]

Detroit, mardi 24 janvier 1933

Chère Madame Rockefeller,

Je n'ai pas les mots pour vous remercier pour les merveilleuses photos des enfants que vous nous avez envoyées. C'était vraiment très gentil de votre part et j'aimerais que mon anglais soit assez bon pour vous dire à quel point j'ai apprécié votre attention.

Les petits ont tout simplement l'air divin et j'imagine que vous devez être très fière d'avoir ces merveilleux petits-enfants. Je ne peux pas oublier le joli petit visage du bébé de Nelson, et la photo que vous m'avez envoyée est à présent accrochée au mur de ma chambre. Vous n'imaginez pas le bonheur sur le visage de Diego lorsque j'ai ouvert l'enveloppe et qu'il a soudain vu la photo des bébés de Mme Milton. Ce sont vraiment les plus jolis enfants que nous connaissions.

Ici, à Detroit, ça se passe bien. Diego, comme d'habitude, travaille jour et nuit. Je suis parfois inquiète pour lui parce qu'il a l'air épuisé et rien au monde ne peut le forcer à prendre du repos. Il n'est heureux que lorsqu'il travaille et je ne le blâme pas,

1. Originaux en anglais. (*N.d.l.T.*)

j'espère juste qu'il ne va pas tomber malade et que tout ira bien. Cette fresque, à l'Institute of Arts, est vraiment magnifique, à mon avis une de ses meilleures. J'espère que vous la verrez un jour.

Je peins un peu aussi. Non pas que je me considère comme une artiste ou quoi que ce soit dans le genre, mais tout simplement parce que je n'ai rien d'autre à faire ici et parce que, en travaillant, je peux oublier un peu tous les soucis que j'ai eus l'an dernier. Je suis en train de peindre des huiles sur de petites plaques d'aluminium et il m'arrive d'aller dans une école d'artisanat ; j'ai réalisé deux lithographies absolument nulles[1].

Si j'en fais d'autres et qu'elles sont meilleures, je vous les montrerai à New York.

Je pense que nous allons bientôt partir à New York. Diego est en train de peindre le dernier grand mur, ce qui va lui prendre encore deux semaines, ensuite nous dirons au revoir à Detroit pour quelque temps.

M. Valentiner arrive la semaine prochaine, vous aurez probablement l'occasion de le voir à New York. Quel bonheur qu'il soit de retour, vous ne trouvez pas ?

Quoi de neuf à New York ? Les gens passent-ils leur temps à parler de Technocratie ? Ici, tout le monde n'a que ce mot à la bouche et je me dis que c'est partout pareil. Je me demande bien ce que va devenir cette planète.

Permettez-moi de vous remercier encore une fois de votre joli cadeau et, s'il vous plaît, transmettez mes amitiés à Mme Milton, à Nelson et à son épouse. Embrassez bien tous les enfants de ma part.

1. Des lithographies réalisées par Frida à Detroit, la seule que l'on connaisse est *L'Avortement*.

Recevez mes meilleurs vœux pour cette nouvelle année. Diego vous transmet ses amitiés.

Sincères salutations,

Frieda

*

Detroit, 6 mars 1933

Chère Madame Rockefeller,

Vous n'imaginez pas à quel point votre lettre m'a fait plaisir. Nous étions tellement désolés d'apprendre que vous étiez tombée malade, mais votre lettre était pleine de bonnes nouvelles et nous sommes ravis d'apprendre que vous allez mieux.

Comme vous devez le savoir, la superbe exposition de peinture italienne des XVe et XVIe siècles que M. Valentiner est en train de préparer ouvrira ses portes le 8 mars à l'Institute of Arts de Detroit. Ce serait merveilleux que vous alliez suffisamment bien pour venir la voir.

Diego a fini les fresques et, si vous venez, vous pourrez les voir par la même occasion.

La réception pour les fresques aura lieu plus tard, à cause des changements qui doivent être réalisés dans la cour, entre autres le déplacement de la fontaine centrale.

Nous quitterons probablement Detroit pour New York lundi prochain et nous espérons que vous pourrez venir avant notre départ. S'il vous plaît, dites à M. et à Mme Milton que nous serions ravis s'ils pouvaient venir également, ainsi que Nelson et son épouse. Comment vont tous les petits ? J'espère les voir quand je serai à New York. C'était si gentil à vous de m'avoir envoyé leur photo, je ne l'oublierai jamais.

J'ai été bien fainéante ces derniers jours, je n'avais

pas envie de peindre, ni de faire quoi que ce soit,
mais dès que j'arriverai à New York, je m'y remettrai. Je vous montrerai ce que j'ai fait ici, même si
c'est affreux.

Veuillez m'excuser de ne pas avoir répondu plus
vite à votre lettre, mais j'étais au lit avec un rhume
lorsque je l'ai reçue, je me remets à peine.

J'espère avoir bientôt de vos nouvelles et, en
attendant, je vous embrasse.

Diego vous transmet ses amitiés.

Frieda

Lettre à Clifford Wight[1]

New York, 11 avril 1933
Barbizon Plaza

Cliff,

J'ai bien reçu tes deux lettres mais, comme d'habitude, j'ai trouvé tellement de prétextes pour traîner que je te réponds à peine maintenant. J'espère que tu me pardonneras. N'est-ce pas ?

En premier lieu, je dois te dire que New York est encore pire que l'an dernier, ses habitants sont tristes et pessimistes... Malgré tout, la ville est belle à plusieurs égards et je me sens mieux ici. Diego travaille d'arrache-pied et une moitié du grand mur est presque finie. C'est magnifique et lui, il est heureux (moi aussi).

J'ai revu les mêmes choses et les mêmes gens, à l'exception de *Lupe Marín,* qui a passé deux semaines ici. Jamais je n'aurais cru qu'elle serait si gentille et si aimable, et ce n'est pas rien en l'occurrence.

On a sillonné ensemble les théâtres, les cabarets, les cinémas, les bazars, les drugstores, les restaurants bon marché, China Town, Harlem, etc., et... elle était enchantée ! *Oh boy* !

---

1. Original en anglais. (*N.d.l.T.*)

Elle a commencé par se casser la figure dans les escalators de Macy's. Elle a fait un de ces scandales : soi-disant qu'elle n'était pas une acrobate ! Elle parlait à tout le monde en espagnol, même aux policiers, et bien évidemment ils se sont dit que la pauvre femme avait une araignée au plafond. On est allées faire du shopping et figure-toi qu'elle marchandait en espagnol avec toutes les filles, comme si elle était au marché de La Merced. Bref, je manque de mots pour te raconter tout ce qu'elle a fait, mais c'est un miracle qu'elle n'ait pas atterri à l'asile.

On a vu Nelson R.[1] et son épouse, et M. et Mme R., les parents. Nelson te passe le bonjour.

Malú va accoucher dans un mois et je vais être la marraine.

Ella et Bert te transmettent leurs amitiés, ils sont toujours aussi gentils avec moi.

Hideo Noda travaille avec Diego en ce moment, ainsi que Ben Shahn[2] et Lou Block, le frère de Harry.

Lucienne est amoureuse d'un garçon et elle a beaucoup changé, elle est plus humaine, un peu moins « fière ». Suzanne aussi est amoureuse, d'un mathématicien, quelqu'un de bien.

Rosa et Miguel Covarrubias vont aller au Mexique puis de nouveau à Bali, pour un an. J'ai vu les Blanch, ils partent en Europe cette année avec la bourse Guggenheim. Tout le monde s'en va et New York va se vider (pour moi), mais dans le fond c'est bien.

Barbara Dunbar a eu un bébé, elle a été malade et

1. Rockefeller.
2. Les peintres Ben Shahn et Hideo Noda furent les assistants de Diego Rivera pour la réalisation de la peinture murale du bâtiment n° 1 du Rockefeller Center, à New York.

a dû rester au lit pendant quatre mois. La pauvre. O'Keeffe[1] a passé trois mois à l'hôpital, elle est partie aux Bermudes se reposer. Elle ne m'a pas fait l'amour pendant ce temps, parce qu'elle était trop faible, je crois. Dommage.

Bon, voilà tout ce que je peux te raconter pour le moment.

Diego veut répondre à tes questions :

1. Il rejoindra le Syndicat dès qu'il arrivera à Chicago et, bien sûr, il paiera la somme requise.

2. Il dit que si les gars du Syndicat veulent fabriquer les cadres, il n'y a pas de discussion possible et tu dois les laisser faire.

3. Il veut savoir si tu as absolument besoin d'Ernest, sinon il vaut mieux lui parler et payer son voyage à Boston. Il dit que tu peux le payer parce que M. Kahn[2] te verse 74 ou 72 dollars par semaine. 42 pour toi et 18 pour Ernest, le reste pouvant servir à payer les frais du voyage d'Ernest.

4. Dis-moi ce que M. Kahn a décidé avec les gars du Syndicat qui veulent tendre les toiles.

5. S'ils demandent 17 dollars par jour pour le faire, combien de temps cela va leur prendre ?

Diego pense que les ouvriers qui t'ont dit que la plupart des artistes et des peintres exposés dans les musées sont un ramassis de vieilleries ont parfaitement raison...

Bon, Cliff, je crois que c'est tout ce que Diego m'a dit. Maintenant, parle-moi un peu de toi et de

1. Georgia O'Keeffe. Peintre nord-américaine, elle rencontre Frida Kahlo à New York en 1931.

2. Albert Kahn fut l'architecte d'un bâtiment de la General Motors à Chicago, où il était prévu que Diego Rivera peigne une grande toile. La commande fut finalement annulée suite au scandale de la peinture murale du Rockefeller Center, en mai 1933.

Jean, de Cristina, de Jack, de « pu-waddle » (comment tu épelles ce nom ?) et d'Ernest.

Comment vas-tu ? Comment est Chicago ? Tu crois que je vais aimer ?

L'autre jour, j'ai vu un film qui s'appelle *M*, très bon. Va le voir si tu peux. Il est allemand. Et aussi *Potemkine* et *Gabriel au-dessus de la Maison-Blanche*, c'est de la sale propagande, mais certains passages sont excellents.

OK, Cliff. Au revoir et sois sage. Reste bien à l'ombre ! Le soleil est dangereux.

Embrasse bien Jean et Cristina (avec la permission de Jack). Et je t'embrasse, toi et encore toi, et Jack, et sans la permission de personne.

Frieda

Diego vous transmet à tous ses amitiés.

Diego vous remercie pour les coupures de journaux que tu lui as envoyées, il dit qu'à présent tout est OK à Detroit. Burroughs lui a écrit une lettre et lui a envoyé un article qu'il a publié, très bon.

Nous habitons à présent au 35e étage. La vue est magnifique.

Il fait de plus en plus chaud à New York. Le climat de ce pays est un véritable enfer. Qu'est-ce qu'on va avoir comme été, cette année, mon Dieu. Je me convertirais bien au « nudisme », mais c'est pire... pour le public.

Lettre à Clifford et à Jean Wight[1]

New York, 29 octobre 1933

Chers Jean et Cliff,

Mais bon sang de bonsoir ! Qu'est-ce que vous fichiez en Arizona ? Je vous parie ce que vous voulez que vous avez passé un chouette moment, ça se voit sur les photos. Mais... si vous allez à MEXICO, vous serez mille fois plus heureux, surtout que vous y rencontrerez les gens les plus sympathiques qui existent sur terre, les Rivera et les Hastings. Qu'est-ce que vous dites de ça ?

Nous quittons New York la première semaine de décembre, alors si vous vous décidez à mettre le cap sur ce pays, nous serons... oh, mes amis, tous ensemble !!! Et heureux !!!

Diego me demande de répondre à la lettre que Clifford lui a envoyée, alors je le fais, mais vous allez devoir m'excuser de ne pas répondre avec ses mots exacts (...) je ne peux pas me souvenir de tout ce qu'il dit. Pour faire bref, il veut vous remercier pour la lettre, les photos, les poupées, tout ce que vous nous avez si gentiment envoyé, et il vous rappelle que vous avez un bout de terrain au Mexique, où

1. Original en anglais (*N.d.l.T.*).

vous pouvez vous faire construire une petite maison, pour vous et pour *whachyoumaycallit* [*elle dessine un petit chien*], si jamais vous en avez envie. Diego serait ravi que vous y alliez quand nous y serons. Par ailleurs, il dit qu'il est très heureux d'apprendre que Cliff étudie le communisme. Quel dommage que vous n'ayez pas été à New York au moment de l'affaire Rockefeller et maintenant que Diego peint dans la New Worker's School.

J'ai appris tellement de choses ici, je suis de plus en plus convaincue que la seule façon de devenir un homme, je veux dire un être humain et pas un animal, c'est d'être communiste. Vous vous moquez de moi ? N'en faites rien, je vous en prie. Parce que c'est la pure vérité.

Diego a presque fini les fresques de la New Worker's School, elles sont vraiment chouettes, je vous en envoie quelques photos prises par Lucienne. Elles ne valent pas l'original mais ça vous donnera une idée. Lucienne s'est éreintée à prendre des photos, mais elle est elle-même déçue par le résultat. Dans le Radio City, en revanche, elle s'est bien débrouillée, ce sont surtout ses photos qui ont permis de rendre publique toute cette affaire.

Sánchez s'est marié il y a quelques semaines avec une fille du Texas ; elle pèse 76 livres et elle est toute petite. Une fille bien, en tout cas ils sont très heureux... Sánchez a l'air très pâle... Je ne sais pas pourquoi ????????

Lucienne et Dimitroff, comme toujours, très très heureux ; tous les deux sont désormais membres du Parti ; quand il y a une grève, ils vont parler aux ouvriers, ils prononcent des discours dans les meetings et passent du bon temps.

Sánchez et Dimitroff sont les deux seuls à travailler pour Diego en ce moment, Lucienne donne un coup de main de temps en temps.

J'ai un peu peint, j'ai lu et je me traîne, comme d'habitude. À présent j'ai fini de tout emballer et je n'attends qu'une chose : le retour.

Comment allez-vous, les gars ? Racontez-moi tout ce que vous faites, vos projets d'avenir, bref, tout. Vous avez vu le docteur Eloesser ? et Ralph ? Transmettez mes amitiés à tous nos amis : Emily Joseph, Ginette, Ralph, le docteur Eloesser, Pflueger, etc. etc. etc. etc. etc. etc.

Ma nouvelle adresse est Hôtel Brevoort, 5th Ave. et 8th Street. Celle de Mexico, vous la connaissez : Ave. Londres 127, Coyoacán, D.F., Mexico, Air Mail.

Écrivez-moi vite, s'il vous plaît, aussi vite que vous le pourrez, avant que je reparte au Mexique.

Encore merci pour tout ce que vous m'avez envoyé, j'espère vous voir de temps en temps dans mes rêves, jusqu'à ce que nous nous retrouvions au Mexique dans la réalité.

Au revoir.

La Chicua

Vous avez vu le dessin animé *Les Trois Petits Cochons, Qui a peur du grand méchant loup ?* et *Je ne suis pas un ange* avec Mae West ? Je les trouve fabuleux. J'envoie à Cliff de la littérature communiste.

Lettre à Ella Wolfe

New York, 30 octobre 1933

Ella, ma belle,

Ne sois pas méchante et accepte l'argent de Paca. Pourquoi est-ce que tu devrais payer les livres qui ont profité à d'autres ?

Je te l'envoie par courrier, sinon je sais que tu ne l'accepteras pas.

Hier, on est allés écouter une conférence de Roger Baldwin, c'était OK, mais il est carrément nul question « free speech ». Welch a bien parlé, il a dit à Baldwin ses quatre vérités. Tu comprends ? Non, bon, je t'expliquerai plus tard.

Je passerai te voir tout à l'heure à l'École[1], alors au revoir au revoir au revoir,

La Chicua

Peel me a grape !

Merci pour les lettres que tu as bien voulu écrire à Mme Mathias et à Burroughs.

Un baiser à Bertrancito Wolfe de la Chicua.

1. La New Worker's School, où Diego était en train de peindre les vingt et un panneaux du *Portrait de l'Amérique du Nord*.

Lettre à Isabel Campos

New York, 16 novembre 1933

Ma belle Chabela,

Ça fait un an que je ne sais rien de toi ni de vous tous. Je te laisse imaginer l'année que j'ai passée ; mais n'en parlons plus, ça ne sert à rien et rien au monde ne parviendra à me consoler.

Nous serons à Mexico dans un mois, alors je pourrai te voir et bavarder avec toi. Si je t'écris, c'est pour que tu me répondes et que tu me racontes des tas de choses, car même si nous semblons nous être oubliées l'une l'autre, dans le fond je me souviens toujours de vous tous et j'ai beau être loin je me dis que toi et les autres, de temps en temps, vous devez vous rappeler que j'existe. Dis-moi ce que tu deviens à Coyoacán, ce havre d'ennui qui devient si beau quand on est loin.

Moi, à Gringoland, je passe mon temps à rêver de mon retour au Mexique, mais à cause du travail de Diego il a fallu rester ici. New York est très joli et je m'y sens bien mieux qu'à Detroit, mais le Mexique me manque. Cette fois-ci, nous y resterons presque un an, ensuite nous irons peut-être à Paris, mais pour l'heure je ne veux pas penser à l'après.

Hier, il a neigé pour la première fois et il va bientôt

faire un froid de canard sauvage, mais on n'a pas le choix : il ne reste plus qu'à enfiler un caleçon en laine et à braver la neige. Je porte nos inénarrables jupons longs pour éviter d'être complètement transie, mais tu parles, tout à coup je sens un froid tellement glacial que vingt jupons ne pourraient y résister. Je n'ai pas changé, toujours aussi folle, et j'ai pris l'habitude de porter ces vêtements ringards au possible ; il y a même quelques Ricaines qui veulent m'imiter en s'habillant « à la mexicaine », mais les pauvres, on dirait des navets, je te jure, ce qu'elles ont l'air moches ; ça ne veut pas dire qu'à moi ça me va bien, mais disons qu'au moins ça passe. (Ne rigole pas.)

Raconte-moi un peu comment vont Mari et Anita, Marta et Lolita ; j'ai eu quelques nouvelles de Pancho et de Chato par Carlitos, qui m'écrit de temps en temps. Mais toi, parle-moi un peu de tout ce beau monde. L'autre jour j'ai rencontré un des López, Heriberto ou son frère, je ne me souviens plus, et on a parlé de vous avec beaucoup de tendresse. Il fait ses études à l'université du New Jersey et il est content d'être ici.

Cristi m'écrit peu, elle est très occupée avec les enfants, du coup personne ne me parle de vous. Je ne sais pas si de temps en temps vous voyez Mati, maintenant qu'elle vit à Coyoacán ; elle ne me donne pas de nouvelles. Que deviennent les Canet ? Chabela doit être énorme, et ta sœur Lolita aussi, je ne vais pas les reconnaître quand je les verrai. Tu continues à apprendre l'anglais ? Sinon, je te montrerai à mon retour, parce que « j'aboie » un peu mieux maintenant que l'année dernière.

Je voudrais te raconter *des milliers de choses*, mais cette lettre deviendrait un vrai journal, alors je préfère m'abstenir pour tout te déverser dessus à mon retour.

Dis-moi ce que tu veux que je te ramène d'ici ; il y a tellement de jolies choses que je ne sais pas quoi choisir, mais si tu as une préférence, tu n'as qu'à me le dire.

Pour mon retour, je veux que tu me prépares un festin de *quesadillas* à la fleur de courgette, avec un bon petit *pulque* ; rien que d'y penser, j'en ai l'eau à la bouche. Tu dois me trouver culottée, mais pas du tout ; c'est juste un rappel, histoire que tu ne fasses pas comme si de rien n'était quand j'arriverai. Tu sais quelque chose des Rubí et de toutes celles qui étaient nos amies ? Raconte-moi quelques ragots, parce que, ici, personne ne vient bavasser avec moi, et les ragots, de temps en temps, ça fait du bien aux oreilles.

Embrasse tonton Panchito et Lolita, et aussi la tante Chona (moi, elle m'aime bien). Pour vous toutes, et surtout pour toi, voici mille tonnes de baisers à partager, mais tu te réserves la plus grosse part.

N'oublie pas de m'écrire. Mon adresse est : Hotel Brevoort, 5th Ave. et 8th Street. NYC New York.

Ta pote qui ne t'oublie pas.

Frieda

Ne m'oubliez pas.

Lettre à Ella et Bertram D. Wolfe

New York, 1933

Bert et Ella, mes chers potes,

Diego m'a dit de vous envoyer ce chèque pour participer aux frais des invitations, etc., pour la New Worker's School.

Et voici le fric que vous avez dépensé pour le dîner des Claude. Ne te mets pas en colère, ma belle Ella, mais il n'est pas juste que tu paies ce que Claude a mangé, car il est plein aux as et pas toi.

Aujourd'hui (vendredi) je vous laisserai la clé chez moi histoire que Bert puisse étudier.

Je vous vois ce soir.

Des tas de baisers de votre pote toute maigrichonne qui vous aime du fond du cœur.

Friedita

Le jour approche et je suis bien triste. D'après Diego, c'est ma faute si on repart au Mexique. J'ai passé la journée à pleurnicher.

Lettre à Ella Wolfe

Mexico, 11 juillet 1934

Ella, ma belle,

Comment vais-je avoir le culot de t'écrire cette lettre ? Je préfère encore ne rien dire, ne pas te présenter des excuses en tout genre. Le fait est que je ne t'ai pas écrit, que je me suis comportée comme une sale dégueulasse, puante, infâme, infecte, etc., etc. et tout le mal que tu peux penser de moi n'est rien comparé à ce que je mérite, mais tu vas tout oublier un instant et moi, je vais te raconter dans cette lettre ce que dans aucune autre je ne t'ai dit (forcément, puisque je n'en ai pas écrit).

Tu me demandais dans ta dernière lettre ce que Diego et moi avions pensé du livre[1] ; pour ma part, je le trouve magnifique, et Diego a beaucoup aimé. Il a regretté cette histoire de préface incomplète, mais il a compris pourquoi et la déception est passée dès qu'il a commencé à lire le texte de Bert et à voir les reproductions, que nous avons d'ailleurs trouvées superbes ; la présentation du livre est splendide et de manière générale tout est *très bien ;* ni moi ni Diego

1. *Portrait of America*, de Diego Rivera ; texte de Bertram D. Wolfe, New York, Covici, Friede Publishers, 1934.

n'avons écrit à Harry et il doit nous traiter de tous les noms de la terre, mais je suis sûre, ou du moins j'espère qu'il nous pardonnera et que la colère lui passera dès que nous lui écrirons ; et toi, dis à Bert, s'il te plaît, qu'il a le droit de maudire, d'insulter, etc., etc., ces sagouins de Rivera qui n'ont même pas été fichus de lui écrire deux lignes à propos du livre et de son texte magnifique ; mais quand il sera à court d'insultes, qu'il nous pardonne, alors les choses reprendront leur cours et nous aurons le plaisir d'aller nous promener tous ensemble à Water Gap, même si je dois encore me faire virer de l'hôtel pour avoir enfreint la loi morale des États-Punis en portant un pantalon de mécanicien dans la salle à manger. Non, sérieusement, dis à Boit de ne pas se mettre en colère contre nous ; et puis il sait le genre de bonne pâte que sont ses deux amis du Mexique connus sous le nom de Diego et la Puissante Chicua, alors il faut qu'il soit indulgent avec nous cette fois, et toi aussi naturellement, sinon ça ne servirait à rien.

Figure-toi que l'autre jour j'ai rencontré ce salaud de Siqueiros chez Misrachi, et il a eu le culot de me saluer après avoir écrit cette saleté d'article dans le *New Masses*[1] ; moi, je l'ai traité comme un chien et je ne lui ai même pas répondu, quant à Diego, il a fait encore pire. Siqueiros lui a dit : « Comment ça va, Diego ? » et Diego a sorti son mouchoir, il a craché dedans et il l'a remis dans sa poche ; il ne lui a pas craché à la figure parce qu'il y avait du monde et

---

1. Revue new-yorkaise dans laquelle David Álfaro Siqueiros publia, le 29 mai 1934, un article intitulé « Le chemin contre-révolutionnaire de Rivera », auquel Diego Rivera répondit en 1935 dans un texte intitulé « Défense et attaque contre les staliniens ».

que ça aurait fait un scandale, mais je peux te dire que Siqueiros avait l'air d'une vieille punaise écrasée, il est reparti la queue entre les jambes. Qu'est-ce que tu penses de cet article ? Bon, il y a de quoi l'envoyer paître chez sa génitrice et lui passer un bon savon à ce salaud, tu ne crois pas ? Diego ne s'est pas encore décidé à rédiger un article contre parce que ce serait faire trop d'honneur à cet abruti, mais je vais lui dire de l'écrire pour le mettre plus bas que terre, parce qu'il ne mérite pas de s'en sortir sans une égratignure, ce fils de... Qu'en dis-tu ?

À part ça, ma belle, qu'est-ce que j'étais contente d'apprendre que Jim va venir à Mexico, quand j'ai lu ta lettre j'avais peine à y croire, mais quand j'ai vu que c'était vrai, j'ai sauté de joie. Et en même temps, pour être franche, ça m'a rendue triste, parce que j'aurais tellement aimé que toi et Boit vous veniez avec lui. J'ai dit à Paca que je ferais tout ce qui est en mon pouvoir pour te faire venir, mais elle m'a expliqué que tu lui avais écrit que tu devais travailler tout l'été, ça m'a fichu un coup au moral, tu n'imagines pas ce que je donnerais pour vous avoir ici, ne serait-ce qu'un mois, pour aller nous promener tous ensemble, parler à bâtons rompus, nous amuser... bref, tout ce que nous pourrions faire ensemble à Mexico, mais je ne perds pas espoir, un jour nous nous retrouverons dans la joie et la bonne humeur comme à New York.

Sache aussi que Diego a été très malade ces deux dernières semaines, il a eu une fièvre nerveuse qui a duré plus de dix jours sans discontinuer, la température baissait et remontait et je ne savais pas quoi faire. Nacho Millán l'a examiné ; tu sais à quel point Diego le respecte en tant que médecin, alors il a fait tout ce que Nacho lui a préconisé et en moins de deux semaines sa santé s'est pas mal améliorée.

Nacho dit que Diego a les nerfs dans un sale état, il lui fait des piqûres et il l'a mis au régime ; mais je vois que Diego est faiblard et tout maigrichon, sa peau est d'une couleur jaunâtre et surtout, et c'est ce qui m'angoisse le plus, j'ai l'impression qu'il n'a plus d'énergie pour travailler, il est toujours triste, comme si rien ne l'intéressait. Parfois il est désespéré et il ne s'est pas encore remis à peindre. Les murs du Palais et de la faculté de médecine sont prêts, mais comme il ne se sent pas bien, il n'a pas encore commencé à peindre ; ça me rend affreusement triste, parce que si lui n'est pas content, je ne suis pas tranquille, et sa santé m'inquiète plus que la mienne. Si je retiens mes larmes, c'est pour ne pas le chagriner ; si je lui dis que ça me fait de la peine de le voir comme ça, il va encore plus s'inquiéter et ce sera pire, parce qu'il est tellement sensible que la moindre broutille le tourmente et lui met le moral à zéro ; je ne sais pas quoi faire pour lui redonner du cœur à l'ouvrage et lui, il pense que tout est ma faute parce que je l'ai fait revenir au Mexique ; moi, je sais que je ne suis pas la seule coupable de son retour et ça me console ; mais tu n'imagines pas à quel point je souffre en sachant qu'il pense qu'il est revenu à cause de moi et que voilà dans quel état il est maintenant. Je voudrais te dire tellement de choses que par lettre c'est difficile, je suis désespérée d'être si loin de vous, mais on n'y peut rien, il faut juste attendre et attendre qu'il comprenne que je n'ai jamais eu l'intention de lui faire du mal, d'ailleurs je savais parfaitement ce que signifiait pour lui un retour au Mexique, et moi-même j'ai essayé de le lui faire comprendre à plusieurs reprises à New York. (Je ne sais pas ce qui arrive à cette machine, elle écrit comme un pied.)

Vous êtes témoins du fait que je suis rentrée *à*

contrecœur et, même s'il n'y a plus rien à faire maintenant, ça me console de savoir que vous au moins vous savez que je dis la vérité. J'ignore si l'état de Diego est dû à son amaigrissement trop rapide à Detroit ou au mauvais fonctionnement de ses glandes ; le fait est qu'il a le moral à zéro et que je souffre encore plus que lui, si tant est que ce soit possible, en voyant qu'il n'y a pas moyen de le faire changer d'avis et que j'ai beau être prête à tout donner, même ma vie, pour lui rendre la santé, rien n'y fait. Et encore, ce que je te raconte n'est rien comparé à ce que j'ai souffert ces derniers mois ici. Je ne dis rien à Diego pour ne pas le mortifier, mais il m'arrive de perdre totalement espoir. Tout cela, bien sûr, se reflète dans la situation financière de Diego, vu qu'il ne travaille pas mais que ses dépenses sont toujours aussi énormes ; du coup, je ne sais pas où ça va nous mener. Je fais de mon mieux pour l'encourager et lui faciliter la tâche, mais ça ne donne rien ; si tu savais comme il a changé par rapport à la dernière fois où vous l'avez vu à New York ; il n'a envie de rien faire, et surtout pas de peindre ici ; je ne peux pas le blâmer, je sais pourquoi il est dans cet état, entouré des pires crétins de la planète, et qui ne veulent rien comprendre par-dessus le marché. Mais comment les faire changer sans changer tout ce qu'il faudrait changer dans ce monde rempli de salauds de la même espèce ? Bref, le problème, ce n'est ni le Mexique, ni la Chine, ni les États-Unis, c'est ce que toi et moi et tous nous connaissons par cœur, alors, naturellement, j'aimerais que Diego ait envie, tout comme il a eu envie de s'exprimer à New York, de s'exprimer ici, ou n'importe où dans le monde, d'ailleurs je crois que ce n'est pas l'envie qui lui manque, mais ce qui est triste, c'est qu'il porte tout ça à l'intérieur de lui, et sa maladie l'empêche d'être le même qu'avant, même si lui prétend que c'est à cause du Mexique ou de tout ce qui l'entoure, tu ne crois pas ? Le fait est que je suis constamment angoissée de le voir comme ça et j'ignore quelle pourrait bien être la solution, tu me comprends ?

Je ne veux surtout pas qu'il apprenne que je t'ai raconté tout ça, comme je te l'ai dit, dès qu'il soupçonne qu'on parle de lui et de ce qui lui arrive, il se met dans tous ses états ; en revanche, j'aimerais bien que tu lui écrives de façon intelligente, comme si je ne t'avais rien dit, pour l'encourager ; et si Bert pouvait lui écrire lui aussi, car il dit qu'il n'aime *rien* de ce qu'il a fait, que sa peinture du Mexique et une partie de celle des États-Unis sont *horribles*, qu'il a misérablement perdu son temps, qu'il n'a plus envie de rien ; bref, difficile de t'expliquer dans une lettre son humeur du moment, mais tu t'en rendras compte avec le peu que je t'écris et tu comprendras ma douleur de le voir dans cet état, car s'il est quelqu'un qui a travaillé d'arrache-pied dans ce monde, c'est bien Diego. Tout ce que je t'écris n'est rien comparé à ma tristesse de le voir à ce point abattu et las.

Je ne veux pas te fatiguer en ne te racontant que mes malheurs mais, pour une raison que j'ignore, ça me console de te dire tout ça ; c'est sûrement parce que quelque part tu m'aimes, alors j'en profite pour décharger sur toi un peu du poids que je ressens ; mais crois-moi, si je ne me sentais pas triste pour de bon, je n'irais pas te déranger en t'écrivant une lettre aussi longue et ennuyeuse.

Dis à Boit que, même si je ne lui ai pas écrit directement, c'est comme si je l'avais fait puisque je t'ai écrit à toi ; embrasse-le de ma part, très très fort, de même que toute ta famille, les garçons de l'École, tout particulièrement Jay, car tu sais à quel point je l'aime ; et si tu vois nos deux « tourtereaux », je veux parler de Lucienne et de Dimi, passe-leur aussi le bonjour de ma part, également à tous nos amis de là-bas, et embrasse bien Maluchita, Harry et Maluchititita ; ne leur raconte rien de ce que je t'ai dit à propos de Diego, parce qu'ils ne comprennent rien à tout ça et ce ne serait que matière à commérages.

Voilà, tu comprends un peu mieux pourquoi parfois je n'ai pas envie d'écrire ; mais personne n'est au courant, pas même Paca, c'est pour ça que les autres te bourrent le mou en te disant du mal de moi, en racontant que je suis la flemme incarnée, perchée qui plus est sur le dos d'une tortue. Surtout n'en crois pas un mot, je t'aime toujours autant, comme quand je vous voyais tous les jours, mais à quoi bon dire ça par lettre ?

Je t'envoie des milliers de baisers, donnes-en un peu à Boit et aussi à ta maman et à ton papa.

Écris-moi vite pour que je ne devienne pas une sale gamine triste.

Au revoir, ma belle.

Frieda

Je t'ai écrit sur cette feuille de l'université parce que je n'ai plus de papier blanc, c'est tout ce qu'il me reste. Excuse-moi.

Texte rédigé sur du papier à en-tête
du Parti national étudiant « pro-Cárdenas »[1]

Mais non, ça ne se peut pas, cette fin n'est pas la bonne (...) je connais bien le roman, ami lecteur. Cet imbécile de Raskolnikov, ton héros, est allé pourrir en Sibérie, il a pourri à jamais, et sa source d'espoir, prête à le suivre n'importe où, Sonia, est morte avec lui.

C'était son destin, le destin du misérable, du déchu, de celui d'en bas, condamné à souffrir éternellement, à mourir maudit par Dieu et par les hommes.

(...) Mais il y a un autre Raskolnikov, celui qui est sorti de prison pour refaire sa vie ; celui-là est une fiction, celui-là n'a vécu que dans la conscience d'un homme médiocre qui ne se résigne pas à mourir et à être oublié.

Mais la réalité est tout autre ; elle est plus bestiale, elle est plus terrible, elle est douloureuse, et celle-là, je te l'ai déjà racontée (...) lecteur.

FIN

Frida Kahlo

1. Datant probablement du début de l'année 1934.

Lettre à Alejandro Gómez Arias

12 octobre 1934

Alex,

Plus de lumière, j'ai donc arrêté de peindre mes petites figurines. J'ai continué à réfléchir à la décoration du mur[1] séparé par *another wall of* sagesse. J'ai la tête pleine d'arachnides microscopiques et de minutieuse vermine. Je crois qu'il va falloir construire le mur sur un mode microscopique également, ou bien ce fallacieux barbouillage nous donnera du fil à retordre. Penses-tu que toute la sagesse silencieuse tiendra dans un espace à ce point limité ? Et *quid* des bouquins susceptibles de contenir *such* petites lettres sur des feuillets presque inexistants ? *That is the big* problème, et c'est à toi de le résoudre architectoniquement parlant car, comme tu le dis si bien, moi pas fichue d'agencer la *big réalité* sans aller droit à la collision. Soit j'étends du linge dans les airs, soit je place ce qui est loin dans une proximité dangereuse et fatale. Tu trouveras une solution avec ta règle et ton compas.

---

1. À son retour des États-Unis, encouragée par Alejandro Gómez Arias, Frida envisage la possibilité de réaliser une peinture murale.

Tu sais que je n'ai jamais observé de forêts ? Comment veux-tu que je peigne un fond sylvestre, couvert de bestioles en train de se la couler douce ? Enfin, je ferai ce que je peux et si tu n'aimes pas, tu pourras procéder à la destruction ferme et efficace de ce qui aura déjà été peint et bâti. Mais l'édification aura pris tellement de temps qu'il ne nous en restera guère pour penser à l'effondrement.

Je n'ai pas encore pu organiser le défilé des tarentules et autres créatures ; je me dis que tout s'agglutinera sur la première des innombrables couches que doit comporter un tel mur.

Ça m'a fait tellement de bien de te voir, que je n'ai pas pu te le dire. J'ose te l'écrire maintenant que tu n'es pas là, et puis c'est une lettre d'hiver. Que tu me croies ou non, c'est comme ça, et je ne peux pas t'écrire sans te le dire.

Je t'appellerai demain. J'aimerais bien qu'un jour tu m'écrives, ne serait-ce que trois mots. J'ignore pourquoi je te demande ça, mais je sais que j'ai besoin que tu m'écrives. Tu veux bien ?

Lettre à Ella et Bertram D. Wolfe

Jeudi 18 octobre 1934

Ella et Boit,

Cela fait si longtemps que je ne vous ai pas écrit que je ne sais par où commencer. Mais je ne veux pas vous servir d'interminables et ennuyeux prétextes et vous raconter en long et en large les raisons pour lesquelles je ne vous ai pas écrit durant les mois qui viennent de s'écouler. Vous savez tout ce que j'ai enduré et je crois que vous comprendrez ma situation, même si je vous épargne les détails[1]. Je n'avais jamais autant souffert et jamais je n'aurais cru devoir supporter tant de malheurs. Vous n'imaginez pas dans quel état je suis et je sais qu'il me faudra des années pour faire le ménage dans ma tête. Au début, je croyais qu'une solution était encore possible, je pensais que ça n'allait pas durer, que c'était une chose sans importance, mais je suis chaque jour un peu plus convaincue de m'être fait des illusions. Tout cela est très sérieux et les conséquences sont tout aussi sérieuses, comme vous l'imaginez probablement.

1. Frida a découvert une liaison entre sa sœur Cristina et Diego Rivera.

En premier lieu, c'est une double peine, si je puis m'exprimer ainsi. Vous savez mieux que quiconque ce que Diego signifie pour moi et, d'un autre côté, elle était la sœur que j'aimais le plus, que j'avais essayé d'aider quand elle avait atterri entre mes mains, ce qui fait que la situation est horriblement compliquée et elle empire de jour en jour. Je voudrais pouvoir tout vous dire pour que vous compreniez bien ce qu'il m'a fallu supporter ; mais je risque de vous ennuyer avec ma lettre, à ne parler que de moi. Croyez-moi, si je vous raconte par le menu les dessous de l'affaire, vous allez prendre vos jambes à votre cou avant d'avoir fini de lire cette lettre. En plus, je ne voudrais pas que vous pensiez que je suis une commère et que j'aime noircir le papier avec des ragots inutiles. Mais ça fait longtemps que je voulais vous écrire et vous dire ce qui se passe, sachant que vous êtes les seuls à pouvoir comprendre pourquoi je vous raconte tout ça et pourquoi je souffre autant.

Je vous aime trop et j'ai trop confiance en vous pour vous cacher le plus grand malheur de ma vie. Voilà pourquoi je me décide à présent à tout vous dire.

Bien évidemment, il ne s'agit pas d'une lubie sentimentale de ma part, c'est toute ma vie qui est touchée et c'est pourquoi je me sens comme perdue, sans que rien ne puisse m'aider à réagir de façon intelligente. Ici, au Mexique, je n'ai personne, j'avais *seulement Diego* et les gens de ma famille, qui prennent la chose à la mode catholique et ce qu'ils en concluent est à mille lieues de moi, tant et si bien que je ne peux absolument pas compter sur eux. Mon père est une personne admirable, mais qui lit Schopenhauer jour et nuit ; il ne m'aide pas le moins du monde.

J'ai été tellement malade que je n'ai rien peint jusqu'à ma sortie de l'hôpital. Je m'y suis remise, mais sans la moindre envie, et sans que ce travail ne m'apporte quoi que ce soit. Des amis, ici, je n'en ai pas. Je suis complètement seule. Avant, je passais mes journées à hurler de rage contre moi et sur mon malheur ; à présent je ne peux même pas pleurer car j'ai compris que c'était stupide et inutile. J'avais l'espoir que Diego allait changer, mais je vois et je sais que c'est impossible, que j'étais niaise, j'aurais dû comprendre depuis le début que ce n'est pas moi qui le ferai vivre de telle ou telle façon, et encore moins dans ce genre de circonstances. Maintenant qu'il s'est remis au travail, rien n'a changé, alors que j'avais espéré qu'en travaillant il oublierait tout ça, mais non, au contraire, rien ne peut l'écarter de ce qu'il croit et considère bien fait.

En fin de compte, toute tentative de ma part est ridicule et imbécile. Il veut sa totale liberté. Liberté qu'il a toujours eue et qu'il aurait eue cette fois encore s'il avait agi à mon égard en toute sincérité et honnêteté ; mais ce qui m'attriste davantage encore, c'est que même la part d'amitié qui nous liait n'existe plus. Il me raconte sans cesse des mensonges et me cache tous les détails de sa vie, comme si j'étais sa pire ennemie.

Nous vivons une vie fausse et remplie de bêtises que je ne peux plus supporter. Il a d'abord son travail qui le sauve de bien des choses, puis toutes ses aventures qui le divertissent. Les gens le cherchent lui et *pas moi* ; je sais qu'il est toujours contrarié et angoissé par son travail, néanmoins il vit une vie complète, loin du vide stupide de la mienne. Je n'ai rien car je ne l'ai pas lui. Je n'aurais jamais cru que pour moi il signifiait *tout* et que sans lui je n'étais qu'un déchet. Je croyais que je l'aidais à vivre de mon mieux et que dans n'importe quelle situation je pourrais me débrouiller toute seule, sans complications d'aucune sorte. Mais il faut bien l'admettre : je ne vaux guère plus que n'importe quelle autre fille déçue d'avoir été abandonnée par son homme ; je ne vaux rien, je ne sais rien faire, je ne peux me suffire à moi-même ; ma situation me semble si bête et ridicule que vous n'imaginez pas à quel point je m'exaspère et je me déteste. J'ai gâché le meilleur de mon temps à vivre aux dépens d'un homme, me contentant de faire ce que j'estimais bon et utile pour lui. Je n'ai jamais pensé à moi et, au bout de six ans, il me répond que la fidélité est une vertu bourgeoise, qui n'existe que pour mieux exploiter et tirer quelque avantage économique.

Je n'y ai jamais pensé en ces termes, croyez-moi, je veux bien admettre que j'ai été stupide, mais j'étais sincèrement stupide. J'imagine ou plutôt j'espère que je vais finir par réagir, j'essaierai d'avoir une nouvelle vie où je m'intéresserai à quelque chose qui m'aidera à me sortir intelligemment de tout ça. J'ai songé partir à New York pour aller vivre avec vous, mais je n'avais pas l'argent ; je crois qu'il vaudrait mieux étudier et travailler ici en attendant de pouvoir quitter le Mexique. Avec l'argent que Diego m'a laissé, j'ai acheté une maison à Mexico, plutôt bon marché, parce que je ne voulais pas retourner à San Ángel, où j'avais souffert à un point dont vous n'avez pas idée. À présent j'habite au n° 432 de l'avenue Insurgentes (écrivez-moi à cette adresse). Diego vient parfois me rendre visite mais nous n'avons plus rien à nous dire, il n'y a plus le moindre lien entre nous ; il ne me raconte jamais ce qu'il devient et il ne s'intéresse absolument pas à ce que je fais ou à ce que je pense. Quand on en est là, il vaut mieux larguer les amarres et c'est probablement la solution qu'il va choisir et qui sera pour moi une nouvelle source de souffrance, encore plus grande que l'actuelle, déjà indescriptible ; mais cela vaudra mieux pour lui, me semble-t-il, car je cesserai d'être un poids, comme l'ont été toutes les autres, et je refuse de n'être pour lui qu'un problème d'argent. Voilà donc ce qu'est ma vie à l'heure actuelle. J'ignore de quoi demain sera fait, mais je sens que le seul remède est de me séparer de Diego, car je ne vois pas de raison à vivre ensemble si c'est pour l'embêter et le priver de la totale liberté qu'il exige. Je ne veux pas non plus lui rendre la vie impossible, comme Lupe l'avait fait, à coups de procès, alors je le laisse vivre et moi, avec tous mes préjugés bourgeois sur la fidélité, etc. etc., je m'en irai voir ailleurs. Vous ne trouvez pas que c'est ce qu'il y a de mieux à faire ?

Je vous supplie de ne rien dire à Malú ; si elle est déjà au courant, comme je l'imagine car Diego a tout déballé sur la place publique, laissez-la ruminer ses propres commentaires. Je veux que personne ne sache rien et que chacun s'imagine ce qu'il veut.

J'ignore ce que vous allez penser de moi, mais tout ce que je vous ai raconté là, je l'ai fait avec la main sur le cœur.

Vous ne prendrez parti ni pour moi ni pour Diego, vous comprendrez juste pourquoi j'ai *tant* souffert et, si vous avez un petit moment, vous m'écrirez, n'est-ce pas ? Vos lettres seront un immense réconfort et je me sentirai moins seule.

Je vous envoie mille baisers, et surtout ne me prenez pas pour une enquiquineuse sentimentale, idiote par-dessus le marché, car vous savez à quel point j'aime Diego et ce que cela signifie pour moi de le perdre.

Frieda

Mon adresse : Insurgentes 432. Mexico City.

Lettres au docteur Leo Eloesser

Mexico, 24 octobre 1934

(...) J'ai tellement souffert ces derniers mois qu'il va me falloir du temps pour m'en remettre, mais j'ai fait tout mon possible pour oublier ce qui s'est passé entre Diego et moi et pour vivre à nouveau comme avant...

(...) J'ai toujours mal au pied, mais c'est sans espoir et il faudra bien que je me décide un jour à me le faire couper pour qu'il arrête de m'en faire voir de toutes les couleurs (...)

*

13 novembre 1934

(...) Je crois qu'en travaillant j'oublierai mes peines et je pourrai être un peu plus heureuse (...) Si seulement je pouvais me débarrasser au plus vite de cette neurasthénie stupide et avoir une vie un peu plus normale, mais vous savez à quel point c'est difficile pour moi. Il va me falloir de la volonté pour retrouver ne serait-ce que l'enthousiasme de peindre ou de faire n'importe quoi d'autre. Aujourd'hui, c'était la Saint-Diego, nous étions contents. Pourvu qu'il y ait des tas d'autres jours semblables dans ma vie (...)

*

Mexico, 26 novembre 1934

(...) Je suis dans un tel état de tristesse, d'ennui, et cetera, et cetera, que je ne peux même pas faire un dessin. Avec Diego, la situation empire de jour en jour (...) Après avoir sombré durant des mois dans le tourment, j'ai pardonné à ma sœur. J'avais cru qu'ainsi les choses allaient changer un peu, mais c'est tout le contraire.

Lettre à Diego Rivera

23 juillet 1935

(...) Une certaine lettre que j'ai trouvée par hasard dans une certaine veste d'un certain monsieur et qui lui avait été adressée par une certaine demoiselle de la lointaine et fichue Allemagne, que j'imagine être la dame que Willi Valentiner a eu la bonne idée d'envoyer ici pour qu'elle puisse s'amuser sous des prétextes « scientifiques », « artistiques » et « archéologiques », m'a mise hors de moi et a déchaîné, pour être franche, ma *jalousie* (...)

Faut-il que je sois une vraie tête de mule pour ne pas comprendre que les lettres, les histoires de jupons, les maîtresses... d'anglais, les Gitanes qui jouent les modèles, les assistantes de « bonne volonté », les disciples intéressées par « l'art de la peinture » et les « envoyées plénipotentiaires de lointaines contrées » ne sont qu'un *amusement* et que dans le fond *toi et moi* nous nous aimons *largement*, et que nous avons beau enchaîner les aventures, les claquements de porte, les insultes et les plaintes internationales, nous nous aimerons toujours. Je crois qu'en fait je suis un peu bête et chienne sur les bords, car toutes ces choses sont arrivées et se sont répétées durant les sept ans où nous avons vécu ensemble, et toutes mes colères ne m'ont conduite qu'à mieux comprendre que je t'aime plus que ma propre peau, et bien que tu ne m'aimes pas de la même façon, tu m'aimes quand même un peu, non ? Et si ce n'est pas le cas, il me reste l'espoir que ce le soit, et ça me suffit...

Aime-moi un tout petit peu. Je t'adore.

Frida

Lettres et messages à Ignacio Aguirre[1]

19 août 1935

Tel un trésor j'ai gardé ta lettre.

Ta voix m'a purement mise en joie – je ne savais que faire – j'ai donc commencé à t'écrire cette lettre qui ne saura te dire, avec mes mots, tout ce que je voudrais – tout ce que tu mérites, car tu me donnes tant ! – ta beauté – tes mains – toi. J'aimerais être si belle pour toi ! J'aimerais te donner tout ce que tu n'aurais jamais eu, mais cela ne suffirait pas à te montrer comme il est merveilleux de pouvoir t'aimer. J'attendrai chaque minute pour te voir. Attends-moi à six heures et quart ce mercredi – en bas, dans la grande entrée de ta maison, car je crois que c'est plus facile. Appelle-moi demain à six heures du soir, je veux juste entendre ta voix, ne serait-ce qu'une minute. Si tu me parles, je cueillerai de toutes petites fleurs que je t'apporterai mercredi, mais si tu ne m'appelles pas, je te les apporterai quand même – si nombreuses qu'elles formeront un petit jardin sur ton cœur – couleur terre humide.

1. Peintre, graveur, muraliste, avec qui Frida entretient une liaison pendant trois mois.

Les grenouilles continuent à chanter pour nous
– et notre rivière attend – le peuple chaste a les yeux
tournés vers la Grande Ourse – et moi – je t'adore.

*

24 août 1935

Téléphone-moi n'importe quel matin après dix
heures – je veux te voir. Si on ne peut pas prendre rendez-vous au téléphone, écris-moi à la poste restante de
Coyoacán. De toute façon écris-moi – j'attendrai ta
lettre comme si c'était toi qui arrivais –

Tes yeux –

Tes merveilleuses mains – fines comme des
antennes – Toi – vous avez été près de moi ces jours-ci.

Idylle
Goéland   Ne ris pas car avec
Nourrisson   les lettres de ton prénom
Amour   j'ai écrit ces mots
Cannelle
Ile
Océan

Je sais qu'*aucun* mot ne peut dire ce que tu es
– mais laisse-moi penser – croire – que tu sens
comme je t'aime.

*

12 septembre 1935

Pourquoi ne m'as-tu pas appelée ce matin ? J'ai
fait tout ce que j'ai pu pour te localiser sur tous les

163

téléphones possibles et imaginables – Aviation[1] – ta maison de la rue Liverpool – M. – et rien – ça m'a attristée, inquiétée. Tu es toujours malade ? J'espère encore que tu m'appelleras dans l'après-midi, mais tu n'imagines pas ce que j'aurais donné aujourd'hui – ce matin – pour t'entendre.

Ce que tu pensais hier est un tel mensonge ! Tu ne sais pas à quel point je t'aime, à quel point j'ai besoin de toi – crois-moi, tu veux ? Je t'adore –

Antennes de ma vie

j'ai dormi avec ta fleur

Il est à présent midi – tu ne m'appelleras pas ?

je veux te voir – être près de toi, tout près

tu as laissé des fleurs sur mon épaule – des fleurs rouges

Nacho – Nachito –

Noble	F	Dernier jour de sept. sempiternel
Amour		
Centre	Nacho	
Homme	Nacho	N
Onde	Nacho	

*

Télégramme du 14 octobre 1935

NACHITO, ON NE NOUS LAISSE PAS ENTRER. GUÉRIS VITE. TU ME MANQUES. JE VAIS T'ÉCRIRE AUJOURD'HUI. ÉCRIS-MOI À LONDRES 127 COYOACÁN FRIEDA

*

1. Ignacio Aguirre était en train de peindre une fresque (*L'Homme et l'Aviation*) à la bibliothèque de l'Aviation militaire (édifice aujourd'hui disparu).

Mon Nachito, je suis bien arrivée – je suis en train de t'écrire depuis l'appartement M. dix minutes après t'avoir vu – si tu savais comme je déteste m'énerver avec toi, mais tu peux le comprendre, n'est-ce pas ? Je t'aime un peu plus à chaque instant et je voudrais te voir des heures et des heures encore – des heures qui seraient vraiment les nôtres, sans que le temps ou je ne sais quoi ne soit volé à la vie – ce soir quand tu liras cette lettre je voudrais que tu sois avec moi – que tu me voies – tes yeux Nacho sont deux oiseaux noirs qui me caressent – je veux que tu voies la merveilleuse couleur de ton corps, que tu sentes pourquoi il me bouleverse et me comble de joie – qu'ils m'aiment – je te le demande – pour la première fois – fais-le au nom de ma tendresse et de la tienne mêlées – amour

appelle-moi demain

*

Nachito,

Aie la bonté de dire à cette demoiselle que tu n'as pas de sœurs ici, rien que ta cousine Cristina, et que la prochaine fois on veuille bien me laisser entrer car aujourd'hui on me l'a interdit.

On te passe bien le bonjour. Dis-moi à quelle heure nous pouvons venir demain.

F.

*

Nachito,
Prends trois comprimés ce soir, peut-être que tu
iras mieux.

*

Appelle-moi demain s'il te plaît.

*

Nachito, je suis passée te voir car tu m'avais
dit que tu resterais chez toi tout l'après-midi pour
travailler. Que s'est-il passé ? Je me suis présentée
deux fois à la porte de ta maison dans l'espoir de te
trouver.
Pas de chance !
Poifect.
Si tu arrives, attends-moi un petit moment, je
reviens vers cinq heures et demie ou six heures.

*

Nachito,
Je suis désolée de ce qui est arrivé, surtout s'agissant d'un de tes amis. Je ne l'ai pas fait en pensant
que je pouvais te déranger, crois-moi. Je te trouve *si
différent* de cet homme que je suis *sûre et certaine*
que tu comprendras mon attitude avec intelligence.
Si ce que j'ai fait a pu t'offenser, je te supplie
d'essayer de comprendre mon ardeur, la raison pour
laquelle j'ai fait ça, et je *te* supplie, sincèrement, de
pardonner ma réaction violente à l'égard d'une personne que tu considères comme ton ami, mais, en
même temps, s'agissant de lui, je ne regrette pas une
seule seconde d'avoir été celle qui a sonné les cloches
à cette espèce de lâche. J'espère que tu comprendras

ce que je veux dire mais avant tout je te prie d'être sincère avec moi et de me dire ce que tu penses de cette affaire, si tu crois que j'ai eu tort je comprendrai ; ma *seule* inquiétude, c'est que ce genre d'incident puisse changer quelque chose entre nous de façon irréparable – et tu sais quoi.

S'il te plaît, appelle-moi quand tu pourras – demain je serai là toute la matinée.

Messages pour Alberto Misrachi[1]

Alberto,

Excusez-moi de vous embêter, mais comme j'ignore quand Diego va rentrer, je vous supplie de m'envoyer 200 pesos car je dois payer les charges de toutes les maisons.

Mille mercis et mes sincères salutations.

Frieda

28 octobre 1935
Reçu pour 200 pesos
Frieda Kahlo de Rivera

*

Mon cher Alberto,

La dame qui vous apporte cette lettre a vendu à Diego une robe de Tehuana pour moi. Diego avait promis de la lui payer aujourd'hui même, mais il est parti à Metepec avec des Ricains et j'ai oublié de lui demander le fric avant son départ, du coup je me retrouve sans un centime. Bref, il faudrait lui

1. Collectionneur et galeriste, en particulier d'œuvres de Diego Rivera.

payer 100 pesos et les inscrire sur le compte de Diego, ce message ayant valeur de reçu.

Avec toute ma gratitude,

Frida

*

Je vais vous supplier de me rendre un service : avancez-moi l'argent de la semaine prochaine, car il ne me reste pas un sou de celle-ci dans la mesure où j'ai dû vous payer les 50 que je vous devais, plus 50 à Adriana, 25 que j'ai donnés à Diego pour la promenade de dimanche et 50 à Cristi ; bref, je suis à sec.

Je n'ai pas demandé le chèque à Diego car je n'ai pas osé l'enquiquiner avec ça, je sais qu'il est dans la dèche, et comme vous devrez de toute façon me verser ma semaine samedi prochain, je préfère m'adresser à vous, et vous n'aurez rien à me verser jusqu'à la semaine d'après. Vous voulez bien ? Sur les 200, gardez-en 10 que je dois à Anita et payez-la de ma part, s'il vous plaît ; elle me les a prêtés vendredi pour la Sainte-Anita (n'oubliez pas de les lui donner, sans quoi elle va dire que je suis une fichue fripouille).

Recevez toute ma gratitude et mes sincères salutations.

Lettre et dédicace à ses sœurs
Luisa et Matilde Kahlo Calderón

Ma belle petite Luisa,

Mille mercis. J'ai tout remis en place. J'ai aussi déposé mille baisers dans chaque recoin de ta chambre[1].

Ta sœur,
Frida

*

[*Écrit sur une photo :*]

Pour Matita et Paco[2], de la part de leur sœur de chair Frida.

On dirait que je vais baver, mais *non :* j'étais en train de parler. Vous y croyez ?

1. Sa sœur Luisa lui prêtait sa chambre, près du cinéma Metropolitan, pour des rencontres clandestines.
2. Francisco Hernández, mari de Matilde Kahlo.

Lettre à Ella Wolfe

Mexico, mars 1936

Ella, ma belle,

J'étais tellement contente de recevoir ta lettre que, pour une fois, je vais être sage comme une image et te répondre sur-le-champ. Martín a dû te raconter ce qui m'est arrivé ces derniers mois, donc je ne vais pas t'embêter avec les détails de toutes les aventures, péripéties et toquades de la puissante Chicua Rivera. Je vais presque bien côté pied, ventre, etc. etc., et tu peux être rassurée pour ce qui est de ma santé. Seule ma tête est toujours bancale, mais il n'y a rien à faire car tarée je suis née et tarée je mourrai, mais ça ne t'empêche pas de m'aimer, pas vrai ?

J'ai lu ta lettre à Diego et il veut que je te dise plus ou moins ce qu'il va écrire à Boit dans une prochaine lettre qu'il a l'intention de lui envoyer. Je crois que ce n'est pas une mauvaise idée de te donner un avant-goût de sa réponse, car Boit risque d'en avoir marre d'attendre cette fameuse lettre : le jour où elle arrivera, on parlera peut-être espéranto dans le monde entier, alors que Diego aura l'impression qu'une semaine à peine est passée. Bref, voici ce que Diego te demande d'expliquer à Bert. Concernant la biographie, il n'y a pas de discussion possible, car tu sais bien, comme nous tous d'ailleurs, que Bert *doit* l'écrire. La lettre que Diego a envoyée aux gens de la Guggenheim est très bien et je pense qu'ils y répondront favorablement. Diego dit qu'il serait bien évidemment *ravi* que ce soit Bert qui la rédige. Il a pas mal été déçu par Harry Block et il l'a envoyé paître : figure-toi qu'au bout du compte il n'est qu'un vulgaire lèche-bottes de Staline, qui prétend faire de la politique ici pour le compte du PC, avec les sales méthodes à la con des staliniens ; bref, il aurait mieux valu mettre un terme à notre amitié avec Harry et Malú depuis l'affaire Siqueiros, que tu connais bien, j'imagine.

Concernant le livre, Diego pense que, si jamais c'est Covici Friede qui le fait, Bert devrait tout d'abord se renseigner très précisément sur le prix, les royalties, etc., car pour *Portrait of America*, Covici l'a arnaqué, ce qui pourrait être évité pour ce livre en rectifiant tout ça dès le début sur les contrats, tu ne crois pas ?

Le plus important : Diego estime que les fresques peintes au Mexique, d'un point de vue plastique, n'ont pas l'intérêt de celles qu'il a peintes aux États-Unis, et donc que *Portrait of Mexico* devrait davantage tenir compte de l'intérêt *politique et social* de ces fresques. Ce serait le prétexte pour analyser clairement et ouvertement la situation politique actuelle du Mexique, qui est des plus intéressantes. Ainsi, ce livre s'avérerait utile pour les ouvriers et les paysans, à condition de ne pas exagérer la valeur artistique des peintures au détriment de leur contenu politique. Bien évidemment, il s'agirait d'une analyse à la fois longue et précise que Diego réaliserait *en parfait accord avec sa ligne politique*, celle qui a toujours été la sienne, et à plus forte raison après les manœuvres dégoûtantes du PC, ici au Mexique et dans le monde entier. Du coup, j'ignore ce que Bert en pensera, car tu connais leurs divergences, et je crois qu'il est important qu'ils en parlent très franchement dès le début, car Diego n'acceptera jamais de faire le livre autrement que comme je te l'ai expliqué ; donc il serait bon que tu demandes à Bert ce qu'il en dit et s'il pense qu'ils parviendront à se mettre d'accord, lui et Diego, ou alors qu'il écrive personnellement à Diego pour lui suggérer une façon de concevoir le livre sans qu'il y ait de heurts entre eux deux. Par ailleurs, je pense que personne ne pourrait écrire ce livre mieux que Bert et, bien sûr, Diego ne pourrait le faire avec personne mieux qu'avec lui. Explique tout ça à Bert et réponds-moi vite pour que je puisse dire à Diego ce que vous en avez pensé.

Je veux que cette lettre parte aujourd'hui même, je n'ai donc pas le temps de te raconter grand-chose, mais bientôt je vais t'en écrire une puissante, exclusivement truffée de ragots sur ma personne : de quoi remplir un *New York Times*.

Passe le bonjour à Jay (donne-lui un retentissant baiser de ma part), à Lucy et à Dimi et à tous les potes.

Et toi, ma belle, reçois des millions de baisers à partager entre toi, Boit, ta maman et ton papa, tes frères, etc.

Et d'autres tout spécialement pour toi de la
Chicua

Lettre à Carlos Chávez

Mexico, 17 mars 1936

Mon cher et tendre compagnon
Je te réponds vaille que vaille...
dans un style quelque peu bouffon
mais en vitesse et en détail.

J'ai rendu compte de ta missive
à Diego, dès sa réception,
et sans me montrer abusive,
je te transmets ses conclusions.

Pour les dessins, le prix fixé
est à son humble avis honnête.
Il va mettre un coup de collier
pour ne pas rater une telle fête.

Mais, malgré tout, il a la trouille
que cette vieille Rockefeller,
têtue et pour le moins andouille,
refuse... car c'est une vraie mégère.

Si tu as des informations
fais-le-lui savoir, camarade,
au plus vite et même par avion,
pour ne pas être dans la panade.

Fais-lui envoyer les contrats
dans une lettre recommandée,
plus vite il les paraphera,
plus vite l'affaire sera réglée.

Quant à l'avance, il n'est pas rosse :
pour commencer, cinquante dollars ;
tu pourras allonger la sauce
si tu trouves cela dérisoire.

Je referme là le rideau
et je m'interromps tout de go,
car c'est la fin du *corrido*
de Carlos Chávez et Diego[1].

Au fait, frangin, dis-moi où je peux trouver le livre d'*Antigone*, pour que Diego y jette un coup d'œil. En lisant mes vers, tu sauras ce que Diego a pensé de ta dernière lettre. Si tu as besoin de détails supplémentaires, n'hésite pas.

Bien évidemment, il a accepté, alors dis au gars d'envoyer les contrats.

Finalement, Diego n'aura qu'un dessin à faire, celui d'*Antigone*, non ? Pour le reste, tout dépend de Mme Rockefeller et il faudra que tu obtiennes son accord. Je crois que c'est tout, et puis en ce moment je n'ai pas vraiment le temps de te raconter des

1. Le musicien Carlos Chávez, qui était arrivé à New York le 10 décembre 1935 pour diriger, en janvier, sa *Symphonie indienne*, avec l'Orchestre symphonique de la Radio de Columbia, avait accepté d'aider son vieil ami Diego Rivera à faire publier un livre de dessins incluant la série « Premier mai », réalisée à Moscou en 1928. Quarante-cinq de ces dessins avaient été achetés en 1931 par Abby Aldrich, l'épouse de John D. Rockefeller, Jr.

tonnes de ragots, mais reçois toute mon amitié et celle de Diego.

Ta pote
Frieda (La Puissante)

Fais ce que tu peux pour les 50 dollars d'avance que demande Diego.

Passe mon bonjour au Gamin et à Rose (Covarrubias).

Lettre à Bertram D. Wolfe

Mexico, 24 mars 1936

Mon très cher copain, compagnon, camarade, général et ami Bertrancito,

Ta lettre est arrivée hier et, obéissant sur-le-champ à tes ordres, je te réponds aujourd'hui même pour que cette missive te parvienne au plus vite et que sans perdre un seul instant tu puisses régler tout ce qu'il y a à régler et venir nous rejoindre dans cette belle Ville des Palais ! Et fais-moi le plaisir d'amener Ella, sinon, toi tout seul, tu vas te perdre en chemin. Si tu ne l'amènes pas, je vais m'énerver *très fort* contre toi, et il pourrait bien pleuvoir des coups de trique à la gare si je ne vois pas débarquer cette jeune fille que toi et moi nous aimons tant et qui s'appelle Ella.

Diego et moi avons été soufflés par la nouvelle de la Guggenheim, car nous étions sûrs que tu obtiendrais la bourse, mais il n'y a décidément rien à attendre de ces enfoirés de capitalistes mielleux et fils de leur pu...ritaine de mère. Nous sommes néanmoins ravis de savoir que tu vas venir malgré eux et que tu vas écrire le livre et le leur balancer en travers de la figure.

Diego est d'accord avec tout ce que tu dis dans ta lettre. Dépêche-toi et viens le plus tôt possible, c'est notre plus cher désir ; tu seras reçu avec des mariachis, du *pulque* bien fermenté, du *mole* de dindon et un *zapateado*. Dis à Ella de ne pas aller m'inventer je ne sais quel prétexte pour se défiler à la dernière minute, ou sinon, sérieux, je me dispute avec elle.

Sache, mon pote, que chez moi c'est chez vous, les portes de ma maison vous sont grandes ouvertes, comme mon cœur ; vous verrez, après New York la belle, c'est une vraie cure de repos qui vous attend ; toi comme Ella, vous avez bien mérité de vous affaler sous le soleil ne serait-ce qu'une heure par jour, sans vous inquiéter ni travailler tout le temps comme des forcenés. Alors préparez vos affaires et ne vous défilez pas : venez tous les deux comme des enfants bien sages passer un moment loin des remous niouyorquais.

What do you say Kid ? Please don't défile you et don't fais faux bond, car je vous attends de pied ferme dans notre fourmillante et mésestimée *Mexicalán de las tunas.*

Je veux que cette lettre s'en aille à tire-d'aile, autrement dit en avion, pour qu'elle atterrisse au plus vite entre tes mains, je n'ai donc pas le temps de me répandre en ragots ni de raconter grand-chose, mais je t'ai déjà dit l'essentiel ; j'attends ta réponse pour savoir si je peux compter sur vous pour de bon ou si je suis juste en train de rêver les yeux ouverts.

Tu sais qui est ici, au Mexique ? La femme d'Ernest Born, celui qui a fait les reproductions de l'École pour *Architectural Forum.* Il y a un bon paquet de gens que vous connaissez, ce sera chouette quand vous serez là.

Bon, mon pote, je te dis au revoir en attendant de

connaître la date de votre arrivée, qui fera le bonheur de la

    Chicua Rivera et son bien-aimé ventripotent

Mille baisers à Ella.

Le bonjour à tous les potes (tout spécialement à
Jay).

Diego va t'écrire très bientôt.

Lettre à Carlos Chávez

29 avril 1936

Mon frère,

J'ai reçu ton poème : un vrai bonheur, inutile de le préciser, tu le sais déjà. Je voudrais pouvoir te répondre en vers, mais cette fois je ne suis pas d'humeur. Figure-toi que ça fait deux semaines que Diego et moi sommes à l'Hôpital anglais. Moi, je me suis refait opérer du pied, avec un résultat vaguement douteux vu que cette patte n'en fait qu'à sa tête. Mais c'est encore ce qui m'inquiète *le moins*. Je suis triste comme tu n'as pas idée à cause de la maladie de Diego : il a un œil qui va très mal. J'ai vécu l'enfer ces derniers jours. Je te raconte les détails :

Diego a commencé à avoir mal à l'œil gauche il y a à peu près un mois. Au début, on ne s'est pas inquiétés, parce qu'il est fragile des yeux, comme tu le sais, et la plupart du temps ce n'était pas si grave. Mais cette fois il s'agit d'une infection sérieuse de la glande lacrymale (on a analysé ses sécrétions), figure-toi qu'il a des streptocoques. Nous sommes allés consulter *tous* les oculistes de Mexico. Et tous sont du même avis : c'est dangereux, il risquerait même de perdre son œil si jamais il y avait la moindre lésion de la conjonctive, ce qui pourrait arriver si une particule de poussière ou un agent externe venait blesser son œil déjà fragile. Les microbes se sont infiltrés sous la peau et dans le tissu de la paupière, dans la partie inférieure du visage et au niveau du front, provoquant une inflammation terrible qui lui ferme presque totalement l'œil. On a cru un moment que tout était perdu et tu peux imaginer son état et mon angoisse. (Je ne peux même pas te la décrire avec des mots.) Depuis trois jours, on dirait que l'inflammation cède un peu de terrain et on espère que les conséquences ne seront pas trop graves, mais le docteur Silva dit que tout danger n'est pas encore écarté et que ça prendra du temps. Il est dans une chambre presque totalement plongée dans le noir, le pauvre, il est vraiment désespéré (on le serait à moins). Quant à moi, autant dire que je ne sers à rien : il m'est presque impossible de le voir puisque je ne peux pas encore marcher et, même si je pouvais, je ne pourrais pas l'aider à grand-chose ; ça me rend folle d'angoisse. Nous pensions, au cas où il irait mieux cette semaine, aller à New York pour consulter d'autres oculistes, mais j'ai l'impression que son problème n'est pas localisé dans l'œil, qu'il est plus général, que tout est lié à son insuffisance thyroïdienne ; en plus, je me dis qu'un voyage dans son état risquerait d'avoir des conséquences terribles, c'est une lourde responsabilité. Voilà donc les nouvelles : je suis désespérée et je me sens comme une idiote incapable de résoudre ce problème. Mais à quoi bon se précipiter ? Il est plus raisonnable, à mon avis, d'attendre que les piqûres de « pioformina » et le traitement recommandé par le docteur Silva fassent effet. Pas la peine de déconner dans l'espoir d'un miracle alors que les choses doivent suivre leur cours naturel. Mais le plus affligeant, c'est de le voir aussi abattu, sans compter le risque de septicémie ou de généralisation de l'infection, car dans son état il aurait bien du mal à se battre. Je ne veux même pas y penser.

Dis-moi, s'il te plaît, ce que tu en penses, si d'après toi il serait plus facile de trouver un bon médecin à New York ou si ce sont seulement des préjugés de ma part, parce que là-bas aussi ça doit grouiller d'escrocs et de charlatans qui sont foutus d'aggraver son cas. Cela me consolerait tout de même d'avoir ton avis, car tu n'imagines pas à quel point je suis triste et accablée pour Diego. Il n'est pas nécessaire de t'en dire plus : tu l'aimes assez pour savoir ce que cela signifie pour lui.

Excuse-moi de ne t'avoir parlé que de mon chagrin, mais tu le comprendras ; tu sais parfaitement que je préférerais bavarder de choses et d'autres, te féliciter pour tes succès là-bas. J'en suis ravie, crois-moi.

S'il te plaît, écris-moi, ça m'aidera à me sentir plus forte en attendant dans le calme qu'il se passe quelque chose. Pourvu que Diego aille mieux quand cette lettre te parviendra, car c'est ce que nous espérons tous, et moi *plus que personne*.

Passe le bonjour de ma part à Miguel et à Rose (Covarrubias).

Fais en sorte de rentrer très bientôt car tu nous manques beaucoup. J'attends ta lettre. Diego te passe le bonjour.

Avec le souvenir et un baiser de
Frieda

S'il te plaît, essaie de savoir quel est le meilleur oculiste là-bas et renseigne-toi sur les tarifs des hôpitaux, etc.

Je te serais également très reconnaissante d'aller voir le docteur Claude. Je t'avais indiqué son numéro de téléphone dans ma dernière lettre, mais si jamais tu l'as perdu, sache qu'il est au Rockefeller Institute tous les matins (docteur Albert Claude). Expose-lui plus ou moins le cas de Diego. Voici le nom complet des microbes : Streptococus hemolytiens. Ils ont envahi toute la glande lacrymale gauche en s'infiltrant par le tissu du visage (côté gauche). Ce serait intéressant d'avoir son avis.

mqued de téléphone dans mes derniers jours, mais
je jamais et les perdin stable qu'il en ai hixe d'un
butinous vois les mains [locteur Albert Gloaset,
expose lui plus ou moins le pas de l'hippe. Voici le
noi, complet du mi obhee comproie aus humud
brees. Il

Lettre au docteur Leo Eloesser

17 décembre 1936

(...) Ici, la situation politique est des plus intéressantes, mais ce que j'aimerais, c'est aller en
Espagne, car c'est là que tout se joue en ce moment.
Une délégation de miliciens espagnols vient d'arriver afin de réunir des fonds pour aider les révolutionnaires de Barcelone et de toute l'Espagne. Ils
nous parlent clairement et précisément de la situation du mouvement antifasciste en Espagne, qui a
eu des répercussions dans le monde entier. L'accueil
de ce groupe de jeunes miliciens par les organisations ouvrières du Mexique a été des plus enthou-
siastes. Bon nombre d'entre eux ont fait don d'une
journée de salaire pour aider les camarades espagnols. C'était une grande émotion de voir avec
quelle sincérité et quel enthousiasme les organisations les plus pauvres de paysans et d'ouvriers ont
fait ce sacrifice, car vous n'êtes pas sans ignorer les
misérables conditions de vie des gens dans les petits
villages, et cela ne les a pas empêchés de donner un
jour entier de leurs gains pour ceux qui combattent
en ce moment même en Espagne contre ces
canailles de fascistes. Nous avons aussi constitué un
comité pour aider financièrement les miliciens

espagnols, et dans ce comité il y a Diego, moi et plusieurs autres membres de diverses organisations révolutionnaires ouvrières. Je fais partie de la Commission de l'extérieur et je dois me mettre en contact avec des personnes et des organisations sympathisant avec le mouvement révolutionnaire espagnol, afin de réunir des fonds. J'ai écrit à New York et ailleurs, et je crois que j'obtiendrai une aide, même toute petite, au moins de quoi envoyer de la nourriture et des vêtements aux enfants des ouvriers qui luttent au front. Je vous supplie d'en parler autour de vous, parmi vos amis de San Francisco, afin qu'ils contribuent, ne serait-ce qu'un tout petit peu, à la lutte que des millions d'ouvriers sont en train de mener si héroïquement en Espagne. L'aide que nous sollicitons ira directement aux enfants espagnols, elle n'aura donc aucune couleur politique, ce qui encouragera la bonne volonté de ceux qui voudront bien participer. Je me permets de vous embêter avec tout ça car je sais que vous comprendrez la situation et que vous ferez tout votre possible, sans que cela représente pour vous une trop grande gêne ou perte de temps car, quelle que soit la somme, chaque centime représente du pain, du lait et des vêtements pour des milliers d'enfants affamés en Espagne. Je vous supplie donc d'aller voir tous vos amis, toutes les personnes susceptibles de donner ne serait-ce qu'un dollar, sans pour autant délaisser votre travail. Le comité, la délégation de miliciens et moi-même, nous vous serions très reconnaissants de votre collaboration. Veuillez avoir l'amabilité de me dire franchement ce que vous pensez de tout ça et si vous êtes d'accord pour m'aider, afin que je puisse en informer la Commission dans les plus brefs délais.

D'avance, je vous remercie mille fois d'avoir pris la peine de lire cette lettre qui, en plus de vous importuner, vous assure de mon éternelle tendresse.

Frieda, Fridita

Message pour Alberto Misrachi

Albertito,

J'ai reçu un autre télégramme de Diego, il dit qu'il arrive ce soir *tard*. Je viens vous embêter avec ma semaine car hier j'ai ramené Cristi de l'hôpital et j'ai été contrainte à des dépenses supplémentaires. Veuillez donc m'excuser pour le dérangement, mais Diego vous donnera le fric aujourd'hui ou demain.

Merci beaucoup.

12 juin 1937

J'ai reçu de la part d'Alberto Misrachi la somme de 200 (deux cents) pesos, pour la semaine du samedi 12 juin au samedi 19.

Frieda Kahlo de Rivera

Dédicace à Léon Trotski sur un autoportrait

À Léon Trotski, avec toute ma tendresse, je dédie
ce tableau, le 7 novembre 1937[1].
Frida Kahlo
À San Àngel.
Mexico.

1. Jour de l'anniversaire de Trotski (cinquante-huit ans),
alors réfugié dans la maison de Frida Kahlo à Coyoacán, au
coin des rues Allende et Londres.

Lettre à Lucienne Bloch[1]

14 février 1938

Chère Lucy,

Quand ta lettre m'est parvenue, j'étais au trente-sixième dessous, j'ai eu des douleurs dans mon maudit pied pendant toute une semaine, et j'aurai sûrement besoin d'une nouvelle opération. J'en ai déjà subi une il y a quatre mois, en plus de celle qui a eu lieu quand Boit était ici, tu peux donc imaginer comment je me sens ; mais ta lettre est arrivée et, crois-moi ou non, elle m'a donné du courage. Eh oui, toi, tu n'as pas un pied en bouillie mais tu vas bientôt avoir un bébé et tu es toujours en train de *travailler*, ce qui est plutôt pas mal pour une gamine de ton âge. Je suis ravie de ces nouvelles. Dis à Dimi que son comportement est OK, et à toi, ma petite, toutes mes félicitations. Mais... n'oublie pas, je t'en prie, que je dois être la marraine de ce bébé, d'abord parce qu'il va naître le mois où je suis moi-même arrivée dans ce foutu monde et, en second lieu, parce que si j'apprenais que quelqu'un passe avant moi pour être ta « commère », j'en ferais tout un plat... Surtout garde bien ça à l'esprit.

1. Original en anglais. (*N.d.l.T.*)

189

S'il te plaît, ma chérie, prends bien soin de toi. Je sais que tu es forte comme un roc et que Dimi a une santé d'éléphant, mais tu devrais quand même faire attention et être bien sage. Évite de jouer les singes en haut des échafaudages et mange bien comme il faut, à heure fixe, car ça ne vaut pas la peine de tout mettre en péril ; voilà que je parle comme une grand-mère, mais... tu vois ce que je veux dire, OK.

Je vais un peu te parler de moi à présent. Je n'ai pas beaucoup changé depuis la dernière fois que tu m'as vue. Sauf que je porte à nouveau mes habits mexicains complètement fous, mes cheveux ont repoussé et je suis toujours aussi maigre. Mon caractère non plus n'a pas changé, je suis toujours aussi flemmarde, sans le moindre enthousiasme, plutôt stupide et fichtrement sentimentale. Parfois je me dis que c'est parce que je suis malade, mais c'est juste un bon prétexte. Je pourrais peindre comme bon me semble, je pourrais lire ou étudier, faire des tas de choses malgré mon pied malade ou tout ce qui cloche chez moi, mais que veux-tu que je te dise, je vis sur un nuage, je prends les choses comme elles viennent, sans faire le moindre effort pour les changer, je somnole à longueur de journée, je suis toujours lasse et désespérée. Qu'est-ce que je peux bien y faire ? Depuis que je suis rentrée de New York, j'ai peint une douzaine de tableaux, petits et sans le moindre intérêt, avec toujours les mêmes sujets personnels qui n'intéressent que moi et personne d'autre. J'en ai envoyé quatre à une galerie de Mexico, la Galerie Universitaire[1], qui est un endroit petit et moche, mais c'est le seul qui accepte à peu près tout et n'importe quoi ; bref, je les ai envoyés sans grand enthousiasme. Quatre ou cinq personnes

1. Dirigée à l'époque par Miguel N. Lira.

m'ont dit que ça leur avait beaucoup plu, les autres trouvent ça trop fou.

À ma grande surprise, j'ai reçu une lettre de Julien Levy dans laquelle il me dit qu'on lui a parlé de mes tableaux et qu'il voudrait organiser une exposition dans sa galerie. Je lui ai envoyé quelques photos des dernières choses que j'ai peintes, il m'a répondu qu'il était emballé et il m'a commandé trente tableaux pour une exposition au mois d'octobre prochain ; il veut exposer Diego par la même occasion et j'ai accepté, donc, s'il ne se passe rien entre-temps, j'irai à New York en septembre. Je ne suis pas sûre que Diego soit prêt pour cette date, mais il arrivera peut-être plus tard ; ensuite, cap sur Londres. Voilà nos projets, mais tu connais Diego aussi bien que moi et... *va savoir ce qui arrivera d'ici là*[1]. Il faut que je te dise que Diego a peint une série de paysages. Si tu veux bien te fier à mon goût personnel, sache que deux d'entre eux sont parmi les meilleurs qu'il ait jamais réalisés dans sa vie. Ils sont tout simplement magnifiques. Je pourrais te les décrire. Ils n'ont rien à voir avec ce qu'il a fait auparavant mais, crois-moi, ils sont superbes ! La couleur, ma fille, est incroyable, et le dessin, waouh, tellement parfait, tellement fort que tu as envie de bondir et de pleurer de joie quand tu les vois. L'un d'entre eux sera bientôt au Brooklyn Museum, donc tu pourras le voir là-bas. C'est un arbre sur fond bleu. Quand tu l'auras vu, dis-moi ce que tu en penses.

Maintenant que je sais qu'il va y avoir cette exposition à New York, je travaille un peu plus, pour que ces maudits trente tableaux soient prêts à temps, mais j'ai peur de ne pas y arriver. On verra.

En lisant le *Workers Age*, j'ai remarqué un grand

1. En espagnol dans le texte.

changement dans votre groupe, mais vous avez encore l'attitude d'un bon père en train d'essayer de *convaincre* son fils qu'il est dans l'erreur, dans l'espoir que l'enfant va changer à force de remontrances. Je trouve cette attitude encore pire que le mauvais comportement du fils. Malgré tout, vous admettez peu à peu des tas de choses... Nous avons tant à nous dire à ce propos, mais je ne vais pas t'embêter avec ces bêtises ; après tout, mon opinion en la matière ne vaut pas un clou.

En dehors de nos divergences d'opinion, j'ai beaucoup, beaucoup de choses très intéressantes à te raconter. En septembre, nous pourrons parler durant des heures. Pour l'instant, je tiens juste à te dire que son passage au Mexique est la chose la plus merveilleuse qui me soit arrivée dans la vie.

Concernant Diego, j'ai le plaisir de t'annoncer qu'il se sent très bien à présent, ses yeux ne le gênent plus, il est gros mais pas trop et il travaille du matin au soir avec le même enthousiasme ; il lui arrive encore de se comporter comme un gamin, il me laisse le gronder un peu de temps en temps, à condition de ne pas trop abuser de ce privilège, bien sûr. En un mot, il n'y a pas plus charmant, malgré son faible pour les « dames » (surtout les jeunes Américaines qui viennent au Mexique pour deux ou trois semaines ; il est toujours partant pour leur montrer ses peintures murales en dehors de Mexico), c'est un garçon très agréable et raffiné, comme tu le sais d'ailleurs.

Bon, ma chérie, cette lettre est un vrai magazine. Je t'en ai dit autant que j'ai pu, eu égard à ma mauvaise humeur du moment, à cause de mes douleurs au pied, etc., etc. Je vais l'envoyer par avion aujourd'hui même, comme ça, tu pourras en savoir un peu plus sur ma foutue personne. Transmets mes amitiés à Dimi et ce soir, après t'être couchée, caresse ton ventre en pensant que c'est moi qui caresse ma future filleule. Je suis sûre que ce sera une fille, une jolie petite fille fabriquée avec les meilleures hormones de Lucy et Dimi. Si jamais je me trompe et que c'est un garçon, à la bonne heure ! Fille ou garçon, j'en serai fière et je l'aimerai comme si c'était le bébé que j'ai failli avoir à Detroit.

Transmets mes amitiés à Ella et à Boit, dis-leur que malgré mon silence je les aime toujours autant. Embrasse Jay Lovestone, et ne t'inquiète pas s'il rougit, embrasse-le juste de ma part.

Transmets aussi mes amitiés à Suzy et toutes mes félicitations pour le nouveau petit mathématicien qu'elle va mettre au monde. Et... rends-moi un service : si par hasard tu passes près de Sheridan Square, monte au troisième étage et passe le bonjour pour moi à Jeanne de Lanux, et laisse un petit papier avec une empreinte de rouge à lèvres pour Pierre. Tu vas le faire ? OK. Merci beaucoup.

Écris-moi plus souvent. Je promets de te répondre.

Des nouvelles de ton père ? Et de ta mère ?

Reçois tout mon amour, ma chère Lucy. Dès que nous connaîtrons le sexe du bébé, j'enverrai un cadeau à ce futur citoyen du Monde.

Tes peintures murales, celles dont tu as envoyé des photos l'an dernier, sont magnifiques. Diego est du même avis. Envoie-nous des photos des dernières. N'oublie pas. Merci pour ta lettre, merci de te souvenir de nous et d'être une aussi gentille petite fille qui veut avoir des bébés avec un tel enthousiasme, pur et formidable. Diego vous passe le bonjour à tous les deux et vous envoie un *énorme baiser*[1] de félicitations pour l'enfant à venir.

Frida

1. En espagnol dans le texte.

Lettre à Ella Wolfe

Mercredi 13, 1938

Ma chère Ella,

Voilà des siècles que je veux t'écrire, mais comme toujours, va savoir ce que je fabrique, jamais je ne réponds aux lettres comme le font les gens bien... Bon, ma fille, laisse-moi te remercier pour ta lettre, et puis c'est tellement gentil de ta part de t'occuper des chemises de Diego. En revanche, je suis désolée de ne pas pouvoir te fournir les mesures que tu me demandes : j'ai beau fouiller dans son col, je ne trouve nulle trace de ce qui pourrait ressembler au numéro du tour de cou de don Diego Rivera y Barrientos. À mon avis, au cas où cette lettre arriverait à temps, ce dont je doute *very much*, il vaudrait mieux que tu dises à Martin[1] d'avoir la gentillesse de m'acheter six chemises, les plus grandes qui existent à Niouyork, celles dont on a peine à croire qu'elles puissent aller à quelqu'un, autant dire les plus grandes de cette planète communément nommée Terre. Je crois qu'on peut en trouver dans les boutiques pour marins, sur une rive de New York

1. Martin Temple, riche industriel et commerçant. Il fut le bienfaiteur de nombreuses personnes et groupes de gauche.

dont... je suis incapable de me souvenir pour te la décrire comme il faudrait. Bref, si tu ne trouves pas, eh bien... tant pis. OK ? Quoi qu'il en soit, je vous remercie, toi et lui, de votre gentillesse.

Au fait, ma fille, il y a quelques jours Diego a reçu la lettre de Boit, il te demande de le remercier de sa part et de lui envoyer, s'il te plaît, par le biais de Martin, le « blé » de Covici et le « blé » du monsieur qui lui a acheté le dessin ou l'aquarelle. Parce que, effectivement, plusieurs lettres se sont perdues et la raison que donne Boit dans sa lettre est la bonne. Donc chaque fois qu'il s'agira d'espèces sonnantes et trébuchantes, il vaudra mieux avoir recours à un envoi spécial, pour éviter que des vauriens ne mettent la main dessus. Comme tu peux le constater, mon lexique est chaque jour plus fleuri, et tu comprendras l'importance d'une telle acquisition culturelle eu égard à ma déjà très vaste et basse culture. Diego passe le bonjour à Boit, ainsi qu'à Jay, à Jim et à tous les potes.

Si tu veux en savoir plus sur ma personne en particulier, voici quelques nouvelles : depuis que vous avez quitté ce beau pays, je continue à claudiquer du sabot, bref, j'ai mal au pied. Rien de neuf depuis ma dernière opération (il y a tout juste un mois) et ça fait quatre fois que je me fais charcuter. Comme tu pourras le comprendre, je me sens vraiment « poifect » et avec une seule envie : celle d'expédier tous ces docteurs paître chez leurs génitrices en faisant un détour par chez Adam et Ève pour voir si j'y suis. Mais comme ça ne suffira ni à me consoler ni à me venger de toutes ces crasses, j'évite les expéditions et autres expédients, et me voilà transformée en véritable « sainte », dotée de la patience et des attributs de cette faune très spéciale. Tu peux dire à Boit que je suis désormais sage comme une image, c'est-à-dire que je n'enchaîne plus les... larmes... de cognac, tequila, et cetera... ce que je considère comme un nouveau pas en avant vers la libération des classes opprimées. Je buvais pour noyer ma peine, mais cette garce a appris à nager. Du coup, je suis accablée par la décence et les bonnes manières... ! D'autres choses plus ou moins désagréables me sont arrivées, mais je te les épargne car elles sont insignifiantes. Le reste, la vie quotidienne, et cetera, tout est pareil à l'exception des changements naturels dus à l'état lamentable dans lequel est le monde ; quelle philosophie et quelle compréhension !

En dehors des maladies, des problèmes politiques, des visites de touristes ricains, des lettres perdues, des disputes riveresques, des soucis d'ordre sentimental, et cetera, ma vie est, comme dans le poème de López Velarde..., pareille à son miroir quotidien. Diego est lui aussi tombé malade, mais il est presque totalement remis d'aplomb ; il continue à travailler comme d'habitude, beaucoup et bien, il est un peu plus gros, toujours aussi bavard et glouton, il s'endort dans la baignoire, lit les journaux dans les W-C et passe des heures à jouer avec monsieur Fulang Chang[1], à qui il a trouvé une compagne, mais malheureusement la dame en question est un peu bossue et ce cher monsieur ne l'a pas trouvée suffisamment à son goût pour consommer le mariage tant espéré, donc toujours pas de descendance. Diego continue à perdre toutes les lettres qu'il a entre les mains, il laisse traîner ses papiers n'importe où... il se met en colère quand on l'appelle pour manger, il fait du gringue à toutes les jolies jeunes filles et parfois... il se fait la belle avec des dames qui passent à l'improviste ; sous prétexte de

1. Nom d'un singe araignée appartenant à Diego Rivera.

leur « montrer » ses fresques, il les emmène un jour ou deux... voir d'autres paysages... En revanche, il ne se dispute plus comme avant avec les gens qui viennent l'embêter quand il travaille ; il laisse sécher ses stylos à encre, sa montre s'arrête et tous les quinze jours il faut la faire réparer, il continue à porter ses gros godillots de mineur (ça fait trois ans qu'il porte toujours les mêmes). Il est hors de lui quand il perd ses clés de voiture, qui généralement réapparaissent dans sa propre poche ; il ne fait pas le moindre exercice, ne s'expose jamais au soleil ; il écrit des articles qui, en général, déclenchent un « foin » de tous les diables ; il défend bec et ongles la IVe Internationale et il est enchanté que Trotski soit ici. Te voilà au courant des principaux détails... Comme tu pourras le constater, j'ai peint, ce qui est déjà un progrès car jusqu'à présent j'avais passé ma vie à aimer Diego et à délaisser mon travail. Aujourd'hui, non seulement je continue à aimer Diego mais, en plus, je me suis sérieusement mise à peindre mes petits personnages. Quant aux péripéties d'ordre sentimental et amoureux... il y en a eu, mais qui n'ont pas dépassé le stade de l'amusette... Cristi a été très malade ; elle a été opérée de la vésicule biliaire, c'était moins une, on a bien cru qu'elle allait y passer, mais heureusement l'opération s'est bien déroulée et même si elle ne se sent pas très bien, elle va beaucoup mieux... Elle vit un peu dans... les nuages. Elle continue à poser des questions... Qui est Fuente Ovejuna ? Quand elle regarde un film, c'est un vrai miracle si elle ne s'endort pas, mais à la fin du film elle demande toujours : bon, mais qui est le traître ? Qui est l'assassin ? Qui est la jeune fille ? Bref, elle ne comprend ni le début ni la fin, et au milieu du film, en général, elle sombre dans les bras de Morphée... Ses gamins sont mignons comme tout. Toñito (le philosophe) est chaque jour plus intelligent et il construit déjà des tas de choses avec son « mécano ». Isoldita est déjà en troisième année ; elle est craquante et espiègle comme pas deux. Adriana, ma sœur, et Veraza, son blondinet de mari (ceux qui sont allés avec nous à Ixtapalapa), se souviennent de toi et de Boit et vous passent le bonjour...

Bon, ma belle, j'espère que grâce à cette lettre exceptionnelle tu m'aimeras de nouveau, ne serait-ce qu'un peu, jusqu'à ce que petit à petit tu m'aimes comme avant... Répondez à mon amour en m'écrivant une puissante missive digne de mettre en joie mon si triste cœur qui bat pour vous d'ici et d'une force bien plus grande que vous ne pouvez l'imaginer, écoutez-moi ça : TIC-TAC TIC-TAC TIC-TAC TIC-TAC ! La littérature a bien du mal à représenter les bruits intérieurs, à rendre compte de leur volume, ce n'est donc pas ma faute si au lieu de résonner mon cœur ressemble à une horloge déréglée, *but... you know what I mean, my children ! And let me tell you, it's a pleasure.*

Plein de baisers pour vous deux, dans mes bras de tout mon cœur, et s'il vous en reste un petit peu, partagez-les entre Jay, Jim, Lucienne, Dimy et tous mes copains de toujours. Embrasse bien fort ta mère, ton père et la petite qui m'aimait tellement.

Votre bien-aimée saleté de chicua
Friduchín

Lettre à Julien Levy

Mexico, 1938

(...) Je n'avais jamais pensé à la peinture avant 1926, quand j'ai dû rester alitée suite à un accident de la route. Je m'ennuyais beaucoup dans mon lit, j'étais plâtrée (je m'étais fracturé la colonne vertébrale et d'autres os), alors j'ai décidé de faire quelque chose. J'ai chipé de la peinture à l'huile à mon père et ma mère m'a fait fabriquer un chevalet spécial, parce que je ne pouvais pas m'asseoir. Voilà comment j'ai commencé à peindre.

Lettre à Alejandro Gómez Arias

New York, le 1er novembre 1938

Alex, c'est aujourd'hui le jour de mon exposition et je veux te dire quelques petites choses.

Tout s'est arrangé à merveille, j'ai une de ces veines. Il y a ici une foule de gens qui m'aiment beaucoup et ils sont d'une amabilité sans bornes. La seule chose que je trouve un peu limite, c'est que Levy n'a pas voulu traduire la préface d'A. Breton, c'est vaguement prétentieux de sa part, mais bon, que veux-tu qu'on y fasse ? Toi, qu'est-ce que tu en penses ? La galerie est plutôt chouette et les tableaux sont très bien disposés. Tu as lu *Vogue* ? Il y a trois reproductions dont une en couleurs – celle que je trouve la plus sensas – et il va aussi paraître quelque chose dans *Life* cette semaine.

J'ai vu deux merveilles dans une collection privée : un Piero della Francesca, que j'ai trouvé absolument géant, et un petit Greco, le plus petit que j'aie jamais vu, mais le plus extra de tous. Je vais t'envoyer les reproductions.

Écris-moi si jamais tu te souviens de moi un jour. Je vais être ici deux ou trois semaines. Je t'aime plus que fort.

Passe le bonjour à Mir et à Rebe. Áurea est ici, plus acceptable qu'auparavant.

Lettre à Diego Rivera

New York, 9 janvier 1939

Mon joli petit môme,

Hier, je t'ai parlé au téléphone et je t'ai senti un peu triste. Je m'inquiète pour toi. J'aimerais bien recevoir ta lettre avant mon départ, pour en savoir plus sur Coyoacán et sur toute cette affaire. Ici, deux articles ont paru dans le *News*, à propos du vieux et du général. Je te les envoie pour que tu te voies à quel point ils peuvent être bêtes dans ce putain de pays, ils disent que Lombardo[1] est un trotskiste furibond, etc., etc.

Tu sais que je vais passer cette dernière semaine chez Mary. Elle est venue me chercher hier soir, parce que David veut que je me repose et que je dorme bien avant d'embarquer ; cette sale grippe m'a achevée, elle a fait de moi une misérable loque. Tu me manques, mon tout beau, tellement que parfois j'ai une furieuse envie de partir à Mexico, d'ailleurs la semaine dernière j'ai failli me dégonfler pour le voyage à Paris, mais comme tu le dis si bien, ce sera peut-être ma dernière occasion d'y aller, alors

---

1. Elle fait référence à Trotski, au général Lázaro Cárdenas et à Vicente Lombardo Toledano.

je vais faire contre mauvaise fortune bon cœur et mettre les bouts. Je serai de retour à Mexico en mars car je n'ai pas l'intention de rester plus d'un mois à Paris...

Mary va m'aider à faire ma valise, parce que, avec cette maudite maladie, je n'ai rien pu faire. Je n'ai pas pu finir le tableau de Mme Luce[1], je le terminerai à Paris car je suis à bout de forces : pendant cinq jours j'ai eu de très fortes fièvres et je suis épuisée, à deux doigts de clamser. Et pour couronner le tout, j'ai mes règles, je suis complètement lessivée. La pauvre Mary a été une mère pour moi, David et Anita pareil, de temps en temps ils me grondent tellement que la Terre en tremble, notamment quand je désobéis aux médecins, tu me connais, mais je me suis évité la pneumonie, heureusement parce que j'en aurais bien bavé. Il a fait un vache de froid, tout le monde se traîne une bronchite ou quelque chose dans le genre, et je me fais gronder parce que je ne porte pas de sous-pull en laine, mais pour tout te dire, ils piquent et je ne supporte pas d'avoir ça sur ma peau.

Ça m'a fait plaisir de savoir que tu avais aimé le portrait que j'ai fait pour Goodyear[2]. Lui, il est ravi, et pour mon retour il m'a commandé celui de Katherine Cornell et celui de sa fille, mais ce sera en octobre, quand tu reviendras avec moi, parce que je ne vais pas attendre plus longtemps sans toi. J'ai

1. *Le Suicide de Dorothy Hale :* tableau peint entre 1938 et 1939, commande de Clare Boothe Luce en mémoire de son amie, l'actrice Dorothy Hale, qui s'était suicidée le 21 octobre 1938 en se jetant de l'Hampshire House de New York.
2. En 1938, A. Conger Goodyear, président du Museum of Modern Art à New York, avait assisté à l'exposition de Frida Kahlo à New York et lui avait acheté le tableau *Autoportrait au singe.*

besoin de toi comme de l'air pour respirer et c'est un véritable sacrifice que d'aller en Europe, car tout ce que je veux c'est mon petit môme *tout près de moi.*

J'ignore quels sont les projets des Breton car ils ne m'ont plus jamais écrit, ils n'ont même pas répondu au télégramme que je leur ai envoyé la semaine dernière. J'imagine qu'ils vont m'attendre à Cherbourg ou là où le bateau fera escale, sinon je me demande ce que je pourrais bien foutre dans cette contrée que je ne connais ni d'Ève ni d'Adam.

Mon amour, ne joue pas trop avec Fulang, tu as vu ce qu'il a fait à ton pauvre œil, contente-toi de le regarder de loin, et qu'il ne s'avise pas de te faire mal pour de bon parce que je le tue. Et ce cher raton laveur ? Il doit être énorme maintenant. Empêche-le de chasser trop souvent, c'est mauvais pour lui.

Vous avez monté ma bicyclette dans ma chambre ? Je ne veux pas que les gosses l'utilisent, il vaut mieux que tu la ranges là-haut. Lupe se tient comme il faut ? Et Carmelita, qu'est-ce qu'elle devient ? Passe le bonjour à tout le monde et tout spécialement au général Désordre.

Tu vois Ch. Hidalgo ? Dis-lui que je n'ai pas oublié les gants et le pull qu'il m'a commandés. Et puis dis à Kitty de te recoudre tes vêtements, de tout bien laver et d'appeler le « coiffing » quand tu en auras besoin. Et toi, pense à te baigner et à prendre bien soin de toi. N'oublie pas que je t'aime plus que ma propre vie, que tu me manques à chaque minute un peu plus. Sois sage, *même si tu t'amuses* n'arrête jamais de m'aimer, ne serait-ce qu'un tout petit peu. Je t'écrirai de Paris aussi souvent que possible, et toi, épargne-moi le chagrin de ne pas avoir de nouvelles de toi. Écris-moi de toutes petites lettres ou des cartes postales, mais qu'au moins je sache comment va ta santé.

Mon tableau de la morte est plutôt réussi, sauf l'espace entre les deux corps, et le bâtiment a l'air d'une cheminée, tu sais, celles qui sont bien carrées, et puis je le trouve un peu trop bas. Chaque jour je suis un peu plus convaincue que je ne vaux pas tripette en dessin et je me sens conne quand je veux introduire un peu de distance dans ma peinture. Je donnerais tout pour voir ce que tu es en train de faire en ce moment, ce que tu peins, pour pouvoir être près de toi et pour dormir avec toi dans notre petite chambre du pont ; ton rire me manque tellement, et ta voix, tes mains, tes yeux, même tes colères, tout, mon tout petit, toi tout entier, tu es ma vie à présent et rien ni personne ne peut me changer.

J'attends la lettre que tu m'as promise dans ton télégramme et au téléphone. Dis-moi pourquoi tu m'as semblé triste, dis-moi tout, dis-moi si tu veux que j'aille te retrouver et que j'envoie foutre Paris et tout le monde.

Je t'envoie des millions et des millions de baisers et tout mon cœur.

Ta chicuita.

Friduchín

Lettres à Nickolas Muray[1]

Paris, 16 février 1939

Mon adorable Nick, mon enfant,

Je t'écris depuis mon lit de l'Hôpital américain.
Hier pour la première fois je n'ai pas eu de fièvre et
on m'a autorisée à manger un tout petit peu, du
coup je me sens mieux. Il y a deux semaines, j'ai été
tellement malade qu'on m'a amenée ici en ambu-
lance, car je ne pouvais même pas marcher. J'ignore,
vois-tu, où et comment j'ai bien pu attraper ce colibacille dans les reins via les intestins ; l'inflammation
et les douleurs étaient telles que j'ai bien cru mourir.
On m'a fait un tas de radios des reins et on dirait
qu'ils sont infectés par ce fichu colibacille. Maintenant je vais mieux et lundi prochain je serai sortie de
cet hôpital pourri. Je ne peux pas rentrer à l'hôtel car
j'y serais toute seule, alors la femme de Marcel
Duchamp m'a invitée à rester une semaine chez elle,
jusqu'à ce que je récupère un peu.

Ton télégramme est arrivé ce matin, j'en ai pleuré
de joie, et aussi parce que tu me manques, dans mon
cœur et dans mon sang. J'ai reçu ta lettre hier, mon
chéri, elle est si belle, si tendre que je n'ai pas de

1. Originaux en anglais. (*N.d.l.T.*)

mots pour exprimer la joie que j'ai ressentie. Je t'adore, mon amour, crois-moi ; jamais, au grand jamais, je n'ai aimé quelqu'un comme toi – seul Diego demeurera aussi profondément dans mon cœur. Je n'ai pas touché un mot à Diego de mes problèmes de santé parce qu'il s'inquiéterait bien trop, et puis, à mon avis, dans quelques jours je serai sur pied, donc pas la peine de l'inquiéter. Tu ne crois pas ?

En plus de cette maudite maladie, je n'ai vraiment pas eu de chance depuis que je suis ici. D'abord, l'exposition est un sacré bazar. Quand je suis arrivée, les tableaux étaient encore à la douane, parce que ce f. de p. de Breton n'avait pas pris la peine de les en sortir. *Il n'a jamais reçu* les photos que tu lui as envoyées *il y a des lustres*, ou du moins c'est ce qu'il prétend ; la galerie n'était *pas du tout* prête pour l'exposition, d'ailleurs ça fait belle lurette que Breton n'a plus de galerie à lui. Bref, j'ai dû attendre des jours et des jours comme une idiote, jusqu'à ce que je fasse la connaissance de Marcel Duchamp (un peintre merveilleux), le seul qui ait les pieds sur terre parmi ce tas de fils de pute lunatiques et tarés que sont les surréalistes. Lui, il a tout de suite récupéré mes tableaux et essayé de trouver une galerie. Finalement, une galerie qui s'appelle « Pierre Colle » a accepté cette maudite exposition. Et voilà que maintenant Breton veut exposer, à côté de mes tableaux, quatorze portraits du XIXᵉ siècle (mexicains), ainsi que trente-deux photos d'Álvarez Bravo et plein d'objets populaires qu'il a achetés sur les marchés du Mexique, *un bric-à-brac de vieilleries*, qu'est-ce que tu dis de ça ? La galerie est censée être prête pour le 15 mars. Sauf qu'il faut restaurer les quatorze huiles du XIXᵉ et cette maudite restauration va prendre tout un mois. J'ai dû prêter à Breton 200 biffetons (dollars) pour la restauration, parce qu'il n'a pas un sou. (J'ai envoyé un télégramme à Diego pour lui décrire la situation et je lui ai annoncé que j'avais prêté cette somme à Breton. Ça l'a mis en rage, mais ce qui est fait est *fait* et je ne peux pas revenir en arrière.) J'ai encore de quoi rester ici jusqu'à début mars, donc je ne m'inquiète pas trop.

Bon, il y a quelques jours, une fois que tout était plus ou moins réglé, comme je te l'ai expliqué, j'ai appris par Breton que l'associé de Pierre Colle, un vieux bâtard et fils de pute, avait vu mes tableaux et considéré qu'il ne pourrait en exposer que *deux*, parce que les autres sont trop « choquants » pour le public !! J'aurais voulu tuer ce gars et le bouffer ensuite, mais je suis tellement malade et fatiguée de *toute cette affaire* que j'ai décidé de tout envoyer au diable et de me tirer de ce foutu Paris avant de perdre la boule. Tu n'as pas idée du genre de salauds que sont ces gens. Ils me donnent envie de vomir. Je ne peux plus supporter ces maudits « intellectuels » de mes deux. C'est vraiment au-dessus de mes forces. Je préférerais m'asseoir par terre pour vendre des *tortillas* au marché de Toluca plutôt que de devoir m'associer à ces putains d'« artistes » parisiens. Ils passent des heures à réchauffer leurs précieuses fesses aux tables des « cafés », parlent sans discontinuer de la « culture », de « l'art », de la « révolution » et ainsi de suite, en se prenant pour les dieux du monde, en rêvant de choses plus absurdes les unes que les autres et en infectant l'atmosphère avec des théories et encore des théories qui ne deviennent jamais réalité.

Le lendemain matin, ils n'ont rien à manger à la maison vu que *pas un seul d'entre eux ne travaille*. Ils vivent comme des parasites, aux crochets d'un tas de vieilles peaux pleines aux as qui admirent le « génie » de ces « artistes ». De la *merde*, rien que de la *merde*, voilà ce qu'ils sont. Je ne vous ai jamais vus, ni Diego ni toi, gaspiller votre temps en commérages idiots et en discussions « intellectuelles » ; voilà pourquoi vous êtes des *hommes*, des vrais, et pas des « artistes » à la noix. Bordel ! Ça valait le coup de venir, rien que pour voir pourquoi l'Europe est en train de pourrir sur pied et pourquoi ces gens – ces bons à rien – sont la cause de tous les Hitler et Mussolini. Je te parie que je vais haïr cet endroit et ses habitants pendant le restant de mes jours. Il y a quelque chose de tellement faux et irréel chez eux que ça me rend dingue.

Tout ce que j'espère, c'est guérir au plus vite et ficher le camp.

Mon billet est encore valable longtemps, mais j'ai quand même réservé une place sur l'*Isle-de-France* pour le 8 mars. J'espère pouvoir embarquer sur ce bateau. Quoi qu'il arrive, je ne resterai pas au-delà du 15 mars. Au diable l'exposition à Londres. Au diable tout ce qui concerne Breton et ce pays à la noix. Je veux être avec *toi*. Tout me manque, chacun des mouvements de ton être, ta voix, tes yeux, ta jolie bouche, ton rire si clair et sincère, *TOI*. Je t'aime, mon Nick. Je suis si heureuse de penser que je t'aime – de penser que tu m'attends – et que tu m'aimes.

Mon chéri, embrasse Mam de ma part. Je ne l'oublie surtout pas. Embrasse aussi Aria et Lea[1]. Et pour toi, mon cœur plein de tendresse et de caresses, un baiser tout spécialement dans ton cou, ta

Xochitl

1. Les filles de Nickolas Muray.

Passe le bonjour à Mary Sklar si tu la vois et à Ruzzy.

*

Paris, 27 février 1939

Mon adorable Nick,

Ce matin, après des jours d'attente, j'ai reçu ta lettre. J'étais tellement contente que je me suis mise à pleurer avant même de commencer à la lire. Mon enfant, je ferais mieux d'éviter de me plaindre tant que tu m'aimes et que je t'aime. C'est tellement vrai, tellement beau que ça me fait oublier mes peines et mes problèmes, ça me fait même oublier la distance. Grâce à tes mots, je me sens si proche de toi que je peux sentir tout contre moi – tes yeux – tes mains, tes lèvres. Je peux entendre ta voix et ton rire, ce rire si pur et si sincère qui n'est qu'à *toi*. Je ne fais que compter les jours avant mon retour. Encore un mois ! Et nous serons de nouveau ensemble.

Mon chéri, j'ai commis une terrible erreur. J'étais persuadée que ton anniversaire était le 16 *janvier*. Si j'avais su que c'était le 16 février, je n'aurais jamais envoyé ce télégramme qui t'a tellement troublé et affligé. S'il te plaît, pardonne-moi.

J'ai quitté l'hôpital il y a *cinq* jours, je me sens beaucoup mieux et j'espère être totalement rétablie d'ici quelques jours. Je ne suis pas retournée dans ce maudit hôtel car je ne pouvais pas rester seule. *Mary Reynolds*, une merveilleuse Américaine qui vit avec *Marcel Duchamp*, m'a invitée à rester chez eux. J'ai accepté avec plaisir parce que c'est vraiment quelqu'un de très bien, qui n'a rien à voir avec les « artistes » puants de la bande à Breton. Elle est très gentille et elle s'occupe admirablement de moi. Je me sens quelque peu vidée après tous ces jours de fièvre ; cette maudite infection de colibacilles vous met à plat. Le docteur m'a dit que j'avais dû *manger* quelque chose qui n'avait pas été bien lavé (de la salade ou des fruits crus). C'est chez Breton que j'ai attrapé ces saloperies de colibacilles, j'en mets ma main au feu. Tu n'as pas idée de la *saleté* dans laquelle ces gens vivent, et le genre de nourriture qu'ils avalent. C'est à peine croyable. Je n'avais jamais rien vu de tel dans toute ma foutue vie. Pour une *raison* que *j'ignore*, l'infection est passée des *intestins* à la *vessie* puis aux reins, c'est pourquoi pendant deux jours je n'ai pas pu faire pipi. J'ai cru que j'allais exploser d'une minute à l'autre. Heureusement, tout est *OK maintenant*, et tout ce que je dois faire, c'est me reposer et suivre un *régime* spécial. Je t'envoie quelques-uns des bilans de l'hôpital. Sois gentil, donne-les à Mary Sklar pour qu'elle les montre à David Glusker, il pourra se faire une idée de ce dont il s'agit et *m'envoyer* des indications sur ce que je dois *manger*. (S'il te plaît, dis-lui que ces trois derniers jours mes *analyses d'urine* ont montré qu'elle était *acide* et non plus *alcaline* comme *avant*.) La fièvre a complètement disparu. J'ai encore mal quand je fais pipi et une légère inflammation de la *vessie, je me sens tout le temps fatiguée (surtout du dos)*. Merci, mon amour, merci de me rendre ce service, et dis bien à Mary qu'elle me manque beaucoup et que je l'aime.

Le problème de l'exposition est finalement réglé. Marcel Duchamp m'a beaucoup aidée, il est le seul vrai mec parmi tous ces gens à la con. L'exposition ouvrira ses portes *le 10 mars* à la galerie « Pierre Colle ». Il paraît que c'est une des meilleures ici. Ce fameux Pierre Colle est le vendeur de Dalí et d'autres grosses pointures du surréalisme. Elle va durer deux semaines, mais j'ai déjà fait tout le nécessaire pour récupérer mes tableaux le 23. Comme ça, j'aurai le temps de tout emballer et de les emporter avec moi le 25. Les catalogues sont chez l'imprimeur, ce qui porte à croire que tout roule. J'ai voulu embarquer sur l'*Isle-de-France* le 8 mars, mais j'ai envoyé un télégramme à Diego et il m'a conseillé d'attendre la fin de l'exposition, car il ne leur fait aucune confiance pour me renvoyer mes tableaux. Et il a raison, d'une certaine manière, je suis venue ici *juste* pour cette maudite exposition et ce serait stupide de m'en aller deux jours avant le vernissage. Tu ne crois pas ? De toute façon, je me fiche bien de savoir si l'exposition sera un succès ou pas. Je suis malade et fatiguée à cause de tout ce qui m'est arrivé à Paris, et je me dis que ce serait pareil à Londres. Du coup, je n'exposerai *pas* à Londres. Les gens ont une peur bleue de la guerre et toutes les expositions ont été un échec, parce que ces salauds de riches ne veulent rien acheter. Alors à quoi bon faire l'effort d'aller à Londres juste pour y perdre mon temps ?

Mon chéri, je dois te dire que tu es un mauvais garçon. Pourquoi m'as-tu envoyé ce chèque de 400 dollars ? Ton ami « Smith » est totalement imaginaire, très gentil au demeurant, mais dis-*lui* que *je ne toucherai pas à son chèque* jusqu'à mon retour à New York, où nous reparlerons de cette affaire. Mon Nick, tu es la personne la plus gentille que j'aie jamais connue. Mais écoute-moi, mon cœur, je n'ai pas besoin de cet argent pour l'instant. Il m'en reste encore un peu du Mexique, je suis pleine aux as, tu ne savais pas ? J'en ai assez pour rester ici encore un mois. Et j'ai mon billet de retour. *Tout est sous contrôle*, alors vraiment, mon amour, il n'y a aucune raison pour que tu engages des frais supplémentaires. Tu as déjà assez de soucis comme ça, je ne veux pas en être un de plus. J'ai de quoi aller au

« marché aux voleurs » m'acheter des tas de cochonneries, c'est une de mes activités préférées. Je n'ai pas
besoin de m'acheter de vêtements, parce que, en tant
que Tehuana, je ne porte ni culotte ni bas. Les seules
choses que j'ai achetées ici, ce sont deux poupées
anciennes, très jolies. L'une est blonde aux yeux
bleus, les yeux les plus magnifiques que tu puisses
imaginer. Elle porte une robe de mariée. Ses vêtements étaient sales, pleins de poussière, mais je l'ai
nettoyée et maintenant elle a vraiment l'air de
quelque chose. Sa tête n'est pas très bien ajustée à
son corps parce que l'élastique qui la retient est très
vieux, mais nous arrangerons ça à New York, toi et
moi. L'autre est moins jolie, mais tout à fait char-
mante. Elle a des cheveux blonds et des yeux noirs.
Je n'ai pas encore lavé sa robe, elle est sacrément sale.
Elle n'a qu'une chaussure, elle a perdu l'autre au marché. Toutes les deux sont ravissantes, malgré leurs
têtes un peu bringuebalantes. C'est peut-être ça qui
les rend si mignonnes et qui fait leur charme. Cela fait
des années que je voulais une poupée comme ça,
parce que quelqu'un a cassé celle que j'avais quand
j'étais petite et je n'avais jamais pu en retrouver une
semblable. Du coup, je suis très contente d'en avoir
deux. J'ai un petit lit à Mexico, qui conviendra parfaitement à la plus grande. Réfléchis à deux jolis prénoms hongrois pour le baptême. À elles deux, elles
m'ont coûté deux dollars et demi. Comme tu peux
t'en rendre compte, mes dépenses ne sont pas très éle-
vées. Je n'ai pas eu à payer l'hôtel car Mary Reynolds
ne m'a pas laissée y retourner toute seule. L'hôpital
est payé. Donc je n'aurai pas besoin de beaucoup
d'argent pour vivre ici. En tout cas, tu n'imagines pas
à quel point j'apprécie ton désir de m'aider. Je n'ai pas
les mots pour te décrire la joie de savoir que tu as
voulu me rendre heureuse et que tu es si généreux, si

adorable. Mon amant, mon amour, mon Nick – *mon cœur – mon enfant, je t'adore*[1].

J'ai maigri à cause de la maladie, donc quand je serai avec toi, tu n'auras qu'à souffler et… hop ! au cinquième étage de l'hôtel La Salle. Au fait, tu touches bien tous les jours ce bidule à incendie accroché dans la cage d'escalier ? N'oublie pas de le faire tous les jours. N'oublie pas non plus de t'endormir sur ton petit oreiller que j'adore. N'embrasse personne d'autre en lisant les panneaux et les noms des rues. N'emmène personne d'autre faire une balade dans notre Central Park. Il n'appartient qu'à Nick et à Xochitl. N'embrasse personne d'autre sur le canapé de ton bureau. Seule Blanche Heys a le droit de te faire un massage dans le cou. La seule que tu peux embrasser autant que tu le voudras, c'est Mam. Ne fais l'amour avec personne, si tu peux. Ne le fais que si tu tombes sur une vraie FW[2], mais surtout *ne l'aime pas*. Joue de temps en temps avec ton train électrique, si tu ne rentres pas trop fatigué du travail. Comment va Joe Jinks ? Comment va le gars qui te fait des massages deux fois par semaine ? Je le déteste un peu, parce qu'il t'a éloigné de moi durant des heures. Tu as fait beaucoup d'escrime ? Comment va Georgio ?

Pourquoi dis-tu que ton voyage à Hollywood n'a été qu'un demi-succès ? Raconte-moi un peu. Mon chéri, si possible, évite de travailler si dur. Ça te fatigue le cou et le dos. Dis à Mam de prendre soin de toi et de t'obliger à te reposer quand tu te sens fatigué. Dis-lui que je suis encore plus amoureuse de toi, que tu es mon amour et mon amant, et qu'en mon absence elle doit t'aimer plus que jamais, afin de te rendre heureux.

1. Ces derniers mots en espagnol.
2. « Fucking Wonder ».

Ta nuque te fait très mal ? Je t'envoie des millions de baisers dans ton joli cou pour qu'il aille mieux. Toute ma tendresse et toutes mes caresses pour ton corps, de la tête aux pieds. J'embrasse à distance le moindre de ses recoins.

Mets le plus souvent possible le disque de Maxine Sullivan sur le gramophone. Je serai *là avec toi*, en train d'écouter sa voix. Je t'imagine allongé sur le sofa bleu, avec ta cape blanche. Je te vois en train de viser la sculpture à côté de la cheminée, j'entends le ressort sauter dans les airs et j'entends ton rire – le rire d'un enfant – quand tu fais mouche. Oh, Nick, mon chéri, je t'adore tellement. J'ai tellement besoin de toi que mon cœur me fait mal.

J'imagine que Blanche sera là la première semaine de mars. Je serai contente de la voir parce que c'est quelqu'un de vrai, de doux et de sincère, et elle est pour moi comme une part de toi-même.

Comment vont Aria et Lea ? Transmets-leur toute ma tendresse, s'il te plaît, ainsi qu'à Ruzzie, et dis-lui que c'est un chic type.

Mon chéri, as-tu besoin de quelque chose de Paris ? Dis-le-moi, s'il te plaît, je serais tellement contente de te rapporter une chose dont tu as besoin.

Si jamais Eugenia te téléphone, dis-lui que j'ai perdu son adresse et que c'est pour ça que je ne lui ai pas écrit. Comment va cette demoiselle ?

Si tu vois Rosemary, embrasse-la de ma part. Elle va bien ? Toute ma tendresse à Mary Sklar. Elle me manque beaucoup.

Et pour toi, mon très cher Nick, tout mon cœur, mon sang, tout mon être. Je t'adore.

Frida

Les photos que tu as envoyées sont enfin arrivées.

Lettre à Ella et Bertram D. Wolfe

Paris, le 17 mars 1939

Ma belle Ella, mon Boitito,
mes copains vrais de vrais,
Deux mois plus tard, je vous écris. Je sais que vous allez dire comme d'habitude : quelle sale « chi-cua » ! Mais, croyez-moi, cette fois c'est la faute à ce coquin de sort. J'ai de puissantes explications à vous fournir : depuis que je suis arrivée, je suis dans la m... lasse. Mon exposition n'était pas prête. Mes tableaux m'attendaient tranquillement à la douane, vu que Breton n'était même pas allé les chercher. Vous n'avez pas idée du genre de vieux cafard qu'est Breton, et je pourrais en dire de même de presque tout le groupe des surréalistes. Pour faire court, ce sont des fils de... leur chère maman. Je vous raconterai en long et en large l'histoire de cette maudite exposition, mais j'attends que nous nous retrouvions nez à nez, parce que ça me prendra du temps et des larmes. En bref, je résume : il a fallu un mois et demi avant que n'arrive... et cetera, et cetera, la fameuse exposition. Et je vous passe les disputes, les bavardages, les ragots, les colères et les tracas du plus « môvais » effet. Finalement, Marcel Duchamp (le seul parmi les peintres et les artistes d'ici qui a les

pieds sur terre et la cervelle en place) a pu organiser l'exposition avec Breton. Elle a débuté le 10 de ce mois dans la galerie « Pierre Colle », qui est paraît-il une des meilleures ici. Il y avait un paquet de beau monde le jour de « l'opening », avec des tas de félicitations à la « chicua », y compris une accolade de Joan Miró et des louanges de Kandinsky pour ma peinture, les félicitations de Picasso et de Tanguy, Paalen et d'autres « grands cacas » du surréalisme. Autant dire que ça a été un succès et si l'on tient compte de la qualité des couches de miel (je veux parler des ribambelles de louanges), je crois qu'on peut en conclure que ça s'est bien passé...

J'avais le ventre plein d'anarchistes et chacun d'entre eux aurait bien posé une bombe dans un coin de mes pauvres tripes. Ça va mal tourner, je me suis dit, car j'étais persuadée que j'allais passer l'arme à gauche. Entre les maux de ventre et la tristesse de me retrouver toute seule dans ce putain de Paris qui me fout le bourdon, je vous assure que j'aurais préféré prendre un aller simple une bonne fois pour toutes. Mais quand je me suis retrouvée à l'Hôpital américain, là, j'ai pu « aboyer » en anglais et leur expliquer ma situation, alors j'ai commencé à me sentir un peu mieux. Au moins je pouvais dire : *Pardon me I burped!* (Tu parles, j'avais beau m'échiner j'étais incapable de *burper.*) Ce n'est qu'au bout de quatre jours que j'ai eu le plaisir de lâcher mon premier *burp* et depuis ce jour béni je me sens mieux. La raison du soulèvement anarchiste dans mon ventre est que j'étais pleine de colibacilles et ces fumiers ont voulu passer outre les limites décentes de leur activité, alors ils ont eu l'idée d'aller faire la java dans ma vessie et dans mes reins, qui se sont mis à me brûler, parce qu'ils faisaient un foin de tous les diables et qu'ils ont failli m'envoyer à la défunterie. Bref, j'ai compté les jours en espérant que la fièvre allait disparaître, que je pourrais prendre un bateau et filer vite fait aux *States*, parce que, ici, personne ne comprenait ma situation et d'ailleurs tout le monde se fichait bien de moi... et, petit à petit, j'ai commencé à récupérer...

Si vous saviez dans quel état sont les pauvres gens qui ont pu réchapper aux camps de concentration. Ça vous briserait le cœur. Manolo Martínez, le compagnon de Rebull[1], est dans le coin. Il m'a raconté que Rebull était le seul à avoir dû rester de l'autre côté, pour ne pas abandonner sa femme moribonde ; si ça se trouve, au moment où je vous écris, il a été fusillé, le pauvre. Ces sales Français se sont comportés comme des porcs avec tous les réfugiés ; ce sont des salauds de la pire espèce que j'aie jamais connue. Je suis écœurée par tous ces Européens pourris, ces putains de « démocraties » ne valent pas un clou...

Nous reparlerons longuement de tout ça. En attendant, sachez que vous me manquez beaucoup ; que je vous aime de plus en plus ; que j'ai été sage ; que je n'ai pas eu d'aventures ou d'amants et que je n'ai pas fait la java ni quoi que ce soit dans le genre ; que Mexico me manque plus que jamais ; que j'adore Diego plus que ma propre vie ; que de temps en temps Nick aussi me manque ; que je suis en train de devenir quelqu'un de sérieux ; et qu'en attendant de vous revoir je vous envoie des tas de baisers à tous les deux : partagez-en quelques-uns équitablement avec Jay, Mack, Sheila et tous les copains.

1. Manuel Rebull, un Espagnol rencontré par Frida Kahlo au Mexique.

Et si vous avez un peu de temps, allez voir Nick et donnez-lui un bisou de ma part, et un autre à Mary Sklar.

Votre chicua qui ne vous oublie pas.

Frida

Boitito, mon frangin, comment se porte le livre ? Tu travailles beaucoup ? Un ragot : Diego s'est disputé avec la IV et il a sérieusement envoyé paître « barbichette » Trotski. Je vous raconterai les dessous de l'affaire.

Diego a entièrement raison.

Lettre à Nickolas Muray[1]

Coyoacán, 13 juin 1939

Nick, mon chéri,

J'ai reçu la superbe photo de moi que tu m'as envoyée. Je la trouve encore plus belle qu'à New York. Diego dit qu'elle est aussi magnifique qu'un Piero della Francesca. Pour moi, c'est bien plus que ça, c'est un trésor, et en plus, elle me rappellera toujours ce matin où nous avons pris notre petit déjeuner ensemble au Barbizon Plaza Drugstore, après quoi nous sommes allés à ton atelier prendre des photos. *Celle-ci* était l'une d'entre elles. À présent, je l'ai tout près de moi. Tu seras toujours à l'intérieur du châle magenta (sur le côté gauche). Des millions de mercis de me l'avoir envoyée.

Quand j'ai reçu ta lettre, il y a quelques jours, je ne savais plus quoi faire. Sache que je n'ai pas pu retenir mes larmes. J'ai senti quelque chose en travers de ma gorge, comme si j'avais avalé la Terre entière. Je ne saurais dire si j'étais triste, jalouse ou en colère, mais la sensation que j'ai éprouvée m'a plongée dans le plus profond désespoir. J'ai lu et relu ta lettre à plusieurs reprises, trop, je crois, et je me

1. Original en anglais. (*N.d.l.T.*)

rends compte à présent d'un certain nombre de choses que je n'avais pas perçues au début. Je comprends maintenant, tout est parfaitement clair et la seule chose que je veux te dire, du fond du cœur, c'est que tu mérites ce qu'il y a de mieux, car tu es une des rares personnes honnêtes avec elles-mêmes dans ce foutu monde, et c'est la seule chose qui compte vraiment. Je ne vois pas comment ton bonheur pourrait me blesser un seul instant. Les femmes mexicaines (comme moi-même) ont parfois une vision tellement bête de la vie ! Mais tout ça, tu le sais, et je suis sûre que tu me pardonneras mon attitude tellement stupide. Tu dois néanmoins comprendre que, quoi qu'il nous arrive dans la vie, pour moi tu seras toujours le Nick que j'ai connu un certain matin au 18 E. 48th St.

J'ai annoncé à Diego que tu allais bientôt te marier. Dès le lendemain, il l'a répété à Rose et à Miguel, quand ils sont venus nous rendre visite. Force m'a été de le leur confirmer. Je suis vraiment désolée d'en avoir parlé sans ton autorisation, mais ce qui est fait est fait et je te demande de pardonner mon manque de discrétion.

S'il te plaît, rends-moi un grand service : envoie-moi le petit *oreiller*, je ne voudrais pas que quelqu'un d'autre s'en serve. Je promets de t'en confectionner un autre, mais je veux celui qui est en ce moment sur le canapé d'en bas, près de la fenêtre. Un autre service : ne « la » laisse pas toucher les signaux à incendie dans l'escalier (tu sais de quoi je veux parler). Si tu peux et que ça ne te dérange pas trop, évite d'aller avec elle à Coney Island, tout particulièrement au Half Moon. Décroche ma photo de la cheminée et mets-la dans la chambre de Mam à l'atelier ; je suis sûre qu'elle m'apprécie autant qu'avant. En plus, ce n'est pas très agréable pour l'autre dame de voir mon portrait dans ta maison. Je voudrais te parler de tas de choses mais je ne crois pas très opportun de t'embêter avec ça. J'espère que, malgré l'absence de mots, tu comprendras mes désirs.

Mon chéri, tu es sûr que ça ne t'embête pas trop de t'occuper à ma place de la peinture de Mme Luce ? Tout est prêt pour l'envoyer, sauf qu'il me manque une information et j'ai besoin que tu me donnes un coup de main. Je ne me souviens pas de *la date* à laquelle Dorothy Hale s'est suicidée, or il me la faut pour la noter sur la partie inférieure du tableau ; si tu peux passer un ou deux coups de fil pour te renseigner, ça me ferait très plaisir. Sans vouloir trop te déranger, s'il te plaît, écris sur un bout de papier la date exacte et envoie-la-moi par la poste. Quant au tableau, tu n'auras qu'à le déposer dans ton bureau (il est tout petit) ; dès que tu apprends que Mme Luce est à New York, appelle-la et fais-lui savoir que ce maudit tableau est là. Elle l'enverra chercher, j'en suis sûre.

Concernant les lettres que je t'ai envoyées, si elles sont gênantes, donne-les à Mam et elle me les renverra. Je ne veux surtout pas représenter un souci dans ta vie.

Pardonne-moi de me comporter comme une fiancée à l'ancienne en te demandant de me rendre mes lettres, c'est ridicule de ma part, mais c'est pour toi que je le fais, pas pour moi, parce que j'imagine que ça ne t'intéresse plus de garder ces papiers.

Pendant que j'étais en train d'écrire cette lettre, Rose m'a téléphoné et m'a dit que tu t'étais déjà marié. Je n'ai rien à dire sur ce que j'ai ressenti. J'espère que tu seras heureux, très heureux.

Si tu trouves un peu de temps, écris-moi quelques

mots, juste pour me dire comment tu vas. Tu le feras ?

Embrasse pour moi Mam et Ruzzy.

J'imagine que tu dois être très occupé en ce moment et que tu n'auras pas le temps de me trouver la date à laquelle Dorothy Hale s'est tuée, alors sois gentil : demande à Mam de me rendre ce service, je ne peux pas envoyer le tableau tant que je n'ai pas cette maudite date. Et il est urgent que cette Claire Luce ait enfin son tableau pour qu'elle m'envoie le fric.

Autre chose, si tu écris à Blanche Hays, transmets-lui toute mon amitié. Pareil aux Sklar, tout spécialement.

Merci pour cette magnifique photo. Merci pour ta dernière lettre et pour les trésors que tu m'as donnés.

Avec amour
Frida

S'il te plaît, excuse-moi de t'avoir téléphoné l'autre soir. Je ne le referai plus.

Lettre à Carlos Chávez

Octobre 1939

Carlitos,

Voici les informations, je te supplie de me les traduire, parce que si c'est moi qui le fais, ça risque de pas valoir bésef.

J'ai commencé à peindre il y a douze ans. J'étais en convalescence, suite à un accident de la route qui m'a forcée à rester alitée presque un an. J'ai travaillé durant toutes ces années avec l'élan spontané de mes sentiments. Je ne suis d'aucune école, je n'ai jamais revendiqué l'influence de qui que ce soit ; de mon travail, je n'ai rien attendu d'autre que la satisfaction de peindre et de dire ce que je ne pouvais exprimer autrement.

J'ai réalisé des portraits, des compositions de figures, parfois aussi des tableaux où le paysage ou la nature morte prenait le dessus. J'ai réussi à trouver, sans y être forcée par un quelconque préjugé, une expression personnelle dans la peinture. Durant dix ans, mon travail a consisté à éliminer tout ce qui n'était pas issu des mobiles lyriques internes qui me poussaient à peindre.

Ayant toujours travaillé avec mes sensations, mes états d'âme et les réactions profondes que la vie a déchaînés en moi, j'ai fréquemment objectivé tout cela par des représentations de moi-même : ma façon la plus sincère et vraie d'exprimer ce que je ressentais par-devers moi et face à moi.

J'ai exposé pour la première fois l'an dernier (1938), dans la galerie de Julien Levy à New York. J'y ai présenté vingt-cinq tableaux. Douze d'entre eux font maintenant partie des collections des personnes suivantes :

Conger Goodyear. NY.

Mrs. Sam Levinson. NY.

Mrs. Clare Luce. NY.

Mrs. Salomon Sklar. NY.

Mr. Edward G. Robinson. Los Angeles (Hollywood).

Walter Peach. NY.

Mr. Edgar Kaufmann. Pittsburgh.

Mr. Nickolas Muray. NY.

Dr. Roose. NY.

Plus deux personnes dont j'ai oublié le nom, mais Julien Levy peut les indiquer. L'exposition s'est tenue du 1er au 15 novembre 1938.

Ensuite, j'ai fait une exposition à Paris, organisée par André Breton, à la galerie Renou et Colle, du 1er au 15 mars 1939. (Les seules expositions que j'ai réalisées dans ma vie.) Mon travail a intéressé la critique parisienne ainsi que les artistes. Le musée du Louvre (Jeu de paume) a fait l'acquisition d'un de mes tableaux.

Je peux citer comme référence les personnes suivantes :

Diego Rivera. Palma et Altavista. Villa Obregón, D.F., Mexico.

Pablo Picasso. Rue de la Boétie, Paris.

Carlos Chávez.

Mr. Sam Levinson. (J'ai oublié son adresse.)

Marcel Duchamp. 42, rue Fontaine. Paris, 9ᵉ.
M. William Valentiner. Directeur Museum Detroit.
Conger Goodyear. Museum of Modern Art.

J'ai l'intention de réaliser une exposition aux États-Unis. Je suis en train de travailler sur des tableaux de grand format, qui exigent beaucoup de travail. J'ai besoin de tranquillité pour peindre, et je n'arrive pas à « joindre les deux bouts ». Voilà pourquoi je sollicite la bourse Guggenheim.

Mille mercis. Si tu as besoin d'un détail supplémentaire, tu n'as qu'à m'appeler.

Je t'embrasse.

Frida[1]

1. Le 23 novembre 1939, Carlos Chávez envoie à Henry Allen Moe la demande de Frida pour l'obtention d'une bourse Guggenheim. Il y joint une lettre indiquant : « Frida, comme vous le savez sans nul doute, une est une extraordinaire artiste. Elle a toujours peint, depuis qu'elle est toute petite. Quand elle s'est mariée avec Diego, elle est devenue plus connue, plus admirée, mais seulement dans le petit groupe des amis intimes de Diego. Nous sommes tous soufflés par son incroyable sensibilité, par son raffinement. Elle exerce son métier d'une main de maître. (...) En tant qu'épouse de Diego, elle n'a jamais eu à s'inquiéter de contingences financières. Mais à l'heure actuelle, la situation est bien différente. Elle vient de divorcer de Diego ; elle ne peut donc plus considérer son travail du seul point de vue artistique. J'ai suggéré à Frida de solliciter une bourse Guggenheim. Franchement, je ne vois pas de cas plus évident d'un artiste nécessitant et méritant d'être stimulé par la Fondation. » Malgré les nombreuses recommandations, elle n'obtint pas la bourse.

Lettre à Nickolas Muray[1]

Coyoacán, 13 octobre 1939

Nick, mon chéri,

Je n'ai pas pu t'écrire avant. Depuis que tu es parti, c'est allé de mal en pis avec Diego, et maintenant tout est fini. Il y a deux semaines, nous avons entamé les démarches du divorce. J'aime Diego et tu comprendras que ce chagrin ne disparaîtra pas de mon vivant. Après notre dernière dispute (au téléphone, car cela fait presque un mois que je ne le vois pas), j'ai compris qu'il valait mieux pour lui qu'il me quitte. Il m'a dit les pires choses que tu puisses imaginer, des insultes dégoûtantes auxquelles jamais je ne me serais attendue venant de lui. Je ne peux pas te raconter tous les détails ici, c'est impossible, mais un jour, quand tu viendras au Mexique, je t'expliquerai. Je suis tellement mal fichue et je me sens tellement seule à présent que j'ai l'impression que personne au monde n'a autant souffert que moi, mais j'espère que cela sera différent dans quelques mois.

Mon chéri, je dois te dire que je ne vais pas envoyer le tableau avec Miguel. La semaine dernière, j'ai dû le vendre à quelqu'un, par l'intermédiaire de

1. Original en anglais. (*N.d.l.T.*)

Misrachi, parce que j'avais besoin de cet argent pour aller consulter un avocat. Depuis que je suis rentrée de New York, je n'ai pas accepté un seul satané centime de Diego, pour des raisons que tu peux comprendre. Jamais je n'accepterai le moindre argent d'un homme tant que je serai en vie. Pardonne-moi, je t'en prie, d'avoir fait ça avec un tableau qui t'était destiné. Mais je tiendrai ma promesse et j'en peindrai un autre dès que j'irai mieux. C'est du tout cuit.

Je n'ai pas encore vu les Covarrubias, donc les photos que tu leur as envoyées sont toujours en ma possession. J'aime toutes les photos que tu as eu la gentillesse de m'envoyer, elles sont vraiment magnifiques. Je t'en suis très reconnaissante. J'ai envoyé ton chèque à Diego. Est-ce qu'il t'a remercié ? Il n'a pas vu les photos, je ne crois pas qu'il ait très envie de voir ma tronche à côté de la sienne.

Du coup, je les ai toutes gardées.

Écoute, *baby*, ne pense pas de mal de moi parce que je ne suis pas allée voir Juan O'Gorman à propos de ta maison. C'est que je n'ai envie de rencontrer personne de l'entourage de Diego, j'espère que tu comprendras. Écris directement à Juan, s'il te plaît. Son adresse : Rue Jardín n° 10, Villa Obregón, D.F., Mexico. Je suis sûre qu'il sera très content de faire ce que tu désires.

Ça m'a fait très plaisir d'apprendre qu'Arija va bien et qu'elle sera bientôt à tes côtés. Je suppose que tu l'emmèneras bientôt à Mexico. Je suis sûre que ça va lui plaire.

Quoi de neuf avec tes propres soucis ? Tout est réglé avec la fille ? Dans ta dernière lettre, tu avais l'air plus heureux, moins inquiet. J'en suis absolument ravie. As-tu des nouvelles de Mary Sklar ? Quand tu la verras, dis-lui que j'ai beau négliger de lui écrire, je l'aime toujours autant.

Dis à Mam que je vais lui envoyer avec Miguel les cadeaux que je lui ai promis, et remercie-la pour la lettre qu'elle m'a envoyée. Dis-lui que je l'aime de tout mon cœur.

Merci, Nickolasito, pour ta gentillesse, pour avoir rêvé de moi, pour tes douces pensées, pour tout. Pardonne-moi, s'il te plaît, de ne pas répondre immédiatement à tes lettres, mais laisse-moi te dire, mon gars, que je viens de passer la pire période de toute ma vie, et je n'en reviens pas qu'on puisse survivre à ça.

Ma sœur et les petits t'envoient leurs amitiés.

Ne m'oublie pas et sois bien sage. Je t'aime,

Frida

Lettre à Edsel B. Ford[1]

Coyoacán, 6 décembre 1939

(...) Je suis sûre que vous devez recevoir des milliers de lettres ennuyeuses. Vraiment, j'ai honte de vous en envoyer une de plus, mais je vous supplie de me pardonner, car c'est la première fois que je le fais et j'espère que ma demande n'occasionnera pas trop de gêne.

Je voulais juste vous exposer le cas particulier d'un ami très cher, qui durant des années a été agent de la Ford à Gérone, en Catalogne. Du fait du contexte de la récente guerre d'Espagne, il est venu au Mexique. Il s'appelle Ricardo Arias Viñas et il a trente-quatre ans. Il a travaillé pour la Ford Motor Co. pendant presque dix ans et il est en possession d'une lettre de la Centrale européenne (Essex) confirmant qu'il a bien été employé par la compagnie. Cette lettre s'adresse à votre usine de Buenos Aires. M. Ubach, le gérant de l'usine de Barcelone, peut vous fournir toutes sortes d'informations sur M. Arias. Pendant la guerre, profitant de sa fonction de responsable des transports en Catalogne, il a fait en sorte que soient restituées à vos usines plus de

1. Original en anglais. (*N.d.l.T.*)

cent unités qui avaient été volées au début du mouvement.

Son problème est le suivant : il n'a pas pu se rendre directement à Buenos Aires à cause de difficultés financières. Voilà pourquoi il voudrait rester ici, pour travailler dans votre usine de Mexico. Je suis sûre que son gérant, M. Lajous, accepterait de le prendre une fois mis au courant de son expérience et de l'entière satisfaction qu'il a donnée en tant qu'employé chez Ford, mais pour éviter les difficultés, je vous saurais gré de bien vouloir m'envoyer un message à l'attention de M. Lajous afin que M. Arias soit recommandé directement par vous. Cela faciliterait grandement son entrée à l'usine. Il n'appartient à aucun parti politique, j'imagine donc que sa candidature ne posera pas problème et qu'il pourra assurer honnêtement ses fonctions. Je vous serais très reconnaissante de m'accorder cette énorme faveur et j'espère que vous pourrez sans trop de gêne accéder à ma demande.

Permettez-moi de vous remercier par avance pour tout ce que vous pourrez si gentiment faire en la matière.

Lettres à Nickolas Muray[1]

Coyoacán, 18 décembre 1939

Nick, mon chéri,

Tu vas me prendre pour une salope, une vraie f. de p. ! Je t'ai demandé de l'argent et je ne t'ai même pas remercié. C'est un comble ! Pardonne-moi, je t'en prie. J'ai été malade pendant deux semaines. Encore mon pied, et puis la grippe. Je te remercie à présent pour cette immense faveur que tu m'as faite, mais aurais-tu la gentillesse d'attendre jusqu'au mois de janvier pour que je te rembourse ? Les Arensberg de Los Angeles veulent m'acheter un tableau. Je suis sûre d'avoir le fric en début d'année, alors je te rendrai immédiatement tes 100 dollars. Tu es d'accord ? Si jamais tu en as besoin avant, je peux m'arranger autrement. En tout cas, je tiens à te dire que c'était très gentil de ta part de me prêter cet argent. J'en avais vraiment besoin.

Je dois renoncer à louer ma maison à des touristes parce que ça reviendrait trop cher de la remettre en état, vu que Misrachi n'a pas voulu me prêter d'argent, et puis aussi parce que ma sœur n'était pas vraiment la personne la plus indiquée pour ce genre

---

1. Originaux en anglais. (*N.d.l.T.*)

de négoce. Elle ne parle pas un traître mot d'anglais et elle ne pourrait pas s'en sortir toute seule. Je place donc désormais tous mes espoirs dans mon travail. J'ai pas mal bossé. J'enverrai deux ou trois choses à Julien au mois de janvier. Je vais exposer quatre tableaux au salon surréaliste organisé par Paalen pour la galerie Ines Amor. Je pense que je vais me débrouiller petit à petit pour régler mes problèmes et survivre !!

Comment vont tes sinus ? Combien de temps as-tu passé à l'hôpital ? Comment ça s'est passé ? Parle-moi de toi. Dans ta dernière lettre, il n'était question que de moi, mais pas un mot sur comment tu te sens, sur ton travail, tes projets, etc. J'ai reçu une lettre de Mary. Elle m'a annoncé cette excellente nouvelle : elle attend un bébé. J'en suis ravie, car Sol et elle doivent être fous de joie à l'idée d'avoir un enfant. Parle-moi de Mam. Embrasse-la cent fois pour moi. En commençant par ses yeux pour finir par là où ça vous arrange tous les deux. Embrasse aussi Ruzzy sur la joue. Que deviennent Miguelito et Rose ? Tu vas venir avec eux au Mexique ? J'imagine que tu as d'autres projets, tu ne m'en touches pas un seul mot dans tes lettres. Y a-t-il une autre jeune femme dans ta vie ? De quelle nationalité ?

Transmets toute mon affection à Lea et au bébé. Étaient-ils contents d'être en France ?

Quant à toi, ne m'oublie pas. Écris de temps à autre. Si tu n'as pas vraiment le temps, prends un bout de papier toilette et... profites-en pour... inscrire ton nom dessus. Ce sera suffisant pour me faire savoir que tu te souviens encore de cette jeune femme-là.

Avec tout mon amour,

Frida

*

Nick, mon chéri,

J'ai reçu les 100 dollars de ce mois-ci, je ne sais pas comment te remercier. Je n'ai pas pu t'écrire avant car j'avais une infection à la main qui m'empêchait de travailler, d'écrire, de faire quoi que ce soit. À présent je vais mieux, je travaille comme une forcenée. J'ai terminé un grand tableau et j'en ai plusieurs petits en cours, pour les envoyer à Julien dans le courant du mois. L'exposition des surréalistes ouvrira ses portes le 17[1]. Au Mexique, tout le monde va y participer, à croire qu'ils se sont tous convertis au surréalisme. Ce monde a complètement perdu la tête !

Mary m'a écrit. Elle m'a dit qu'elle ne t'avait pas vu depuis un bon bout de temps. Qu'est-ce que tu deviens ? J'ai l'impression que tu me traites maintenant comme une simple amie. Tu m'aides, mais *c'est tout*. Tu ne me parles ni de toi ni même de ton travail. J'ai vu *Coronet* et ma photo est la meilleure de toutes. Les autres nénettes sont bien elles aussi, mais une de mes photos est vraiment FW. (Tu te souviens de la traduction ? « Fucking wonder. »)

Je pense que ce mois-ci ou le prochain Julien va envoyer un de mes tableaux aux Arensberg (Los Angeles). Si c'est le cas, je lui dirai de te rembourser l'argent que tu m'as envoyé : c'est plus facile de te payer petit à petit, plutôt que d'attendre la fin de

---

1. En janvier 1940, une Exposition internationale du surréalisme est organisée par André Breton et Wolfgang Paalen à la Galería de Arte Mexicano. Frida Kahlo y présente deux tableaux : *Les Deux Frida* (de 1939) et *La Table blessée* (de 1940).

l'année. Tu ne crois pas ? Tu n'as *pas idée* de l'étrange impression que ça me fait de te devoir de l'argent. J'espère que tu comprendras. Comment va Arija ? Et Lea ? Je t'en prie, parle-moi de toi !!! Est-ce que tes sinus vont mieux ?

Je me sens nulle. Et c'est pire de jour en jour. Pourtant je travaille. J'ignore comment et pourquoi. Tu sais qui est venu à Mexico ? Cette horrible Ione Robinson. Elle doit se dire que le terrain est à prendre et qu'il va falloir jouer des coudes... ! Je ne vois personne. Je passe presque toutes mes journées à la maison. Diego est venu l'autre jour, pour tenter de me *convaincre* que personne au monde ne m'arrive à la cheville ! Rien que du pipeau, mon gars. Je ne peux pas lui pardonner, un point c'est tout.

Ta Mexicaine,

Frida

Toute mon affection à Mam.
Comment se présente cette nouvelle année ? Comment va Joe Jings ? Comment va New York ? Comment va le La Salle ? Et la femme que tu passais ton temps à viser ?

*

Coyoacán, 6 février 1940

Nick, mon chéri,

J'ai reçu les dollars, encore merci pour ta gentillesse. Miguel emportera un grand tableau pour l'exposition du Modern Museum. J'enverrai l'autre grand à Julien. Il m'a proposé une exposition pour le mois de novembre prochain, alors je travaille dur. En plus, j'ai sollicité une bourse Guggenheim, Carlos Chávez me donne un coup de main. Si ça marche, je pourrai aller à New York en octobre-novembre pour mon exposition. Je n'ai pas fait parvenir à Julien les petits tableaux car il vaut mieux en envoyer trois ou quatre d'un coup, plutôt qu'un par un.

Et toi ? Pas un mot sur ce que tu fiches. J'imagine que tes projets concernant Mexico sont tombés à l'eau. Pourquoi ? Tu as quelqu'un d'autre ? Elle est chouette ? Je t'en prie, raconte-moi un peu. Dis-moi au moins si tu es heureux et ce que tu as l'intention de faire dans les mois à venir ou l'année prochaine.

Comment va la petite Mam ? Embrasse-la pour moi.

J'ai une mauvaise nouvelle à t'annoncer : je me suis coupé les cheveux, j'ai l'air d'un marin. Bon, ça finira bien par repousser, du moins je l'espère !

Comment va Arija ? Et Lea ? Tu as vu Mary et Sol ?

Écris-moi, s'il te plaît, un soir, au lieu de lire Joe Jings, souviens-toi que j'existe à la surface de cette planète.

Bien à toi,

Frida

Lettre à Sigmund Firestone et à ses filles[1]

15 février 1940

Chers Sigy, Natalie et Alberta,
Vous allez penser, j'en suis sûre, que je suis vraiment méchante comme fille, car je vous avais promis d'écrire et je ne l'ai pas fait mais, je vous en prie, pardonnez-moi. J'ai eu quelques soucis, ma sœur a été très malade et par-dessus le marché j'ai dû travailler comme un forçat pour finir un grand tableau destiné à l'exposition surréaliste organisée ici ; je vous supplie donc d'excuser ma grossièreté.

Diego m'a dit que tu lui avais écrit une lettre très aimable, où tu lui racontais qu'Alberta va se marier. Il voulait te répondre, mais il dit que son anglais est trop mauvais et il a honte d'écrire. D'après moi, c'est encore pire que ça, mais bref, il m'a demandé de vous parler en son nom... (C'est la seule raison pour laquelle je n'ai pas répondu avant à ta si gentille lettre.) Toutes nos félicitations, de ma part et de celle de Diego. (...)

Vous savez quoi ? J'ai presque fini l'autoportrait

1. Sigmund Firestone, collectionneur et ami de Frida. Original en anglais. (*N.d.l.T.*)

que vous m'avez si gentiment demandé[1]. (...) Diego est de meilleure humeur maintenant que lorsque vous l'avez vu. Il mange bien et dort bien et il met du cœur à l'ouvrage. Je le vois très souvent mais il ne veut plus habiter sous le même toit que moi, parce qu'il aime être seul, et puis il dit que je veux toujours mettre de l'ordre dans ses papiers et dans ses affaires, alors qu'il aime les avoir en désordre. Quoi qu'il en soit, je prends soin de lui du mieux que je peux, même de loin, et je l'aimerai toute ma vie durant, ne lui déplaise. Il a peint deux tableaux pour l'exposition surréaliste, tellement beaux que je n'ai pas les mots pour vous les décrire[2]. Je pense que l'un d'entre eux sera exposé au Modern Museum de New York, du coup vous pourrez le voir là-bas.

Je voudrais vous demander un service : aurez-vous l'amabilité de m'envoyer une photo de vous (et aussi de Mme Firestone, pour avoir toute la famille auprès de moi) ? Vous savez que vous êtes tout près de moi, même sans photos, mais ce serait quand même bien bien mieux pour moi de les avoir.

S'il vous plaît, écrivez-moi.

Excusez mon anglais horrible, mais même avec mes mots atroces, je veux vous dire que je vous aime beaucoup.

---

1. Au début de l'année 1940, le collectionneur Sigmund Firestone, de la ville de Rochester, avait commandé à Diego Rivera et à Frida Kahlo un autoportrait chacun, pour une somme totale de 500 dollars. Frida lui envoya le sien à la fin de cette même année, Diego s'exécuta un an plus tard. Frida dédia son autoportrait à Sigmund Firestone et à ses filles Natalie et Alberta.

2. Diego Rivera exposa deux tableaux de 1939 à l'Exposition internationale du surréalisme organisée à Mexico en 1940 : *Majandrágora Aracnilectrósfera en Sonrisa* et *Minervegtanimortvida*.

[*Elle imprime trois fois l'empreinte de son rouge à lèvres.*]

Pour Sigy. Pour Alberta. Pour Natalie.

Frida et Diego

Télégramme et lettre à Dolores del Río[1]

Sra. Dolores del Río
757 Kingman Rd.
Santa Monica, Calif.

Mexico City, Mex., 27 (février 1940)

DOLORES MA BELLE TE PRIE DE PARDONNER LE
DÉRANGEMENT PEUX-TU ME PRÊTER 250 DOLLARS
BESOIN POUR URGENCE REMBOURSERAI DANS
DEUX MOIS STOP SI D'ACCORD TE SUPPLIE
ENVOYER MANDAT À LONDRES 127 COYOACÁN DF
MILLE MERCIS LETTRE SUIT POUR EXPLIQUER RAI-
SON MON CULOT STOP BAISERS
FRIDA RIVERA

*

Coyoacán, mars 1940

Dolores, ma belle,
J'ai terriblement honte car je n'ai pas pu t'envoyer
les 250 billets verts que tu m'as si généreusement
prêtés. Comme tu le sais, j'ai demandé la bourse

1. Comédienne mexicaine, grande amie de Frida Kahlo.

Guggenheim et j'espère l'obtenir en juin. Si tu pouvais attendre jusque-là, je t'enverrais 100 biffetons par mois et je pourrais te rembourser plus facilement tout ce fric. Tu vas dire que j'exagère, mais tu dois comprendre, ma belle, qu'après le divorce avec Diego, j'ai eu beaucoup de mal à joindre les deux bouts dans la mesure où j'ai refusé qu'il me verse *le moindre centime*, bien qu'il me l'ait proposé. J'espère que tout ira mieux à la fin de l'année, car je vais faire une exposition à New York en novembre, à la Julien Levy Gallery, ça me permettra de récupérer un peu de « blé ». Bref, je t'en prie, ne va pas me prendre pour une sans-gêne.

Si tu as un moment de libre, écris-moi, ne sois pas méchante. J'étais contente d'apprendre que tu avais aimé le petit tableau des jeunes filles à poil[1]. Mais là non plus, pas de quoi être fière : je te l'avais promis il y a bien longtemps.

Dis-moi, ma belle, comment tu vas et si tu as l'intention de venir bientôt au Mexique. Tu nous manques à tous *beaucoup*. Diego m'appelle de temps en temps et nous nous voyons peu. Il m'a fait tellement souffrir que je ne peux pas lui pardonner si facilement, mais je l'aime encore, plus que ma propre vie, d'ailleurs il le sait bien et il en profite, tu le connais, il est comme un gosse mal élevé.

Écris-moi, ma jolie, et reçois mille baisers et mon amitié de toujours.

Frida

Passe également le bonjour à ta petite maman et à Carmen Figueroa.

---

1. *Deux Nus dans une forêt*, un tableau de 1939 figurant dans certains livres ou catalogues sous le titre *La Terre elle-même*.

Messages pour Alberto Misrachi

4 mars 1940

Albertito,
Voici les derniers reçus des charges. Pour Insurgentes, je dois le 1er bimestre 40. Pour Coyoacán le 6e et le 1er (39-40).

Soit pour Insurgentes   47,30
Coyoacán   <u>74,00</u>
                     121,30

Si vous le voulez bien, je vous laisse payer pour Insurgentes. Vous n'avez qu'à m'envoyer les 74 en liquide pour payer les charges de Coyoacán.

Je vous devais   325,00
plus   <u>121,00</u>
             446,00

Envoyez-moi la différence pour que je vous doive 500 tout rond.
Merci beaucoup.

Frida

*

8 juin 1940

Albertito,
Ayez la bonté de remettre à M. Veraza la somme de 200 (deux cents) pesos pour finir de payer le déménagement des idoles de Diego.

Cette lettre a valeur de reçu pour la somme susdite.

Mille mercis.

Frida Kahlo

Lettre à Diego Rivera

Coyoacán, 11 juin 1940

Diego, mon bel enfant,

J'ai reçu ta lettre hier et je voulais t'écrire tout de suite après, j'avais tellement de choses à te raconter, mais j'ai piqué du nez en rentrant de San Ángel, j'étais à bout de forces, alors j'ai préféré remettre au lendemain pour t'écrire plus calmement. Ta lettre m'a fait très plaisir, car c'est la seule chose de bien qui me soit arrivée depuis des jours et des jours : te lire. Impossible de t'expliquer ma joie de savoir que tu vas bien, que tu es sorti de ce bazar de merde. Dès qu'ils ont su que tu étais « de l'autre côté », les choses ont pris une autre tournure, comme tu peux te le figurer. Aujourd'hui, justement, Ch. m'a dit que le Président avait personnellement parlé à des gens pour les dissuader de se mêler de l'affaire l-d, parce que ça pouvait leur coûter cher et que leur attitude mettait le pays dans l'embarras. Il a dit tout ça devant G. Bueyes, suite à des déclarations de Chente[1], toujours aussi stupides : il a vraiment l'art

1. Le 24 mai 1940, Trotski est victime d'une tentative d'assassinat. Le muraliste David Alfaro Siqueiros en est l'un des auteurs. Mais Diego Rivera, dont le divorce avec Frida Kahlo

de pisser autour de la cuvette. Je t'enverrai des coupures de journaux. Ceux d'aujourd'hui expliquent que l'affaire a été élucidée et que dans trois jours on saura qui est à l'origine de ce remue-ménage et comment ils s'y sont pris, en éclaboussant au passage deux hautes personnalités. Ch. veut que tu saches qu'il a parlé longuement, fermement et en détail avec le trapu, et que le résultat de cette conversation est tout à fait favorable. Il t'écrira plus tard.

Mon tout beau, j'ai mis le trésor de Montezuma à l'abri. J'ai moi-même, en personne, emballé une à une les statuettes, que j'ai bien comptées et classées selon leur provenance. Ça donne cinquante-sept grandes caisses de bois rien que pour les objets en terre ; la pierre a été transportée à part. J'ai mis de côté les plus précieuses et les plus fragiles, je t'en enverrai la liste exacte dans quelques jours. À mon avis, il vaut mieux tout laisser emballé tel quel jusqu'à ce que tu m'envoies de nouvelles instructions, c'est plus sûr et plus facile à transporter. J'ai juste laissé chez toi les objets en pierre qui étaient dans le jardin, après les avoir comptés, et sous la responsabilité de Mary Eaton. J'ai emporté tes dessins, tes photos, toutes sortes de papyrus, etc., tout est chez moi. Je n'ai laissé à San Ángel que des meubles nus, une maison propre et balayée de fond en comble, un jar-

---

a été prononcé le 6 novembre 1939, est recherché pour être interrogé. Il se réfugie à San Francisco. Le 3 juin, Diego Rivera envoie cette note à l'intention de « Madame Frida Kahlo » : « Ci-joint un Pouvoir, signé et tamponné comme il se doit, qui vous autorise à sortir de ma maison les objets que vous jugerez bon de déposer à l'endroit qui vous semblera le plus opportun. »
Le président est Lázaro Cárdenas. « l-d » est Lev Davidovitch Bronstein « Trotski ». Chente est Vicente Lombardo Toledano.

din parfaitement soigné, etc. Tu peux donc dormir sur tes deux oreilles. Ils peuvent toujours me tuer, je ne les laisserai pas voler tes affaires. Je souffre horriblement car chacun de ces objets me fait penser à toi, surtout ceux que tu aimes particulièrement : le trésor, le masque à grosses lèvres, et bien d'autres ; mais il faut que je sois forte, je n'ai pas le choix. Je suis contente d'avoir pu t'aider jusqu'à épuisement, bien que je n'aie pas eu l'honneur d'en avoir fait *autant* pour toi que Mlle Irene Bohus et Mme Goddard[1] ! À en croire tes déclarations à la presse, ce sont elles, les héroïnes, les seules à mériter toute ta reconnaissance. Ne va pas croire que je te dis ça par jalousie ou parce que je suis en manque de gloire, je veux juste te rappeler qu'il y a quelqu'un d'autre qui mérite ta reconnaissance, surtout que cette personne n'attend aucune récompense journalistique ou autre... et cette personne est Arturo Arámburo. Il n'est le mari d'aucune « étoile » de renommée mondiale, il n'a pas de « talent artistique », mais il a les couilles bien accrochées et il a fait des pieds et des mains pour t'aider, et non seulement toi mais aussi Cristina et moi, qui nous sommes retrouvées parfaitement seules ; je crois qu'il mérite beaucoup de considération. Les gens comme lui restent toujours dans l'ombre, mais moi je sais qu'ils valent bien mieux que tout ce tapis d'arrivistes dégoûtants mondiale-

---

1. Il s'agit de Paulette Goddard, dont Rivera réalisa un premier portrait à Mexico en 1939. L'année suivante, il la représenta sur une peinture murale à San Francisco, où il peignit également Frida Kahlo.

Irene Bohus, peintre hongroise, fut d'abord l'assistante de Diego Rivera au Mexique et à San Francisco, avant de devenir une amie proche de Frida Kahlo. Suite à la tentative d'assassinat de Trotski, toutes deux aidèrent Diego Rivera à se cacher, puis à s'enfuir à San Francisco.

ment connus et que toutes les jeunes peintres au talent surnaturel, ce talent qui est toujours proportionnel à la température de leur arrière-train. Tu vois ce que je veux dire. Et maintenant plus que jamais, je comprends tes déclarations et « l'insistance » de Mlle (?) Bohus à vouloir faire ma connaissance. Je suis absolument ravie de l'avoir envoyée foutre. D'après une lettre très aimable que tu as envoyée à Goodyear, tu l'as invitée à être ton assistante à San Francisco. J'imagine que tout est déjà réglé. Pourvu qu'elle ait le temps de s'initier à l'art de la fresque dans ses moments de loisir, entre les balades à cheval du matin et son « sport » favori : le dressage des vieux libidineux. Quant à Mme Goddard, remercie-la encore et encore pour sa coopération si opportune et magnifique, et surtout pour sa ponctualité et l'heureuse « coïncidence » de ses horaires de vol. Elle doit avoir des dons de voyance, parce Ch. m'assure qu'elle n'est pas partie avec toi et qu'elle n'était absolument pas au courant de ton départ. Si jusqu'au dernier moment elle a fait preuve de *méfiance* à mon égard et n'a pas jugé bon de me dire certaines choses, en revanche elle a eu le privilège de la confiance absolue, elle doit donc avoir ses raisons. Malheureusement, j'ignorais que j'étais cataloguée parmi les gens *suspects* et *non fiables*. Je m'en rends compte un peu tard. C'est la vie !

De toute façon, pour en revenir à ma mission, j'ai essayé de l'accomplir au pied de la lettre.

En matière de pognon :
Sur les 2 000 pesos que tu m'as fait porter par Ch. :

Transport, matériel, emballages, etc. du trésor	400,00
À la secrétaire Leah Brenner	300,00
À « Pulques », avec reçu joint	500,00

À Manuel l'inquiet, pour se tirer, avec reçu
joint   210,00
À Liborio   210,00
À Cruz Salazar   174,00
À Sixto Navarro (mois de mai)   180,00
À Raúl, dernière semaine en taule   45,00
À la femme de Sixto, au moment
des embrouilles   25,00
À Manuel, en taule   17,50
À la femme et à la mère de Manuel   25,00
D'après Cruz, tu lui devais des arriérés   50,00
Dernière semaine de journaux à San Ángel   14,50
Essence de deux semaines   59,00
Électricité, téléphone, charges   130,00

    Total   2 350,00
Remarque : les 350 pesos en plus viennent
de Misrachi.

Chez Misrachi, tu avais un solde positif de
6 998 pesos :
Premier versement pour le déménagement
du trésor   150,00
Deuxième versement   "   "   "   200,00
Troisième versement, pour un télégramme
que je t'ai envoyé   15,00
Quatrième versement, pour M. Zaragoza   1 000,00
Cinquième versement, solde des quatre mois
de Raúl que j'ai remis en main propre à Ch.   720,00

    Total   2 085,00
Plus l'argent des aquarelles que tu avais
laissées en suspens   2 500,00

    Il reste donc un solde de 2 413 pesos. Sachant
qu'il faut encore payer quatre mois de salaire à Sixto

et les 500 pesos de M. Ramos Idolero, qui n'a pas encore pointé le bout de son nez.

M. Zaragoza a apporté une nouvelle cargaison ; j'ai accepté qu'il la laisse jusqu'à ce que tu me fasses part de ta décision. Je t'enverrai des photos pour que tu voies de quoi il s'agit. À mon avis, toutes les pièces valent la peine. Il y en a trente-trois au total, la plupart sont de Nayarit, dont deux très grandes et magnifiques ; le reste est plus moyen mais pas mal du tout. Et le plus important est une hache d'environ cinquante centimètres, complète, en obsidienne noir et marron, merveilleuse. Il en demande 500 biffetons, et environ 800 pour le reste. Réfléchis-y et dis-moi ce que je dois faire. M. Zaragoza repassera pour en parler d'ici deux mois.

Je serai brève concernant les raisons qui m'ont poussée à me séparer de Liborio, de Cruz et de Manuel. Les deux premiers ont passé leur temps à mettre les pieds dans le plat concernant ce que tu peux imaginer ; quand je suis arrivée chez toi pour donner des instructions, ils ont été on ne peut plus pénibles, ils ont demandé à Arámburo de quel droit je venais commander dans cette maison, ils ont dit que c'était toi leur chef et que je n'étais qu'une merde à tes yeux et aux leurs. Quant à Manuel, à part se gratter les couilles, il a refusé de faire quoi que ce soit après avoir reçu le solde de ses gages. Mais cette Mary Eaton[1] et sa mère, des salopes de merde, égocentriques comme pas deux, ne voulaient pas rester sans Manuel, alors j'ai dû lui demander d'accepter de travailler pour elles avec le même

1. Mary (Marjorie) Eaton, une artiste que Diego Rivera et Frida Kahlo avaient connue à New York en 1933 et qu'ils retrouvèrent en 1934 au Mexique, occupa la maison de San Ángel.

salaire. Et ne voilà-t-il pas qu'hier Mary m'a lâché qu'elle ne le supporte plus parce qu'il ne vient jamais, qu'il n'en fait qu'à sa tête, et elle m'a demandé de le virer à nouveau ; je les ai envoyées se faire foutre, maintenant elles n'ont qu'à se démerder toutes seules comme des grandes pour se débarrasser de ce clampin. Arámburo m'a dégotté un certain Rafaelito, un ami de confiance, pour les assister en attendant qu'elles se décident à flanquer Manuel à la porte et qu'elles trouvent quelqu'un à leur goût. Ces Ricaines de merde m'ont remonté les bretelles parce que je m'étais débarrassé des idoles ; or, figure-toi qu'au beau milieu de cette pagaille, Mary voulait se mettre à les dessiner ! ! Ce sont deux vaches avachies infoutues de donner une goutte de lait, comme toutes celles que tu as ramenées chez toi, qui n'ont laissé derrière elles que de la merde et de la pourriture et qui le moment venu ont levé le camp en raflant la gloire et les honneurs. Ça me débecte ! Je t'en foutrais, des gens pareils ! Moi, j'ai fait tout ce que j'avais à faire : je leur ai laissé la maison propre, le jardin en ordre, la cour bien rangée, débarrassée de toutes les cochonneries qui traînaient, bref, j'ai fait tout ce que je pouvais faire jusqu'à ce que je m'écroule dans mon lit avec le dos en compote ; maintenant, qu'elles aillent se gratter avec leurs ongles longs et si ça les gêne, elles n'ont qu'à se tirer ; Arámburo et moi, on trouvera bien qui laisser sur place. De toute façon, il n'y a plus que les meubles.

Il me reste à régler le cas de Sixto. Je pense qu'il vaudrait mieux qu'il prenne ses cliques et ses claques lui aussi, vu que, après lui avoir réglé les quatre mois pendant lesquels il va rester, conformément à tes ordres, il faudra lui en verser trois de plus pour ses beaux yeux, alors autant les lui donner tout de suite, parce que je ne vais pas le supporter bien longtemps.

Je vais faire couper le téléphone de la grande maison ; dis-moi si tu t'es arrangé avec Mary pour qu'elle paie l'électricité, le téléphone et l'eau de la petite maison, et si c'est à moi de payer les charges. Jusqu'à présent, elles ont payé toutes leurs factures en temps et heure.

Le tableau de la Maja a été emballé et déposé chez Alberto fils ; pourvu qu'il se bouge un peu les fesses et qu'il l'envoie bientôt, car tu n'as pas idée du genre de fils de... qu'est cet Alberto. Il nous traite, Cristina et moi, comme deux pauvres clochardes pendues à ses basques. Je suis même tentée de sortir ce qu'il reste de blé pour ne pas avoir à quémander des miettes auprès de ce connard qui pète plus haut qu'il n'a le derrière.

Je te ferai envoyer au plus vite le Sahagún, de même que les photos de Detroit, des usines et des fresques ; laisse-moi juste une journée pour les chercher. Aujourd'hui j'ai à peine pu sortir de mon lit, je me suis payé un mal de dos qui m'en a fait voir de toutes les couleurs et Federico[1] m'a fait garder le lit pendant toute une journée. Je vais mieux et je ferai tout mon possible pour que tout te parvienne à temps.

Tes petits animaux vont bien. La petite chienne toute riquiqui, le perroquet et le raton laveur sont avec moi, les teckels et l'âne sont chez Arámburo, j'avais laissé la guenon à San Ángel mais Mary n'en veut pas si Manuel ne reste pas, donc je vais la ramener ici.

En dehors d'Arámburo et de Ch., tout le monde me traite comme un détritus depuis que je n'ai plus l'honneur de faire partie de l'élite des artistes célèbres et surtout depuis que je ne suis plus ta

1. Federico Marín, médecin et frère de Guadalupe Marín.

femme. Mais comme le dit si bien Lupe Rivas Cacho, ça va ça vient, les uns montent et les autres descendent, c'est ça la régolution... Ces enfoirés de Carlos Orozco Romero et sa bande, tous les « propres sur eux » de Mexico, et toutes ces dames qui collaborent avec la Croix-Rouge pour aller tortiller du cul le long des rues (sans certificat médical en bonne et due forme), quand ils me croisent au détour d'un trottoir, ils ne daignent même pas m'adresser la parole, ce dont je leur suis d'ailleurs reconnaissante. Je ne vois personne et, surtout, je ne verrai plus jamais ces sales fils de p..., snobs et lèche-cul. La situation évolue à grands pas et voilà qu'à présent les deux que le « peuple » a élus pour nous gouverner... sont des antifascistes et antistaliniens de première. Il faudra bien qu'un jour ils reconnaissent que le seul à avoir osé dire les quatre vérités au nez et à la barbe de tous, c'est toi. Quoi qu'il en soit, toutes mes félicitations pour la volée de bois vert que ne manqueront pas de recevoir les pauvres susdites grâce à tes efforts acharnés et sans ménagement.

Je voulais aussi te demander comment tu as réglé ou comment tu comptes régler la question des sommes dues à Guadalupe Marín. Comme tu le sais, elle est parfaitement capable de faire saisir tes maisons ou je ne sais quoi d'autre pour être payée coûte que coûte. Une fois pour toutes, prends tes dispositions pour qu'elle n'essaie pas de te jouer un sale tour, car si son sale petit trafic n'a pas marché à New York, elle va débarquer avec son dard gorgé de venin. Encore que je ne serais pas étonnée qu'elle aille te rendre une petite visite là-bas dans le *West* pour régler verbalement un certain nombre de choses, et que toi, naturellement, accablé par la peur, tu cèdes à ses propositions, à ses menaces, etc. C'est la saison des trahisons, petites et grandes. Tu sais mieux que personne que Guadalupe est une authentique marie-salope, comme si Mussolini en personne l'avait mise au monde. Alors je préfère te prévenir, on verra bien si pour une fois tu m'écoutes.

À présent je vais te parler de moi, comme tu me le demandes dans ta lettre. Inutile d'en dire long. Tu es parfaitement au courant. Il n'est pas de mots pour décrire ce que j'ai souffert, d'autant plus maintenant que tu es parti. Ces derniers jours, ou plutôt semaines, je n'ai pas peint, et je crois qu'il va se passer du temps avant que j'aille mieux et que je m'y remette. Les mois passent tellement vite, je ne crois pas que je pourrai finir à temps pour l'exposition de New York en janvier. J'ai écrit à Levy mais il ne m'a pas répondu, je ne sais même pas ce qu'est devenu mon tableau *La Table blessée* que Miguel a emporté pour le remettre à Levy. Je n'ai pas la moindre nouvelle de l'exposition. Quant à ce que tu me dis dans ta lettre, c'est très aimable mais quelque peu discutable, car malheureusement je doute que quiconque se soit intéressé à mes œuvres. Il n'y a d'ailleurs aucune raison pour qu'on s'y intéresse, et encore moins pour que je le croie.

J'avais espoir que ça se débloque ce mois-ci pour la Guggenheim, mais pas une once de réponse et pas une once d'espoir. Quand j'ai su que tu détenais le premier autoportrait que j'avais peint cette année, à moins que ce soit l'année dernière, celui que naïvement j'avais porté chez Misrachi pour qu'il le fasse envoyer chez l'acquéreuse... bref, quand j'ai su que vous m'aviez trompée, Misrachi et toi, tendrement et charitablement trompée, et quand j'ai vu qu'il n'était même pas déballé, ce qui aurait partiellement adouci la supercherie, puisque, à te lire, tu l'avais échangé contre un de tes tableaux pour ne pas te retrouver sans même un portrait de moi, je me suis rendu compte de bien des choses. Heureusement qu'il y avait le portrait avec les cheveux, l'autre avec les papillons et celui-ci, ajoutés à ton merveilleux tableau de la petite fille endormie, celui que j'aimais tant et que tu as vendu à Kaufmann pour qu'il me donne l'argent ; c'est grâce à eux que j'ai survécu l'année dernière et celle-ci. Autant dire grâce à ton argent. J'ai continué à vivre à tes crochets, en me faisant des illusions. Bref, j'en conclus que j'ai accumulé les échecs. Quand j'étais gamine, je pensais devenir médecin, jusqu'au jour où je me suis fait écrabouiller par un bus. J'ai vécu dix ans avec toi et, dans le fond, je n'ai fait que t'empoisonner la vie ; je me suis mise à peindre mais ma peinture n'est bonne qu'à être achetée par toi, car tu sais pertinemment que personne d'autre ne le fera. Et maintenant que j'aurais tout donné pour t'aider, voilà que les vraies « sauveuses » sont d'autres que moi. Tu peux mettre ces réflexions sur le compte de ma solitude, de mon ras-le-bol et, surtout, de la fatigue intérieure qui m'anéantit. Et ce n'est pas un soleil, un gueuleton ou des médicaments qui parviendront à me guérir ; mais je vais attendre encore un peu, pour voir quelle est la cause de mes états d'âme ; malheureusement, je crois que je le sais déjà et qu'il n'y a aucun remède. Je me fiche bien de New York, et d'autant plus maintenant que je risque d'y croiser cette chère Irene et d'autres de son espèce. Je n'ai ni l'envie de travailler ni l'ambition que je souhaiterais. Je continuerai à peindre pour que tu voies ce que je fais. Mais pas question d'exposer. Je vais payer mes dettes avec mes tableaux, et ensuite, même si je dois bouffer de la merde, je ferai exactement ce dont j'ai envie et quand j'en aurai envie. Tout ce qu'il me reste, ce sont tes affaires tout près de moi et l'espoir de te revoir ; ça me suffit pour continuer à vivre.

La seule chose que je te demande, c'est de ne surtout pas me mentir, tu n'as plus aucune raison de le faire. Écris-moi autant que tu le pourras, essaie de ne pas trop travailler maintenant que tu vas commencer la fresque, prends bien soin de tes petits yeux, n'habite pas tout seul, histoire qu'il y ait quelqu'un pour s'occuper de toi et, quoi que tu fasses, quoi qu'il arrive, tu pourras toujours compter sur l'adoration de ta

Frida

Dis-moi ce dont tu as besoin d'ici, pour que je te l'envoie.

Les enfants et Cristi te passent le bonjour.

Je t'enverrai les autres reçus et des coupures de journaux.

Je te supplie de ne pas laisser traîner cette lettre. Toutes celles que je t'avais envoyées étaient au milieu d'un tas d'autres, parmi des messages d'Irene et autres pouffiasses.

Passe bien le bonjour à Ralph et à Ginette, au docteur Eloesser et à tous nos bons amis de San Francisco.

Lettre à Emmy Lou Packard[1]

Miss Emmy Lou Packard
C/O Stendhal Galeries
3006 Wilshire Boulevard
Los Angeles, CA
USA
Recommandé

New York, 24 octobre 1940

Emmy Lou chérie,

Excuse-moi, s'il te plaît, de t'écrire au crayon, je ne trouve ni plume ni encre dans cette maison. Je suis terriblement inquiète pour les yeux de Diego. Je t'en prie, dis-moi la vérité à ce sujet. S'il ne va pas mieux, je lève le camp immédiatement. Un médecin d'ici m'a dit que le sulfanilamide pouvait être dangereux. S'il te plaît, ma chérie, pose la question au docteur Eloesser. Décris-lui les symptômes qu'a Diego après avoir pris ses cachets. Il saura quoi faire, car il connaît bien l'état général de Diego. Je suis tellement contente qu'il soit près de toi. Tu ne peux

---

1. Assistante de Diego Rivero dans son atelier de Mexico et pour l'élaboration des peintures murales aux États-Unis. Original en anglais. (*N.d.l.T.*)

pas savoir à quel point je t'aime d'être si bonne avec lui et si gentille avec moi. Je ne peux pas être heureuse quand je suis loin de lui et si tu n'étais pas là, je n'aurais jamais quitté San Francisco. J'ai un ou deux tableaux à finir, ensuite je serai de retour. Je t'en prie, ma chérie, fais tout ton possible pour qu'il travaille moins.

Toute cette histoire avec Guadalupe[1] me fait vomir. C'est une vraie garce. Elle est furieuse parce que je vais me remarier avec Diego, et tout ce qu'elle fait est tellement bas, tellement dégueulasse, que parfois il me prend l'envie de rentrer au Mexique pour la tuer. Je me fiche bien de passer mes derniers jours en prison. Quand je pense que cette femme est capable de vendre chaque petit bout de ses convictions ou de ses sentiments, juste pour assouvir sa soif d'argent ou de scandale, ça m'écœure. Je ne la supporte plus. C'est elle qui est à l'origine de mon divorce avec Diego, et elle s'y prend tout aussi salement pour soutirer du pognon à Knoff et à Wolfe. En fait, peu lui importe la méthode, pourvu qu'elle se retrouve à la une des journaux. Parfois je me demande comment Diego a pu passer sept ans avec pareil énergumène. Il dit que c'est seulement parce qu'elle savait bien faire la cuisine. C'est peut-être vrai mais, bon Dieu, tu parles d'une excuse ! Je suis peut-être en train de perdre la boule. Mais le fait est que je ne peux plus supporter la vie farfelue menée par ces gens-là. J'aimerais partir à l'autre bout du monde pour ne plus jamais côtoyer ce qui ressemble de près ou de loin à de la publicité ou à d'infâmes commérages. Cette Guadalupe est un pou de la pire espèce et, pour couronner le tout, la loi l'aide à

1. Guadalupe Marín.

mener à bout ses sales coups bas. Mais dans quel monde on vit ?

La lettre que Donald a écrite est très jolie. Je suis vraiment désolée, je n'avais pas soupçonné cette sale affaire entre Philip et lui. Dis-lui que j'en aurais fait de même dans son cas. Son costume de *charro* sera bientôt prêt et Cristina te l'enverra.

Ma chérie, Julien Levy a beaucoup aimé tes dessins, mais il ne peut pas te proposer une exposition car il dit qu'il se consacre aux tableaux surréalistes. J'en parlerai à Pierre Matisse et je suis sûre que je pourrai te concocter quelque chose ici, pour l'an prochain. Je continue à préférer aux autres le premier que tu as fait de moi.

Transmets toute mon amitié à Donald, ainsi qu'à tes parents. Embrasse Diego pour moi et dis-lui que je l'aime plus que ma propre vie.

Un baiser pour toi et un autre pour Diego et encore un autre pour Donald.

S'il te plaît, dès que tu auras un peu de temps, écris-moi pour me raconter comment vont les yeux de Diego.

Avec toute ma tendresse,

Frida

Lettre à Sigmund Firestone[1]

New York, 1er novembre 1940

Cher Sigy,

J'ai reçu il y a trois semaines ta gentille lettre et ton chèque de 150 dollars au moment où j'étais à l'hôpital de San Francisco. J'aurais dû te répondre immédiatement, mais j'étais tellement malade que je n'avais la force de rien. S'il te plaît, excuse-moi. Je n'ai pas les mots pour te dire combien j'étais ravie d'avoir de tes nouvelles et d'apprendre que l'auto-portrait t'avait plu. Je suis vraiment désolée que Diego ne t'ait pas écrit pour t'expliquer où en étaient les tableaux. Je suis sûre qu'il te présentera ses excuses dès qu'il pourra finir la fresque qu'il est en train de peindre pour la foire de San Francisco. Je te prie de le pardonner. Si tu savais à quel point il s'investit dans cette fresque. Parfois, il a même du mal à trouver du temps pour dormir. Il travaille vingt heures par jour, si ce n'est plus. Avant d'arriver à San Francisco, il a passé un sale moment à Mexico et il a finalement dû quitter le pays dans des circons-tances vraiment pénibles (tout ça à cause de pro-

1. Original en anglais. (*N.d.l.T.*)

blèmes politiques là-bas). J'espère donc que tu auras la gentillesse de comprendre et d'essayer de le pardonner.

Je suis arrivée à New York il y a quelques jours. Je devais préparer mon exposition pour l'année prochaine. J'ai voulu t'écrire chaque jour mais, pour une raison ou pour une autre, je n'ai pas pu. Je suis hébergée par des amis, M. et Mme Sklar, qui ont eu l'amabilité de m'inviter chez eux pour quelque temps. J'espère que j'aurai l'occasion de voir Alberta, ainsi que toi et Mme Firestone, si c'est possible. J'ai entendu dire que Natalie était à Hollywood. Je pense que je vais rester ici encore deux semaines.

Avant de venir aux États-Unis, il y a un mois et demi, j'ai été très malade à Mexico. J'ai passé trois mois clouée au lit avec un corset en plâtre et un appareil atroce dans le cou, qui me faisait souffrir le martyre. À Mexico, tous les médecins m'ont dit que je devais me faire opérer de la colonne vertébrale. Ils avaient tous diagnostiqué une tuberculose dans les os, à cause d'une vieille fracture due à un accident de la route. J'ai dépensé tout l'argent que j'avais économisé pour aller consulter chaque spécialiste des os sur place, et ils m'ont tous tenu le même discours. J'ai eu tellement peur que j'ai bien cru que j'allais y passer. En plus, j'étais folle d'inquiétude pour Diego, parce que, avant qu'il ne quitte le Mexique, je n'ai pas su où il était pendant dix jours ; peu après, il a pu partir, il y a eu la première tentative d'assassinat de Trotski, ensuite il s'est fait tuer pour de bon. Je ne peux pas te décrire ce que j'ai enduré, physiquement et moralement. En trois mois, j'ai maigri de 15 livres, j'étais au trente-sixième dessous.

J'ai finalement pris la décision de venir aux États-Unis et de ne pas tenir compte de ce que m'avaient dit les médecins mexicains. Je suis donc arrivée à San

Francisco. Là-bas, je suis restée plus d'un mois à l'hôpital. Ils m'ont fait passer tous les examens possibles et imaginables et ils n'ont *pas* trouvé de tuberculose, donc *pas* besoin de me faire opérer. Tu peux imaginer comme j'étais heureuse, quel soulagement. En plus, j'ai vu Diego et ça m'a aidée plus que tout. Sache que ce n'est pas vraiment ma faute si je n'ai pas eu un comportement correct vis-à-vis de toi. Je sais que j'aurais dû t'écrire en temps voulu et te donner des explications à propos du tableau. C'est d'abord la situation dans laquelle je suis qui m'a empêchée de penser et d'agir convenablement.

On m'a trouvé une infection au rein, dont la conséquence est une terrible irritation des nerfs le long de ma jambe droite, ainsi qu'une très forte anémie. Ça n'est pas très scientifique, comme explication, mais voilà ce que j'ai déduit de ce que les docteurs m'ont dit. Quoi qu'il en soit, je me sens mieux et je peins un peu. Je vais rentrer à San Francisco et me remarier avec Diego. (Il me l'a demandé parce que, d'après lui, il m'aime plus que nulle autre femme.) Je suis très heureuse.

Sigy, je voudrais te demander un service. J'espère que ça ne t'embêtera pas trop. Pourrais-tu m'envoyer les 100 dollars restants pour mon tableau ? Ils me font cruellement défaut. Je te promets que, dès que j'irai à San Francisco, je ferai en sorte que Diego t'envoie son autoportrait. Je suis persuadée qu'il le fera avec grand plaisir, ce n'est qu'une question de temps ; dès qu'il aura terminé la fresque il aura plus de temps pour te peindre ce portrait. *Nous allons être à nouveau ensemble et tu nous auras tous les deux dans ta maison.* Je t'en prie, excuse-le, excuse-moi d'être comme nous sommes. Nous ne cherchons à blesser personne.

Auras-tu l'amabilité de le faire ? S'il te plaît, dis-moi comment je peux me mettre en contact avec Alberta. Mon adresse est 88 Central Park West, c/o Mrs. Mary Sklar.

Je te remercie de ta gentillesse, tu es si bon avec moi. Transmets mon affection aux filles et à Mme Firestone. Besos* à vous tous de votre amie mexicaine.

Frida

* Bises.

Message pour Diego Rivera

San Francisco, novembre 1940

Diego, mon amour,
N'oublie pas que dès que tu auras terminé ta fresque, nous nous rejoindrons *pour toujours*, sans disputes d'aucune sorte, juste pour nous aimer beaucoup.

Sois sage et suis les conseils d'Emmy Lou.
Je t'adore plus que jamais. Ta petite
                              Frida

(Écris-moi.)

Lettre à Sigmund Firestone[1]

San Francisco, 9 décembre 1940

Cher Sigy,

Ta lettre et ton télégramme ont été mes plus beaux cadeaux de mariage. Tu n'imagines pas combien Diego et moi te sommes reconnaissants de ta gentillesse. Il t'envoie un million de mercis et ses meilleurs vœux. Avec les mesures exactes du tableau, il va pouvoir commencer très bientôt son autoportrait et nous serons tous les deux côte à côte sur ton mur, comme un symbole de notre remariage. Je suis très heureuse et fière que tu aies aimé mon portrait, il n'est pas beau, mais je l'ai réalisé pour toi avec grand plaisir.

Je suis ravie, Sigy, qu'Alberta soit avec toi. Comme ça, tu ne te sentiras pas tout seul, et je suis sûre qu'elle est très contente d'être à nouveau à la maison. Si jamais je vais à Los Angeles, j'irai voir Natalie, envoie-moi son adresse... J'ai eu des tas de choses à faire, je passe mon temps à courir à droite à gauche, mais dis-lui que je n'oublierai jamais le jour où nous avons déjeuné ensemble. Dis-lui qu'elle est une fille formidable, en plus d'être très belle.

1. Original en anglais. (*N.d.l.T.*)

263

Nos projets ne sont pas encore très précis. Diego doit terminer le portrait d'une dame ici, puis deux autres à Santa Barbara. Je vais probablement rentrer au Mexique, histoire de *m'assurer* de la situation sur place avant de prendre le risque de laisser Diego rentrer. Lui, il voudrait rester ici le plus longtemps possible, mais son permis arrive bientôt à expiration, donc il va falloir réfléchir à ce que nous ferons si jamais il ne peut pas demeurer plus longtemps dans ce pays. Il suffira peut-être de passer la frontière et de revenir. Mais tout dépendra de son travail ici et des circonstances politiques. En plus de ça, j'ai tout laissé en désordre à Mexico, donc il faut que j'y aille pour finir une bonne fois pour toutes de ranger les affaires de Diego, etc. Surtout sa collection de sculptures mexicaines et ses dessins.

Comme j'aimerais que tu puisses voir la fresque que Diego vient de terminer ici. À mon avis, c'est la meilleure peinture qu'il ait jamais réalisée. L'inauguration a été un vrai succès. Plus de vingt mille personnes sont venues la voir. Diego était tellement heureux ! Un vrai petit garçon, à la fois timide et heureux. Si je peux en prendre une photo, je te l'enverrai.

Où que je sois, je t'écrirai de temps en temps. Où vas-tu passer Noël ? Je veux arriver au Mexique avant les *piñatas*. (Tu te souviens de l'an dernier chez moi ?) Je suis sûre que les enfants de ma sœur vont encore bien s'amuser ce mois-ci dans ma maison de Coyoacán. Parfois ils me manquent tellement. Mon père aussi me manque, ainsi que mes sœurs (les deux grosses et celle que tu as rencontrée). Mon cœur est toujours partagé entre ma famille et Diego mais, bien sûr, c'est Diego qui occupe la place la plus importante, et maintenant j'espère en trouver une dans son cœur.

Mon cher Sigy, transmets mes amitiés à Alberta et à Mme Firestone.

Et pour toi, tout le *cariño*[1] de cette jeune mariée mexicaine qui t'aime tant.

Frida

Un baiser pour toi. Un autre pour Alberta.

1. « Tendresse ». En espagnol dans le texte. (*N.d.l.T.*)

Lettre à Emmy Lou Packard

Coyoacán, décembre 1940

Ma belle Emilucha,

J'ai bien reçu tes deux lettres ; merci, mon amie, ma sœur. Dépêchez-vous d'en finir avec le travail et venez me rejoindre à Mexicalpán de las Tunas. Si je pouvais n'avoir qu'à tourner au coin de la rue pour aller vous rendre visite aujourd'hui même... mais à quoi bon, il faudra supporter l'attente.

Vous me manquez, tous les deux... Ne m'oublie pas. Je te confie le grand gamin (Diego) de tout mon cœur, et tu n'imagines pas à quel point je te suis reconnaissante de t'inquiéter autant pour lui, de t'occuper de lui à ma place. Dis-lui d'arrêter de monter sur ses grands chevaux et de bien se tenir.

Je passe mon temps à compter les heures et les jours qui manquent pour vous avoir tous les deux ici... Fais en sorte que Diego aille voir un oculiste à Los Angeles et empêche-le de manger trop de spaghettis, pour qu'il ne grossisse pas. Au revoir, ma jolie petite chérie, je t'envoie des tonnes de baisers.

Ta copine Frida.

Comment va Pandy ? Ici, ses deux maris meurent d'envie de la retrouver.

Lettres au docteur Leo Eloesser

Coyoacán, 15 mars 1941

Mon très cher petit docteur,

Tu as bien raison de penser que je suis une sale ingrate vu que je ne t'ai même pas écrit quand nous sommes arrivés à Mexicalpán de las Tunas, mais tu te doutes que ce n'était pas par flemme. À mon arrivée j'ai eu un tas de choses à régler dans la maison de Diego, qui était dégueulasse et sens dessus dessous, puis Diego est arrivé, et tu peux imaginer l'attention qu'il a fallu lui accorder car, comme à chaque fois qu'il rentre au Mexique, il est d'une humeur massacrante les premiers jours, jusqu'à ce qu'il s'habitue à nouveau au rythme de ce pays de « tarés ». Cette fois-ci, sa mauvaise humeur a duré plus de deux semaines, jusqu'à ce qu'on lui apporte quelques merveilleuses idoles de Nayarit, et là, en les voyant, il s'est remis à aimer le Mexique. En plus, l'autre jour, il a mangé un *mole* de canard, un vrai délice, et ça l'a aidé à reprendre goût à la vie. Il s'est tellement empiffré que j'ai cru qu'il aurait une indigestion, mais tu le connais : il a une résistance à toute épreuve. Après les idoles de Nayarit et le *mole* de canard, il s'est décidé à sortir peindre des aquarelles à Xochimilco, et peu à peu son humeur s'est

267

apaisée. D'une façon générale, je comprends plutôt bien les raisons pour lesquelles il se met dans un tel état au Mexique, et il n'a pas tort, parce que pour vivre ici, il faut toujours être sur le qui-vive, ou bien tu te fais écraser comme une mouche. Il faut redoubler d'effort pour se préserver de tous les salauds, encore plus qu'à Gringoland, tout simplement parce que là-bas les gens sont des poules mouillées plus malléables, alors qu'ici ils se crêpent le chignon pour tenir « le haut du pavé » et baiser leur prochain. En plus, ce qui fout en l'air Diego dans son travail, c'est que les gens passent leur temps à raconter des bobards et à lui faire des crasses : à peine arrivé, il se fait dégommer par les journaux ; ils sont tellement jaloux de lui qu'ils voudraient le faire disparaître comme par enchantement. À Gringoland, c'était différent ; même contre les Rockefeller, il y a eu moyen de lutter et d'éviter les coups de poignard dans le dos. En Californie, tout le monde a été très poli avec lui, sans compter que là-bas, au moins, on respecte le travail d'autrui ; ici, il termine une fresque et, au bout d'une semaine à peine, elle est tout éraflée ou couverte de crachats. Comme tu peux le comprendre, ça en décevrait plus d'un. Surtout quand on y met toute son énergie, comme Diego, sans pour autant aller proclamer que l'art est « sacré » ou d'autres conneries dans le genre, mais au contraire, en prenant les choses à bras-le-corps, comme n'importe quel maçon. D'un autre côté, et c'est un avis strictement personnel, j'ai beau comprendre l'avantage que représentent les États-Unis pour n'importe quel travail ou activité, ma préférence va au Mexique ; les Gringos me « portent sur le système » avec leurs qualités et leurs défauts pas piqués des hannetons, je les trouve « lourdingues » dans leur comportement, leur hypocrisie et leur puritanisme dégoûtant, leurs sermons protestants, leur prétention sans limites et cette façon de penser qu'il faut toujours être *very decent* et *very proper*... Je sais bien qu'ici on est entourés d'enfoirés de voleurs, de salopards, etc., etc., mais je ne sais pas pourquoi, même la pire des vacheries, ils te la font avec le sens de l'humour ; les Gringos, en revanche, naissent avec une « tête à claques », c'est leur marque de fabrique, aussi respectueux et polis (?) soient-ils. En plus, je ne supporte pas leur mode de vie, leurs *parties* à la con, où tout finit par s'arranger au bout de quelques cocktails (ils ne savent même pas se saouler « comme il faut »), qu'il s'agisse de vendre un tableau ou de déclarer la guerre, étant entendu que le vendeur de tableaux ou celui qui déclare la guerre est une huile, parce que sinon, on se fiche bien de sa gueule : les seuls qui comptent là-bas sont les *important people*, même si c'est des fils de leur *mother*, et j'en passe et en anglais. Tu pourras toujours me répondre qu'on peut vivre là-bas sans les cocktails et sans les *parties*, mais alors on stagne au ras des pâquerettes, or, j'en ai bien peur, le plus important à Gringoland, c'est d'avoir de l'ambition, de parvenir à être *somebody*, et franchement je n'ai plus la moindre ambition d'être personne, j'en ai plus que par-dessus la tête de tout ce « vent » et je me fiche bien d'être le « grand caca ».

Je t'en ai dit des tonnes et je ne t'ai pas raconté le plus important. Il s'agit de Jean[1]. Quand nous sommes arrivés à Mexico, conformément à ce que nous avions mis au point toi et moi, j'ai entrepris de lui trouver un travail, histoire qu'elle puisse ensuite faire son chemin plus facilement qu'aux États-Unis. J'ai d'abord pensé que le plus simple serait de lui

1. Jean Wight.

trouver un boulot chez Misrachi ou à la Légation américaine, mais à présent tout est différent et je vais t'expliquer pourquoi. Elle a tout compliqué à cause d'une bêtise : au lieu de fermer sa bouche pour ne pas mettre les pieds dans le plat, elle s'est vantée dès le début de ses opinions politiques, qui d'après elle (qui ne fait que répéter les mots de Clifford et de Cristina Hastings) expriment *ouvertement sa sympathie à l'égard de M. Staline.* Tu peux imaginer l'effet que ça a eu sur Diego[1] et, bien naturellement, quand il a vu où le bât blessait, il a déclaré qu'il ne pouvait admettre sa présence dans sa maison de San Ángel ; c'était pourtant ce que nous avions d'abord prévu : qu'elle habite avec Emmy Lou pour l'aider à recevoir les gens qui viennent acheter des tableaux. Du coup, elle habite avec moi dans la maison de Coyoacán et Emmy Lou dans celle de San Ángel. Tout allait plus ou moins bien jusqu'à hier, même si Diego ne parlait pas de certaines choses devant elle aussi librement que devant moi ou Emmy Lou. Bref, l'atmosphère à table était plutôt tendue. Jean s'en est parfaitement rendu compte, mais au lieu de se montrer sincère avec Diego et de tirer les choses au clair puisque, je la cite, elle n'a aucun intérêt actif dans le stalinisme, elle est restée muette chaque fois que le sujet a été abordé, ou bien elle disait des choses qui l'enfonçaient toujours davantage et faisaient d'elle à coup sûr une stalinienne pur jus. Hier, un incident a fini de tout foutre en l'air. On parlait à table d'une

---

1. En 1939, Diego Rivera avait pris ses distances puis rompu avec la IVe Internationale. En 1940, il appuya la candidature du général Almazán à la présidence de la république. Cette prise de position plutôt aventureuse fut probablement une façon de dissimuler son rapprochement encore secret avec les staliniens.

rumeur selon laquelle les staliniens avaient attaqué pour la troisième fois Julián Gorkin (un gars du POUM). Jean est amie avec un ami intime de Gorkin, qui habite dans la même maison que lui. D'après la rumeur, il a été attaqué dans sa propre maison, alors, en rappelant le cas du vieux Trotski, Diego a émis l'hypothèse que « quelqu'un » ait ouvert la porte de la chambre de Gorkin aux staliniens et il a demandé à Jean : « Ton ami n'en saurait pas un peu plus long ? » Au lieu de prendre la défense de son ami ou de dire les choses clairement, Jean est allée le soir même raconter des bobards à l'ami de Gorkin, comme quoi Diego aurait dit que *c'était lui qui avait attaqué Gorkin.* Ça a immédiatement déclenché un branle-bas de tous les diables. Moi, j'ai dit à Jean que ce qu'elle avait de mieux à faire, avant que Diego n'apprenne sa bêtise par un tiers, c'était de parler à Diego et de lui avouer qu'elle était allée cancaner chez Julián. Après moult tergiversations, elle s'est décidée à dire la vérité à Diego. Tu peux imaginer dans quelle colère il s'est mis, et à juste titre, la situation étant déjà plus que délicate, pas la peine de l'aggraver avec les idioties et les conneries de Jean. Du coup, Diego lui a dit très franchement que, puisqu'elle avait son billet pour rentrer en Californie, elle était priée de ficher le camp, parce qu'il n'aurait plus assez confiance en elle pour l'héberger, sachant qu'elle allait répéter (et déformer) tous les propos tenus à table ou ailleurs dans la maison. Comme tu peux le comprendre, Diego a parfaitement raison, et j'ai beau être très triste de voir Jean partir dans ces conditions, il n'y a pas d'autre solution. J'ai discuté très longuement avec elle pour essayer de trouver la meilleure issue à ce problème, j'ai parlé à Misrachi pour voir s'il ne pouvait pas lui trouver du travail, mais à mon avis c'est cuit vu qu'elle ne parle pas espagnol mais seulement anglais. Par ailleurs, il faudrait lui obtenir le formulaire quatorze qui permet aux étrangers de travailler dans le pays, ce qui n'est pas gagné quand on n'a pas passé six mois au Mexique. Le plus raisonnable, c'est qu'elle rentre en Californie et qu'elle accepte qu'Emily Joseph la recommande auprès de Magnit, qu'elle y travaille et qu'elle y gagne sa vie. Mais elle ne veut pas partir tout de suite, parce que les Joseph sont ici. Sidney va venir aussi et elle pense que si elle rentre en Californie sans travail, elle sera dans la panade. Elle préfère attendre que les Joseph rentrent, pour avoir de meilleures garanties de trouver quelque chose à San Francisco. Bref, mon pote, si tu pouvais lui envoyer 100 dollars, c'est la seule solution envisageable, ça lui permettra de louer un appartement modeste en attendant plus de stabilité. Elle a l'énorme défaut de toujours croire qu'elle a quelque chose de grave, elle ne fait que parler de maladies et de vitamines, mais elle pourrait faire un effort pour étudier ou pour travailler, comme le font des millions de gens qui sont bien plus mal foutus qu'elle mais qui doivent aller bosser parce qu'ils n'ont pas le choix. Elle n'a peut-être pas la force de travailler, mais elle en a assez pour aller se promener ou faire d'autres choses dont je ne peux pas te parler ici ; elle m'a beaucoup déçue. Au début, j'ai cru qu'elle y mettrait du sien, au moins pour m'aider aux tâches ménagères, mais c'est une flemmarde de première, une égoïste comme on n'en fait plus ; elle ne veut rien foutre, et quand je dis rien, je pèse mes mots. Sans vouloir me faire mousser, si elle, elle est malade, moi, qu'est-ce que je devrais dire ? Mais ça ne m'empêche pas de traîner la patte tant bien que mal pour m'activer, faire mon possible pour aider Diego, peindre mes figurines, mettre un peu d'ordre dans la maison, sachant à quel point ça peut soulager Diego, lui qui travaille d'arrache-pied pour que nous ayons de quoi manger. Cette Jean n'a que du vent dans la cervelle : comment se confectionner de nouvelles robes, comment se maquiller la tronche, comment se coiffer pour avoir l'air plus belle ; elle passe ses journées à parler de la « mode » et de tout un tas de bêtises qui ne mènent à rien, et pour couronner le tout, elle est d'une prétention qui laisse bouche bée. Ne vois pas dans mes propos des cancans de lavandière ; tu me connais bien et tu sais que je dis les choses telles qu'elles sont, je n'ai aucun intérêt à faire du mal à Jean, mais j'estime être dans l'obligation de te dire tout cela car tu la connais mieux que personne et, surtout, car je suis responsable de sa venue, qui était à ton avis la meilleure solution. J'ai entièrement confiance en toi et je pense pouvoir te parler en toute sincérité de cette affaire. Avec la certitude que tout cela ne parviendra pas aux oreilles de Jean, pour éviter les commérages inutiles. Je lui ai dit que j'allais t'écrire pour que tu saches que la situation politique de Diego, qui est déjà bien assez délicate, se compliquerait davantage s'il recevait chez lui une personne qui se déclare ouvertement stalinienne. Je lui ai fait la promesse de ne pas te dévoiler les détails de l'incident et je ne l'ai pas tenue, jugeant qu'il était de mon devoir de te préciser les raisons de l'attitude de Diego, au cas où elle te servirait une autre version, en se faisant passer pour une victime et en enrobant cette affaire délicate (s'agissant de politique) de potins d'ordre sentimental et amoureux ou d'autres conneries dont elle use à souhait pour faire croire que le mauvais sort s'acharne sur elle... mauvais sort dont elle parle continuellement sans même réfléchir au fait que c'est elle qui se met toute seule dans la mouise par son comportement et parce qu'elle n'accorde pas la moindre importance à la seule chose dont elle devrait se soucier : travailler pour gagner sa vie, comme tout le monde. Je me demande ce qu'elle pense faire quand elle sera vieille et moche et que plus personne ne s'intéressera à elle sexuellement, vu qu'à l'heure actuelle c'est la seule arme dont elle dispose. Et tu sais que les charmes sexuels d'une femme finissent par s'envoler, alors il ne leur reste plus que ce qu'elles ont dans la cervelle pour pouvoir se défendre dans cette sale chienne de vie. Je me dis que si tu lui écris et que tu lui voles dans les plumes, en lui précisant *très clairement* que ces 100 dollars sont les derniers que tu comptes lui envoyer, non pas parce que tu n'as plus d'argent mais pour bien lui faire comprendre qu'*elle doit se mettre à travailler* d'une façon ou d'une autre, pour son bien, alors elle verra que tout ce qui brille n'est pas de l'or, et, ici ou là-bas, elle trouvera le moyen de se dégotter un *job*, quel qu'il soit, histoire d'avoir le sens des responsabilités et d'oublier un peu les maladies imaginaires qui la tourmentent tellement. En tant que médecin et ami, tu dois lui dire qu'elle n'est pas malade au point d'être incapable de travailler ; et surtout, elle doit se rendre compte que, même s'il y a eu plus que de l'amitié entre vous, tu ne peux pas éternellement la prendre en charge. Personnellement, j'étais prête à répondre d'elle, mais il aurait fallu qu'elle se montre un peu raisonnable. En fait, si j'avais pris sa défense lors de son premier scandale, maintenant elle serait bien capable de compromettre encore plus sérieusement Diego, et ça, je ne le lui permettrai pas. Je peux me disputer des millions de fois avec Diego pour je ne sais quelle broutille qui me serait restée en travers des ovaires, mais je garde toujours à l'esprit que je suis avant tout son amie et que ce n'est pas moi qui le trahirais sur le terrain politique, dussé-je me faire tuer. Je veux bien éclairer sa lanterne quand j'ai l'impression qu'il est dans l'erreur, mais en aucune façon je ne veux couvrir une personne dont je sais qu'elle est son ennemie, encore moins s'agissant de Jean, qui ne voit pas plus loin que le bout de son nez et qui se vante fièrement d'appartenir à un groupe de bandits sans foi ni loi comme les staliniens. Je veux que tout cela reste entre nous. Écris-lui que tu as reçu une lettre de moi où je t'explique que la situation de Diego ne lui permet pas de la loger chez lui, qu'il ne s'agit pas d'une divergence d'opinion politique mais tout simplement de sa sécurité personnelle, qui serait grandement compromise si l'on apprenait publiquement qu'il héberge une stalinienne. Ce qui au demeurant est parfaitement vrai. Si tu veux lui envoyer cet argent, dis-lui très franchement de l'utiliser en attendant de se trouver un travail, dans la mesure où Emily Joseph est tout à fait disposée à lui en obtenir un à San Francisco. Tu n'imagines pas à quel point je regrette de t'enquiquiner avec ça, mais je ne vois pas d'autre solution et malheureusement je n'ai pas assez de pognon pour lui dire : « Tiens, Jean, prends ces 500 pesos et cherche-toi une maison. » Diego est tellement remonté que je n'ose pas lui suggérer de lui prêter de l'argent en attendant qu'elle se trouve un travail ; il est persuadé que si elle voulait elle pourrait se débrouiller toute seule. Essaie de considérer toute cette affaire le plus froidement possible, sans passion, sans tenir compte de la relation sentimentale qui peut exister entre Jean et toi ; en l'occurrence, ça passe au second plan et, surtout, ça la desservirait que tu lui sois d'un trop grand secours, car c'est justement ce qui coince chez elle. Bref, tu vois ce que je veux dire. Des amants, elle peut s'en dénicher des tas en leur jouant la scène du malade imaginaire, mais des amis comme toi, je crois qu'elle aura du mal à en trouver, donc mets-la bien au clair, en toute sincérité, pour qu'elle se rende compte qu'elle ne peut pas t'embobiner. Je pense que 100 dollars lui suffiront pour vivre deux ou trois mois ici, en attendant qu'elle aille rejoindre saint François et que les Joseph lui obtiennent un boulot. Si ça se trouve, entre-temps, elle tombera sur un monsieur qui l'emmènera vivre avec lui, ce serait encore la meilleure solution pour elle et, pour faire d'une pierre deux coups, tu serais soulagé de cette responsabilité. Réfléchis bien à la façon dont tu vas lui prêter ce blé, pour que ce soit la dernière fois. J'attends ta réponse pour savoir à quoi m'en tenir. Je t'écrirai une autre lettre pour te parler de mon pied, de ma colonne, etc. Pour le moment, je vais mieux car je ne bois plus d'alcool, et puis je me dis que, même boiteuse, au diable la maladie puisque, après tout, on finit par clamser, il suffit parfois de glisser sur une peau de banane. Raconte-moi ce que tu fais, essaie de ne pas passer trop d'heures à travailler, amuse-toi un peu, au train où va le monde, on n'est pas sortis de l'auberge, alors autant profiter de la vie avant de lui dire au revoir. Je n'ai pas trop pleuré sur la mort d'Albert Bender, vu que les *Art Collectors* m'emmerdent, je ne sais pas pourquoi, mais l'art en général me fait de moins en moins grimper aux rideaux, sans parler de ces gens qui, sous prétexte qu'ils sont des « connaisseurs », se targuent d'être des « élus de Dieu » ; bien souvent, je m'entends mieux avec les charpentiers, les cordonniers, etc., qu'avec cette meute de crétins soi-disant civilisés, beaux parleurs, qu'on appelle des « gens cultivés ».

Au revoir, frangin, je te promets de t'écrire une lettre bien longue où je te parlerai de mon pied, si jamais ça t'intéresse, et où je te raconterai d'autres ragots ragoûtants sur Mexico et ses habitants. Je t'envoie toute ma tendresse et te souhaite d'être en bonne santé et de bonne humeur.

La Malinche. Frida.

*

Mon très cher petit docteur,

Qu'est-ce que tu dois penser de moi... Que tu aurais mieux fait de pisser dans un violon. Pas même un merci pour tes lettres, ni pour le *petit enfant*[1] qui m'a tellement fait plaisir – pas un mot durant des mois et des mois. Tu auras bien raison de m'envoyer... faire une balade. Mais sache que si je ne t'écris pas, je ne t'oublie pas pour autant. Tu sais que j'ai un énorme défaut, et c'est d'être flemmarde comme pas deux pour ce qui est d'écrire. Mais tu peux me croire : j'ai beaucoup pensé à toi et toujours avec autant de tendresse.

Je vois très peu Jean. La pauvre, elle n'a pas réussi à trouver un boulot stable. Elle travaille pour une usine : elle fait des copies de jouets en plâtre pour fabriquer des moules – ça paie mal et, surtout, je ne crois pas que ce soit comme ça qu'elle s'en sortira. J'ai essayé de lui faire comprendre qu'il valait mieux qu'elle mette les bouts pour la Californie, mais même à coups de pied au cul elle refuse d'y aller. Elle est toute maigre et très nerveuse parce qu'elle manque de vitamines. Celles qu'on trouve ici sont hors de prix, elle n'a pas de quoi se les payer. Elle dit que c'est difficile pour toi de lui en envoyer, à cause

1. Un fœtus que lui avait offert le docteur Eloesser.

de la douane ou de je ne sais quel problème. Si jamais quelqu'un vient par ici et que tu peux lui en faire parvenir quelques-unes, ça lui fera le plus grand bien car, comme je te l'ai dit, elle est dans un sale état et dans la mouise.

Côté arpion, ou patte, ou pied, je vais mieux. Mais mon état général est mer... itant. Je crois que c'est parce que je ne mange pas assez et que je fume beaucoup. Étrangement, j'ai *banni* les cocktails, petits ou grands. J'ai mal au ventre et j'ai toujours envie de roter. (*Pardon me, burp !!*) Une digestion à coucher dehors. Et par-dessus le marché une vraie soupe au lait : je prends la mouche pour un rien, ou plutôt je prends le mors aux dents, bref, je monte sur mes grands chevaux... S'il existe un remède pour calmer ce genre d'ardeurs, faites-le-moi savoir, docteur, je verrai bien si ça me fait effet. Quant à la peinture, disons que ça avance. Je peins peu mais je sens que j'apprends petit à petit, je suis de moins en moins gourde. On veut que je peigne quelques portraits pour la salle à manger du Palais national (cinq en tout) : les cinq femmes mexicaines qui se sont le plus distinguées dans l'histoire de ce peuple. Me voilà donc en train de faire des recherches sur le genre de cafards qu'ont pu être ces fameuses héroïnes, la tronche qu'elles se payaient et comment elles s'en sortaient psychologiquement, histoire que sur mes barbouillis on puisse les distinguer des vulgaires femelles du Mexique, quoique, entre nous soit dit, on trouve parmi ces dernières des spécimens plus intéressants et autrement plus épatants que les dames en question. Si parmi tes curiosités tu trouves un bouquin qui parle de dame Josefa Ortiz de Domínguez, de dame Leona Vicario, de... de Sor Juana Inés de la Cruz, rends-moi un service : envoie-moi quelques informations ou photos, gravures, etc., de l'époque et de leurs très nobles trombines. Grâce à ce travail, je vais gagner un peu de « blé » qui me servira à me payer quelques « babioles » plaisantes à la vue – à l'odorat ou au toucher – et quelques pots vachement chouettes que j'ai vus l'autre jour au marché.

Le remariage[1] fonctionne bien. Peu de disputes, une meilleure entente mutuelle et, en ce qui me concerne, moins d'enquêtes du genre chiantes sur les autres dames qui parfois viennent soudain occuper une place prépondérante dans son cœur. Bref, toi pouvoir comprendre que j'ai enfin admis que la vie *est ainsi faite* et que tout le reste n'est que foutaise. Si ma santé allait mieux, on pourrait dire que je suis heureuse, mais le fait de me sentir flapie de la tête aux pieds me met la cervelle sens dessus dessous et me fait passer d'amers moments. Au fait, tu ne vas pas venir au Congrès médical international qui va avoir lieu dans cette jolie ville – à ce qu'on raconte – des Palais ? Allez, grimpe sur un oiseau d'acier et mets le cap sur le *zócalo*, Mexico. Alors quoi, oui ou oui ?

Ramène-moi plein de cigarettes Lucky ou Chesterfield, ici, c'est un luxe et je ne peux pas *afforder* un tel flouze quotidien pour de la fumée.

Raconte-moi un peu ta vie. Prouve-moi que dans ce pays d'Indiens et de touristes ricains il existe pour toi une jeune femme qui est ton amie pour de bon et pour de vrai.

Ricardo[2] est un peu jaloux parce que je te tutoie. Mais je lui ai expliqué tout ce qu'il y avait à expli-

1. Après avoir divorcé à la fin de l'année 1939, Diego et Frida se remarièrent le 8 décembre 1940. (*N.d.l.T.*)
2. Le réfugié espagnol Ricardo Arias Viñas était alors son amant.

quer. Je l'aime drôlement et je lui ai dit que tu le savais.

Je te laisse parce qu'il faut que j'aille à Mexico acheter des pinceaux et des couleurs pour demain, et il se fait tard.

J'espère que j'aurai bientôt droit à une lettre bien bien longue. Passe le bonjour à Stack et à Ginette, et aux infirmières de Saint Luke. Surtout à celle qui était si gentille avec moi – tu vois laquelle –, je n'arrive pas à me souvenir de son prénom. Ça commence par M. Au revoir monsieur le joli petit docteur. Ne m'oublie pas.

Des tas de baisers de

Frida

La mort de mon père a été quelque chose d'horrible pour moi. Je crois que c'est pour ça que je vais si mal et que j'ai encore pas mal maigri. Tu te souviens de lui, comme il était beau et gentil ?

Messages pour Alberto Misrachi

17 novembre 1941

Albertito,

Encore moi qui viens vous enquiquiner pour la énième fois.

Voulez-vous bien m'avancer 500 pesos sur le mois de décembre ? Je n'ai pas pu envoyer à New York le portrait qu'on m'avait demandé et je suis à nouveau dans la dèche. *N'allez pas laisser tomber Diego* et gardez ce bout de papier *en guise de reçu*. Comme ça, le 1er décembre, je n'aurai droit qu'à 500 pauv' pesos.

Des millions de mercis de votre copine
Frida

*

Coyoacán, 10 décembre 1941

Albertito,

Je vais encore vous embêter pour une avance de 500 pesos sur janvier. Je n'ai pas de quoi finir le mois. En fait, le tableau que m'a acheté Paulette[1] a servi à payer les « arrièrements » que je traînais.

Un million de mercis.

Frida

Ci-joint le reçu officiel.

J'ai reçu de M. Alberto Misrachi la somme de 500 (cinq cents) pesos comme avance sur ma mensualité de janvier 1942, étant entendu que les 500 restants me seront versés le 1er janvier.

1. *La Corbeille de fleurs*, huile sur toile circulaire achetée par Paulette Goddard.

Lettre et télégramme à Emmy Lou Packard

Coyoacán, 15 décembre 1941

Ma belle Emmylucha,
Me revoilà clouée au lit avec une putain de grippe qui ne veut pas me dire au revoir. J'étais tellement dans la mer... credi des Cendres que je ne t'ai même pas écrit, ma toute belle.

J'étais sacrément contente d'apprendre que tu avais enfin pu exposer, et tout ce que je regrette, c'est de n'avoir pas pu « laisser traîner mon troisième œil » le jour de l'*opening*. On se serait payé une de ces « cuites », du genre qui font date, même en temps de *war*. Depuis que tu es partie, je suis devenue passablement chiante, je ne sais pas exactement ce qui m'arrive mais franchement, camarade, je ne me sens pas bien. J'ai envie de dormir à longueur de journée, j'ai l'air d'un chewing-gum ratatiné, une vraie mer... veille.

Figure-toi que le perroquet Bonito est mort. Je l'ai enterré et tout et tout, qu'est-ce que je l'ai pleuré, rappelle-toi la merveille que c'était. Diego était vraiment triste lui aussi. La guenon El Caimito a attrapé une pneumonie et elle aussi elle a failli clamser, mais le « sulphamidyl » lui a fait du bien. Ton petit perroquet va très bien, il est ici avec moi. Comment va Pandy n° 2 ?

Ma belle, raconte-moi si la moisson de tableaux a été bonne, comment tu as trouvé le public de Los Angeles : chiant ou pas ?

Dis-moi comment vont Donald, tes parents, ta sœur et les mômes.

Concernant les Arensberg, dis-leur, s'il te plaît, que le tableau de la « naissance[1] » appartient à Kaufmann. Je voudrais qu'ils m'achètent « Moi en train de téter[2] », ça me donnerait un sacré coup de main. Surtout en ce moment, vu que je suis carrément « fauchée ». Si tu en as l'occasion, travaille-les, fais comme si c'était ton idée. Dis-leur que c'est un tableau que j'ai peint en même temps que « la naissance » et que vous l'adorez, toi et Diego. Tu vois lequel c'est, n'est-ce pas ? Celui où je suis avec ma nourrice en train de boire du petit-lait ! Tu te souviens ? Pourvu que tu arrives à les convaincre de me l'acheter, tu n'imagines pas à quel point j'ai besoin de fric. (Dis-leur qu'il vaut 250 dollars.) Je t'envoie une photo pour que tu leur vantes les mérites de cette « œuvre d'art », je compte sur toi, d'accord ? Parle-leur aussi de celui avec « le lit[3] », qui est à New York, ça les intéressera peut-être, c'est celui avec le squelette au-dessus, tu te souviens ? Celui-là, il vaut 300 billets. *File-moi un coup de pouce, ma belle, j'ai besoin de fric au plus vite, crois-moi.*

Diego travaille beaucoup sur le tableau de Paulette. Jeudi, j'ai connu Paulette, je l'ai trouvée mieux que ce que j'imaginais.

1. *Ma naissance* (1932).
2. *Ma nourrice et moi* (1937).
3. *Le Rêve* (1940).

Quand est-ce que tu reviens ? Tu manques du côté de Coyoacán. Écris-moi de temps en temps.

Donne des millions de baisers à Donald et à tes parents de ma part. Passe bien le bonjour aux Homolkas et dis-leur qu'ils devraient venir faire un tour dans les parages. Ne m'oublie pas, ma toute belle, et dis-moi si tu as besoin de quelque chose d'ici.

À quoi tu ressemblais le jour de l'*opening* ? Toujours aussi belle ? Raconte-moi des ragots. Et n'oublie pas ce que je t'ai dit à propos des Arensberg.

Diego t'envoie des baisers, et moi tout mon cœur. Bien à toi,

Frida

*

Coyoacán, 17 décembre 1941[1]

EMMY LUCHA LETTRE ENVOYÉE CE MATIN PEUR ARRIVE TROP TARD PEUX-TU ME RENDRE ÉNORME SERVICE DIRE ARENSBERG PEINTURE NAISSANCE APPARTIENT KAUFMANN STOP ESSAIE LES CONVAINCRE ACHETER PLUTÔT « MOI ET MA NOURRICE » MÊME TAILLE MÊME PRIX 300 CAR BESOIN FRIC URGENT AVANT 1er JANVIER S'IL TE PLAÎT FAIS TOUT TON POSSIBLE STOP J'ENVOIE PHOTO FAISMOI SAVOIR RÉSULTAT MILLE MERCIS TENDREMENT

FRIDA KAHLO

300 DOLLARS

---

1. Original en anglais. (*N.d.l.T.*)

Lettre à Marte R. Gómez[1]

Coyoacán, 15 mars 1943

M. Marte Gómez
Remis en main propre

Cher ami,

Il y a bien longtemps que je voulais vous parler d'un sujet qui me tient à cœur personnellement, mais qui à mon avis rejoint aussi l'intérêt général. Je vous écris car cela m'est plus facile, pour vous exprimer le fond de ma pensée, que si je m'adressais à vous de vive voix. En outre, cela vous fera perdre moins de temps. Il s'agit de vous demander un conseil d'ami. J'ai l'audace de vous en toucher un mot avant d'en parler à quiconque, car je considère que vous êtes l'un des rares véritables amis de Diego au Mexique et je pense que vous me ferez part de votre opinion franche et sincère.

Il y a déjà bien longtemps que je m'inquiète pour Diego, d'abord à cause de sa santé, car il a constamment des problèmes aux yeux et son état général

1. Marte R. Gómez est alors ministre de l'Agriculture et du Développement. En 1923, il avait invité à Diego Rivera à peindre les fresques de l'École nationale d'agriculture de Chapingo.

n'est plus le même qu'avant. Vous avez dû remarquer que pour la fresque qu'il réalise en ce moment même au Palais, il va beaucoup plus lentement. C'est à cause de cette conjonctivite qui l'empêche de travailler avec le même rendement qu'il y a quelques années. Ajoutez à cela les difficultés financières, conséquence de la guerre dont tout le monde souffre à présent mais, dans le cas personnel de Diego, c'est bien plus dur que je ne pouvais l'imaginer. Je suis vraiment désolée que cette crise arrive juste au moment où j'aurais voulu le voir peindre en toute tranquillité, sans se tracasser, car un homme qui a travaillé comme Diego a bien mérité quelques années de sécurité pour faire ce dont il a envie. Ce n'est pas tant le souci d'argent qui me préoccupe, car en travaillant tous les deux nous pouvons arriver à en gagner assez pour joindre les deux bouts. Mais il y a un autre problème, bien plus important aux yeux de Diego, et je me sens incapable d'y remédier.

Comme vous le savez, après la peinture, ce qui l'enthousiasme le plus dans la vie, ce sont *ses idoles*. Depuis plus de quinze ans, il a travaillé d'arrache-pied et dépensé la plupart de ses gains pour constituer une magnifique collection de pièces archéologiques. Je ne crois pas qu'il existe une collection particulière plus importante au Mexique. Il a toujours nourri le projet de construire une « maison pour les idoles ». L'an dernier, il a déniché le lieu idéal pour cette maison, sur le *pedregal* de Coyoacán, dans un petit village nommé San Pablo Tepetlapa. Il a commencé à la bâtir avec les pierres du *pedregal*, économisant ainsi une grande quantité de matériau. Il a réalisé lui-même les plans, avec un amour difficile à vous décrire, travaillant des nuits entières, après avoir passé la journée à peindre. Croyez-moi, je n'ai jamais vu personne aussi enthousiaste et heureux de construire quelque chose. Je m'abstiendrai de vous décrire les plans en question, je préférerais qu'il vous les montre personnellement.

Le problème est que, comme je vous le disais, les circonstances actuelles font qu'il n'a pas d'argent pour continuer. Je n'ai pas les mots pour vous dire ce que cela signifie pour Diego, je ne l'ai jamais vu aussi triste depuis que je le connais. Je voudrais l'aider du mieux que je peux pour qu'il ne perde pas complètement espoir, c'est si important pour lui. Alors, après avoir retourné ça mille fois dans ma tête, je me suis dit qu'il serait plus efficace que le gouvernement du Mexique s'intéresse à l'affaire. Il ne s'agirait pas d'une aide personnelle à Diego, loin de là, mais d'une espèce d'*accord pour la constitution d'un musée archéologique avec la collection de Diego.* En d'autres mots, *une sorte d'échange : le gouvernement construirait le bâtiment,* en respectant bien sûr le projet de Diego, et *lui, il ferait don de sa collection tout entière au pays après sa mort.* Deux choses essentielles seraient ainsi résolues : Diego profiterait de sa collection de son vivant et l'on éviterait qu'une collection de cette importance ne soit désintégrée ou dispersée, car vous savez ce qui arrive quand on laisse à la famille des biens d'une valeur inestimable : ils finissent au marché de La Lagunilla.

Je ne sais pas si mon idée est stupide ou complètement folle, j'ignore même ce qu'en penserait Diego, car je ne lui en ai rien dit. Et, surtout, n'allez pas imaginer que mon désir de l'aider est une simple affaire sentimentale. Croyez-moi, Marte, cette affaire me préoccupe vraiment, car je sais la place que cela tient dans sa vie. Je voudrais juste vous demander de m'orienter, de me dire s'il y a là une possibilité sérieuse, si vous jugez pertinent de lui en parler. Si vous pensez que mon idée est bonne, puisque vous avez eu la gentillesse d'accepter de venir déjeuner ou dîner à la maison un de ces jours, nous pourrions en profiter pour lui en parler, comme une suggestion, pour voir un peu sa réaction. Dans le cas contraire, je vous prie de ne jamais lui dire que je vous ai parlé de ça, car il penserait que je me mêle de ce qui ne me regarde pas.

Veuillez m'excuser de vous avoir dérangé avec cette affaire qui n'est après tout qu'un problème personnel, mais je suis rassurée car je sais que vous appréciez Diego et que vous comprendrez la tendresse que j'éprouve à son égard, l'intérêt que je porte à tout ce qui le concerne ; c'est la seule raison qui me pousse à oser vous embêter avec cette lettre. Naturellement, tout ce que je vous raconte n'est qu'une idée qui m'est passée par la tête, je ne sais même pas si je vous l'ai correctement exposée, j'imagine que les choses seraient plus compliquées si cela devait se faire, mais il suffirait alors d'entrer dans les détails avec Diego. Cela dit, j'aimerais que vous me disiez ce que globalement vous en pensez, en toute confiance. Je ne voudrais pas voir Diego souffrir de n'avoir pas ce qu'il mérite tellement, car ce qu'il demande n'est *rien* comparé à ce qu'il a donné. En plus, je crois que le Mexique gagnerait à avoir un musée de cet acabit.

D'avance je vous remercie, Marte, de me donner votre avis. J'appellerai Hilda dans le courant de la semaine pour fixer la date du repas dont nous avons parlé au téléphone. Voilà pourquoi je voulais que vous receviez cette lettre avant, pour que vous me disiez ce que vous en pensez lorsque nous nous verrons.

Mille mercis pour votre bienveillance, passez bien le bonjour à Hilda, aux enfants et à votre petite maman. Recevez mes amitiés,

Frida

Message à Miguel N. Lira

Miguelito, Mike, Chong Lee,
Je t'envoie les invitations pour le vernissage des peintures que les jeunes gens de ma classe ont réalisées dans la *pulquería* « La Rosita » de Coyoacán. Plus trois *corridos* composés par eux-mêmes pour être chantés le jour de l'inauguration. Pourvu que tu puisses venir, ne serait-ce qu'un petit moment, demain entre onze heures et une heure. Je sais que tu as plein de travail, mais sache que ce serait vraiment « chouette » que tu viennes.
Reçois un baiser de ta sœur,

Frida

Lettre à Florence Arquin[1]

Florence, ma chérie,

Excuse-moi d'être aussi fainéante ! Je suis une vraie « fille de flûte » quand il s'agit d'écrire. Mais *tu es tout le temps dans mon cœur*, malgré mon oubli apparent, je suis toujours la même Frida.

Ma chérie, Diego était très content de la photo en couleurs que tu lui as envoyée. Elle est juste en face de son lit et chaque matin je te vois. *Tu nous manques beaucoup.*

Ma vie est toujours la même. Parfois OK, parfois horriblement ennuyeuse. Je ne peux pas en dire de même de Diego. Lui, il ne s'ennuie jamais. Il travaille comme un forcené, il est toujours en train de bâtir quelque chose. Sa pyramide sur le *pedregal* est chaque jour plus splendide et la peinture qu'il est en train de réaliser pour l'Institut de cardiologie est superbe.

Depuis que tu es partie, j'ai fini trois tableaux (des petits). J'en ai vendu un, les deux autres sont à la galerie Veriullaire. Mais je crois que je vais les en

1. Peintre, photographe et critique nord-américaine. Elle fit un séjour au Mexique en 1943. Original en anglais. (*N.d.l.T.*)

sortir car cette maudite galerie est de plus en plus piteuse. Julien ne m'a pas touché un mot de mon tableau des quatre singes[1], celui que tu as emporté aux États-Unis. Je suis inquiète, j'ai peur qu'il soit arrivé quelque chose. Qu'est-ce que tu en penses ? Tu as écrit à Julien à ce propos ? Il vaudrait mieux que je lui écrive ? Sinon, qu'est-ce que je peux faire ? Je suis désolée de t'embêter avec ça, mais je crains qu'il ne l'ait pas reçu et je n'ai aucun papier, ici, pour m'occuper de ça.

Bon, ma belle, si tu crois que ce n'est qu'un retard dû aux circonstances du moment, laissons les choses telles qu'elles sont, même si je me dis qu'à la frontière ils ont eu largement le temps de l'envoyer à NYork. Tu ne crois pas ? Dis-moi ce que je dois faire.

Comment va ta santé ? J'étais inquiète quand tu es partie. Comment vont ton mari et ta mère ? Transmets-leur mes amitiés, dis-leur *combien je t'aime*.

Excuse mon anglais et mon écriture. C'est pitoyable !!!! Mais si je recommence cette lettre, jamais je ne l'enverrai. Donc il vaut mieux que tu me pardonnes pour cette horrible lettre.

Ma petite chérie, je veux que tu me racontes toutes sortes de détails sur ta vie. Bientôt je t'écrirai à nouveau. Promis !!!

Toute ma tendresse et celle de Diego pour notre petite Florence.

Frida

Joyeux Noël à tous.
Reviens vite au Mexique !

---

1. Il s'agit du tableau *Autoportrait aux singes*, de 1943, dont Jacques et Natasha Gelman firent ensuite l'acquisition.

Définition du surréalisme

Le surréalisme est la surprise magique de trouver un lion dans un placard, là où on était sûr de trouver des chemises[1].

1944

1. Note rédigée au dos du dessin *Fantasia I*, 1944.

Lettre à Marte R. Gómez

Coyoacán, 7 mars 1944

Mon ami Marte,

Voici une invitation pour que, si jamais vous avez un « tout petit moment libre », vous veniez voir les peintures que les jeunes gens de ma classe de l'École de peinture et de sculpture du ministère de l'Éducation ont réalisées dans un *lavoir* de Coyoacán. M. Morillo les a déjà vues, il peut vous transmettre ses impressions, je suis sûre que vous finirez par venir. Si vous ne voulez pas vous coltiner la fête *officielle* de dix heures du matin, vous pouvez arriver un peu plus tard ou à l'heure qui vous arrangera, mais surtout n'oubliez pas, je vous en prie.

Voici comment trouver facilement : une fois à l'arrêt du Tramway El-Carmen (face à l'orphelinat), vous tournez à droite et vous continuez jusqu'à la place La Concepción, sur laquelle il y a une merveilleuse petite église coloniale ; au dernier coin de la petite place, vous tournez à gauche, vous continuez sur un pâté de maisons et, juste en face d'une grosse usine que vous allez apercevoir tout de suite, vous tomberez sur le lavoir.

Mille mercis par avance si jamais vous venez et pour m'avoir supportée tout au long de cette lettre.

Mes amitiés,

Frida

Lettre à Ella et Bertram D. Wolfe

Coyoacán, 1944, Mexique

Mes bien chers Boitito et Ella,

Quand vous recevrez cette singulière missive vous vous direz que j'ai *ressuscité* dans ce traître monde, ou que je me la jouais Madame est occupée, vu que je n'ai même pas pris la peine de « tisser un lien » depuis la dernière fois qu'on s'est zyeutés à New York, il y a trois ans de ça. Pensez donc ce que vous voudrez ; j'ai beau ne pas avoir écrit un quart de ligne, vous avez toujours été présents dans mes pensées.

Je veux vous souhaiter que l'année 1944 (bien que ce chiffre me tape sur les nerfs) soit pour vous deux la plus plaisante et la plus agréable de celles que vous avez vécues et que vous vivrez jamais (je verse dans la grandiloquence).

Bon, les enfants, c'est parti pour les questions : Comment va la santé ? Quel genre de vie vous menez ? Quel genre de « beau linge » vous fréquentez et avec qui vous discutez de temps en temps ?

Vous rappelez-vous qu'à Coyoacán il existe une dame de bonne famille, appréciée de tous, qui n'a pas encore cassé sa pipe et qui garde espoir de revoir un jour vos chères trombines sur cette terre bien-aimée qui s'appelle Tenochtitlan ? Si tel est le cas, *please*, écrivez vite pour raconter *all your* vie, étape par étape, pour qu'enfin mon cœur cède à l'illusoire joyeuserie.

Après les repousailles épisode numéro deux dont vous avez déjà entendu parler, je vais vous raconter « sommairement » (ce mot vaut bien 100 pesos) et sans trop détaillader comment je vais :

Santé : couci-couça, ma colonne résistera bien encore à deux ou trois chocs.

Amours : mieux que jamais, grâce à une entente mutuelle entre mari et femme, sans que la liberté qui échoit à chacun des deux conjoints ne soit en aucun cas bafouée ; élimination totale des crises de jalousie, des disputes violentes et des malentendus, à grands renforts d'une *dialectique* fondée sur l'expérience passée. Voilà qui est dit !

« Fric » : faible quantité, presque rien, mais ça suffit aux besoins les plus urgents : pitance, habillement, frais divers, cigarettes et, de temps à autre, une bonne vieille bouteille de tequila Cuervo à 350 pesos (le litre).

Travail : bien trop à mon goût. Figurez-vous que je fais la maîtresse dans une école de peinture (c'est bon pour le statut mais pas pour la santé). Je commence à huit heures du matin. Je repars à onze heures, je mets une demi-heure pour parcourir la distance qui sépare l'école de ma maison = midi. Je fais vaguement le nécessaire pour que l'on vive à peu près « décemment », pour qu'il y ait de quoi manger, des serviettes propres, du savon, une table dressée, etc. = deux heures de l'après-midi. Je casse la croûte, puis vient l'ablution des moufles et des charnières (les dents, quoi, la bouche).

Il me reste l'après-midi pour me consacrer à ma jolie peinture, j'enchaîne les barbouillages, vu que dès que j'en ai fini un, je dois le vendre pour avoir de quoi joindre les deux bouts à la fin du mois. (Chacun des époux contribue à l'entretien du ménage.) En nocturnal, je me barre au ciné ou dans un foutu théâtre, avant de rentrer m'écrouler comme une souche. (Parfois je suis prise d'insomnie et là, je l'ai dans le c... olimateur !!!!)

Liqueur : grâce à ma volonté *de fer* j'ai pu *réduire* les quantités de liqueur ingurgitables, en me limitant à deux « ver... tigineuses larmes » by day. Il peut arriver, en quelques *rares* occasions, que l'*ingestion* augmente de volume et se transforme comme par magie en une « cuite » accompagnée de sa traditionnelle « gueule de bois » matinale ; mais ce sont des cas isolés et dépourvus d'efficacité.

Pour le reste

des choses qui

arrivent à tout le monde... Après dix-neuf ans, l'amour paternel de don Diego est ressuscité, avec comme conséquence le fait que la petite Lupita, *so called* Picos, habite avec nous depuis deux ans, parce que l'explosion a fini par avoir lieu, celle de la bombe à retardement de sa *mother, la grande Lupe, against la petite Lupe,* faisant de moi une « mamy » adoptive pour sa *child* adoptive. Je ne peux pas me plaindre car cette gamine est bonne comme Michel-Ange, elle s'adapte plus ou moins bien au caractère de son papa, mais on ne peut pas dire que ma vie soit très prometteuse, pour être franche. Parce que depuis 1929 jusqu'à l'année 1944 où je vous parle, *jamais* le couple Rivera n'a vécu sans au moins *une* accompagnatrice au sein de son foyer. *Home, sweet home !* La seule chose qui ait changé, c'est la qualité de l'accompagnement : disons qu'elles étaient jusque-là plus enclines à l'amour mondain et voici venu le temps d'un amour plus filial. Si vous voyez ce que je veux dire.

Bon, camarades, j'y vais. Je vous ai plus ou moins fait le bilan de ma vie actuelle. J'espère recevoir – et plus vite que l'éclair ! – une réponse bien méritée à cette lettre si insolite, abrupte, hétérogène et presque surréalistoïde.

Votre fidèle et dévouée
doña Frida, l'infortunée

Lettre au docteur Eloesser

24 juin 1944

(...) Je vais de plus en plus mal (...) Au début, ça a été la croix et la bannière pour m'habituer. Putain ce que c'est pénible d'avoir à supporter ces appareils, mais si tu savais à quel point j'allais mal avant qu'on me les mette... Je ne pouvais matériellement plus travailler, chaque mouvement, même insignifiant, m'épuisait. J'allais un peu mieux grâce au corset, mais là, je suis en pleine rechute et je perds espoir car visiblement rien ne peut soulager ma colonne. D'après les médecins, j'ai une inflammation des méninges, mais je ne comprends pas bien : si ma colonne doit être immobilisée pour éviter que les nerfs ne s'irritent, pourquoi ce foutu corset n'empêche pas les douleurs ?

Écoute, mon beau, quand tu viendras, au nom de ce que tu as de plus cher au monde, explique-moi le genre d'emmerdes que j'ai et dis-moi si ça peut être soulagé ou si je vais *en crever* de toute façon. Certains médecins insistent à nouveau pour m'opérer, mais je n'accepterai que si c'est *toi* qui le fais, si tant est qu'il faille le faire.

Message et carte postale pour Diego Rivera

Mon enfant adoré,

Cuquita m'a invitée à déjeuner à la campagne, je t'ai attendu jusqu'à midi mais tu ne m'as même pas téléphoné.

Je reviens vers six heures.

Le Blondinet m'a dit que tu avais invité Milagros à déjeuner. Dis-lui que je suis désolée de ne pas la voir, mais si elle n'a rien d'autre à faire, je la verrai à mon retour (à six heures).

S'il te plaît, laisse-moi le « blé » dans le premier tiroir de ta commode, sous tes chemises ou dans une enveloppe que tu remettras à Manolo ou au Blondinet. Merci beaucoup, j'espère te voir à mon retour. Je te verrai au moins dans la soirée, non ?

Je te confie, comme d'habitude, mon cœur et ma vie.

Ta chicuita,

Frida

*

13 novembre 1944, Coyoacán

Mon enfant adoré,

Tu sais comme je t'adore, comme j'aimerais que

ce jour, comme tous les autres jours, soit le meilleur
de tous.

Bois donc un verre de vin à ma santé.

Ta petite

Fisita

Lettre à Ruth Rivera Marín[1]

17 juin 1945

Ruth, ma toute belle,

Tiens donc ces boucles d'or pour tes jolies zoreilles. Chaque fois que tu les porteras, souviens-toi que là-bas, du côté de Coyoacán, il y a quelqu'un qui t'aime beaucoup, et pour trois raisons : un, être toi-même ; deux, être la fille de don Pelelico ; trois, être aussi jolie. Aucune des trois n'est de ta faute, et ce n'est pas ma faute non plus si je t'aime tant.

Ta
Frida

1. Fille cadette de Diego Rivera et de sa seconde épouse Guadalupe Marín.

Présentation de Fanny Rabel[1]

Fanny Rabinovich peint comme elle vit, avec un grand courage, une intelligence et une sensibilité aiguës, avec tout l'amour et la joie de ses vingt ans. Mais ce qui est à mon avis le plus intéressant dans sa peinture, ce sont ses profondes racines qui la lient à la tradition et à la force de son peuple. Ce n'est pas une peinture intimiste, mais sociale. Elle est fondamentalement préoccupée par les problèmes de classe et elle a observé, avec une exceptionnelle maturité, le caractère et le style de ses modèles, en les dotant toujours d'une vive émotion. Le tout sans prétention, avec la féminité et la finesse qui la rendent si complète.

1. Pour le catalogue de sa première exposition (24 huiles, 13 dessins, 8 gravures), organisée à la Liga Popular Israelita en août 1945.

À propos d'un de mes tableaux et de comment, à partir d'une suggestion de José Domingo Lavín et d'une lecture de Freud, j'ai peint un tableau de Moïse[1]

Étant donné que c'est la première fois que j'essaie d'« expliquer » un de mes tableaux à un groupe de plus de trois personnes, vous voudrez bien me pardonner si je m'emmêle un peu les pinceaux.

Il y a plus ou moins deux ans, José Domingo m'a dit qu'il aimerait que je lise le *Moïse* de Freud et que je peigne, comme bon me semblerait, mon interprétation du livre.

Ce tableau est le résultat de cette petite conversation entre Juan Domingo et moi.

J'ai lu le livre une seule fois et j'ai commencé à peindre avec la première impression qu'il m'a laissée. Hier, je l'ai relu et je dois vous avouer que je trouve le tableau très incomplet et assez différent de ce que devrait être l'interprétation de l'analyse si merveilleuse de Freud. Mais bon, plus moyen d'enlever ou d'ajouter quoi que ce soit, alors je vous dirai ce que j'ai peint tel quel, ce que vous pouvez voir sur le tableau.

1. Ce texte, publié dans le journal *Así* le 18 août 1945, est la transcription des explications fournies par Frida Kahlo à propos de son tableau *Moïse* à la demande d'un groupe d'amis réunis dans la maison de l'industriel Juan Domingo Lavín, qui avait acheté le tableau.

Bien sûr, le sujet précis est *Moïse ou la naissance du héros*. Mais j'ai généralisé à ma façon (une façon plutôt confuse) les faits ou les images qui m'ont le plus impressionnée à la lecture du livre. Vous pourrez apprécier « ma contribution » et me dire si j'ai fait fausse route ou pas.

Ce que j'ai voulu exprimer le plus intensément, le plus clairement, c'est que la raison pour laquelle les gens ont besoin d'inventer ou d'imaginer des héros et des dieux est purement et simplement la *peur*. La peur de la vie et la peur de la mort. J'ai commencé par peindre Moïse enfant. (*Moïse*, en hébreu, signifie « sauvé des eaux », et en égyptien, *mose* veut dire « enfant ».) Je l'ai peint comme il est décrit dans maintes légendes, abandonné dans un couffin, en train de flotter sur les eaux d'un fleuve. D'un point de vue plastique, j'ai essayé de faire en sorte que le couffin, recouvert d'une peau de bête, rappelle le plus possible une matrice, car selon Freud le panier est la matrice exposée et l'eau représente la source maternelle donnant naissance à un enfant. Pour centraliser ce fait, j'ai peint le fœtus humain dans sa dernière étape, à l'intérieur du placenta. Les trompes, pareilles à des mains, sont tendues vers le monde.

De chaque côté de l'enfant déjà créé, j'ai placé les éléments de sa création, l'œuf fécondé et la division cellulaire.

Freud analyse très clairement, mais sous une forme trop compliquée pour mon caractère, ce fait de la plus haute importance : Moïse n'était pas juif mais égyptien. Pour ma part, dans ce tableau, je n'ai pas trouvé le moyen d'en faire un Juif ou un Égyptien, je l'ai juste peint comme un gamin apte à représenter aussi bien Moïse que tous ceux qui d'après la légende auraient connu les mêmes débuts pour ensuite devenir des personnages importants, des guides pour leur peuple, c'est-à-dire des *héros*. (Plus clairvoyants que d'autres, voilà pourquoi je lui ai mis un « troisième œil ».) C'est le cas de Sargon, de Cyrus, de Romulus, de Pâris, et cetera.

L'autre conclusion fort intéressante de Freud est que, n'étant pas juif, Moïse a donné au peuple choisi par lui pour être guidé et sauvé une religion, qui n'était pas non plus juive mais égyptienne : c'est Amenhotep IV, ou Akhenaton, qui renouvela le culte d'Aton, le culte du Soleil, qui trouve ses racines dans la très ancienne religion de On (Héliopolis).

J'ai donc peint le Soleil comme le centre de toutes les religions, comme *premier dieu* et comme créateur et reproducteur de la *vie*.

Comme Moïse, il y a eu et il y aura quantité de « grosses pointures » pour transformer les religions et les sociétés humaines. Disons qu'ils sont comme des messagers entre les gens qu'ils commandent et les « dieux » inventés par eux pour pouvoir les commander.

Ces « dieux », il y en a un « paquet », comme vous le savez. Naturellement, je n'ai pas pu tous les faire tenir et j'ai disposé, de part et d'autre du Soleil, ceux qui, bon gré mal gré, ont un lien direct avec le Soleil. À droite, ceux de l'Occident, et à gauche, ceux de l'Orient.

Le taureau ailé assyrien, Amon, Zeus, Osiris, Horus, Jéhovah, la Vierge Marie, la Divine Providence, la Sainte Trinité, Vénus et... le diable.

À gauche, l'Éclair, la Foudre et la trace de la Foudre, c'est-à-dire Huracán, Cuculcán et Gukumatz, Tlaloc, la magnifique Coatlicue, mère de tous les dieux, Quetzalcóatl, Tezcatlipoca, la Centéotl, le dieu chinois Dragon et l'hindou Brahmâ. Il manque un dieu africain, car je n'en ai trouvé nulle part, mais on peut lui faire une petite place.

Je ne peux pas vous dire grand-chose sur chacun d'entre eux car je croule sous l'ignorance de leurs origines, de leur importance, et cetera.

Après avoir peint dans leurs ciels respectifs les dieux que j'avais pu caser, j'ai voulu séparer le monde céleste de l'imagination et de la poésie du monde terrestre de la peur et de la mort, alors j'ai peint les squelettes, l'un humain et l'autre animal, que vous pouvez voir là. La terre leur offre le creux de ses mains pour les protéger. Il n'y a pas de division entre la mort et le groupe des « héros », car eux aussi meurent et la terre les accueille généreusement et sans distinction aucune.

Sur cette même terre, j'ai peint, avec des têtes plus grosses pour les distinguer de la « masse », les « héros » (ils sont peu mais bien choisis), ceux qui ont transformé, inventé ou créé les religions, les conquérants, les rebelles... bref, le « gratin ».

Sur la droite, on voit Amenhotep IV (un portrait auquel j'aurais dû accorder plus d'importance qu'à tout autre) qui plus tard se fit appeler Akhenaton, jeune pharaon de la XVIII⁰ dynastie égyptienne (1370-1350 avant J.-C.) et qui imposa à ses sujets une religion contraire à la tradition, rebelle au polythéisme, strictement monothéiste, ayant de lointains échos dans le culte de On (Héliopolis), la religion d'Aton, c'est-à-dire du Soleil. Ils adoraient le Soleil non seulement comme entité matérielle mais aussi comme le créateur et conservateur de tous les êtres vivants, à l'intérieur et hors de l'Égypte, dont l'énergie se manifestait dans ses rayons, dévoilant ainsi leur avance sur les connaissances scientifiques les plus modernes concernant la puissance solaire.

Breasted appelle Amenhotep IV « le premier indi-
vidu dans l'histoire humaine ».

Ensuite Moïse, qui selon l'analyse de Freud donna
à son peuple adopté la même religion que celle
d'Akhenaton, quelque peu adaptée aux intérêts et
aux circonstances de son temps.

C'est à cette conclusion que parvient Freud, au
terme d'une étude minutieuse qui lui permet de
découvrir le lien étroit entre la religion d'Aton et la
religion mosaïque, toutes deux monothéistes. (Je n'ai
pas su comment transposer plastiquement cette partie très importante du livre.)

Puis viennent le Christ, Zoroastre, Alexandre le
Grand, César, Mahomet, Tamerlan, Napoléon et
« l'enfant perdu »... Hitler. Sur la gauche, la merveilleuse Néfertiti, épouse d'Akhenaton ; j'imagine
qu'en plus d'avoir été extraordinairement belle, elle a
dû être comme un « trésor enfoui » et une très intelligente collaboratrice de son mari. Bouddha, Marx,
Freud, Paracelse, Épicure, Gengis Khan, Gandhi,
Lénine et Staline. (L'ordre ne vaut pas grand-chose,
mais je les ai peints d'après mes connaissances historiques, qui ne valent guère plus.)

Entre ces derniers et le « commun des mortels »,
j'ai peint une mer de sang, expression de la guerre,
inévitable et féconde.

Enfin, la puissante masse des hommes, jamais
appréciée à sa juste valeur, composée de bestioles en
tout genre : les guerriers, les pacifiques, les scientifiques et les ignorants, les bâtisseurs de monuments,
les rebelles, les porte-drapeaux, les porte-médailles,
les parleurs, les fous et les sages, les gais et les tristes,
les bien portants et les malades, les poètes et les sots,
et toute la foule de ceux que vous aurez envie de voir
exister sur cette puissante boule.

Seuls ceux des tout premiers rangs peuvent être

plus ou moins clairement distingués ; quant aux autres, « avec un tel vacarme... on n'a pas pu savoir ».

Côté gauche, au premier plan, il y a l'Homme, le bâtisseur, de quatre couleurs (les quatre races).

Côté droit, la Mère, la créatrice, avec son fils dans ses bras. Derrière eux, il y a le Singe.

Les deux arbres, qui forment une arche de Noé ou un Arc de triomphe, sont la vie nouvelle, qui toujours bourgeonne sur le tronc de la vieillesse. Au centre, en bas, le plus important pour Freud et pour bien d'autres... l'Amour, représenté par la conque et le coquillage, les deux sexes, pris dans des racines toujours nouvelles et vivaces.

Voilà ce que je peux vous dire de mon tableau. Mais j'accepte toutes sortes de questions et de commentaires. Je ne me mets pas en colère.

Merci beaucoup.

Meilleurs vœux à Diego Rivera

8 décembre 1945

Diego, mon enfant, mon amour,
Tu sais quels cadeaux je t'offrirais volontiers, non seulement aujourd'hui mais toute la vie, mais j'ai eu cette année la malchance de ne rien pouvoir te donner qui vienne de mes propres mains et de ne rien pouvoir t'acheter qui te plaise vraiment. Je t'offre tout ce qui est à moi et que je possède depuis toujours, ma tendresse, qui naît et vit à chaque heure, juste parce que tu existes et que tu la reçois.

Ta petite
Fisita
(Ton ancienne Magicienne)

Lettre à Ella et Bertram D. Wolfe

14 février 1946

Ma belle Ella et mon cher Boit,

Revoici la comète ! Madame Frida Kahlo, même si vous avez du mal à y croire ! ! Je vous écris depuis mon lit, car cela fait *quatre* mois que ma colonne m'en fait voir de toutes les couleurs, et après avoir rendu visite à tout un tas de médecins du pays, j'ai pris la décision d'aller à New York en voir un qui est paraît-il un « bijou » de la couronne... Tous ceux d'ici, les « ossateurs » et les orthopédistes, sont d'avis de pratiquer une opération dont je crois qu'elle est très dangereuse, parce que je suis très maigre, épuisée, à ramasser à la petite cuiller... et je ne veux pas me laisser opérer dans cet état sans avoir consulté d'abord un « éminent » docteur de Gringoland. C'est pourquoi je veux vous demander de me rendre un énorme service, qui consiste en ceci :

Vous trouverez ci-joint une copie de mon dossier clinique, qui vous permettra de vous rendre compte de tout ce que j'ai souffert dans cette p... de vie, mais en plus, si c'était possible, j'aimerais que vous le montriez au *docteur Wilson*, que je veux aller consulter là-bas. C'est un spécialiste des os, dont le nom complet est Philip Wilson, 321 East 42nd Street, NYC.

J'ai besoin d'être éclairée sur les points suivants :

1. Je pourrais aller aux USA vers le début du mois d'avril. Est-ce que le docteur Wilson sera à New York ? Sinon, quand est-ce que je pourrais le voir ?

2. Une fois qu'il aura pris connaissance de mon dossier clinique, sera-t-il d'accord pour me recevoir, étudier sérieusement mon cas et me donner son avis ?

3. Au cas où il accepterait, est-ce qu'il juge nécessaire que j'aille directement dans *un hôpital* ou bien est-ce que je peux habiter ailleurs et aller seulement de temps en temps à son cabinet ?

(Il faut absolument que je le sache car mes vaches sont maigres en ce moment.) *You know what I mean kids ?*

4. Vous pouvez lui fournir ces informations pour que ce soit plus clair : j'ai passé *quatre* mois alitée et je suis très faible et fatiguée. Je ferai probablement le voyage en avion pour éviter d'aggraver mon cas. On me mettra un corset pour me soulager. (Corset orthopédique ou en plâtre.) En combien de temps pense-t-il pouvoir faire un diagnostic, en tenant compte du fait que j'apporte des radios, des analyses et autres « trucs » en tout genre ? Vingt-cinq radiographies de 1945 de ma colonne vertébrale et vingt-cinq radiographies de janvier 1946 de ma colonne, de ma jambe et de mon pied. (S'il faut en faire de nouvelles là-bas, je suis à sa disposition... quelle qu'en soit la raison !)

5. Essayez de lui expliquer que je ne suis pas « millionnaire », loin de là, que mes « fonds de tiroir » sont plutôt « vert-de-gris », et encore, à condition de bien racler.

6. TRÈS IMPORTANT. Je m'en remets à ses magni-

fiques mains non seulement parce que j'en ai eu connaissance par différents médecins, mais aussi parce qu'il m'a été personnellement recommandé par un homme qui a été son patient et qui s'appelle *Arcady Boytler*, qui l'admire et qui l'adore parce qu'il l'a soulagé lui aussi d'un truc à la colonne vertébrale. Dites-lui que Boytler et sa femme m'ont dit le plus grand bien de lui et que je suis ravie d'aller le voir, car je sais que les Boytler l'adorent et qu'ils ont suffisamment d'estime pour moi pour me recommander à lui.

7. Si des détails pratiques vous viennent à l'esprit (vu le genre de gourde que je suis), soyez-en par avance remerciés de tout mon petit cœur, mes chéris.

8. Pour la consultation avec le docteur Wilson, dites-moi combien de blé il faut que je vous envoie.

9. Vous pouvez lui expliquer le genre de cafard sauvage qu'est votre copine Frida Jambe de Bois. Je vous laisse libre de lui fournir toutes les explications que vous voudrez et même de me décrire (si nécessaire, demandez une photo à Nick, pour qu'il ait une idée de la tronche que je me paie).

10. Si vous voulez d'autres détails, écrivez-moi vite : je m'empresserai de mettre les pieds dans le plat (quel que soit leur état).

11. Dites-lui qu'en tant que malade, je suis plutôt résistante, mais que là, j'atteins des sommets, parce que dans cette p... de vie, on souffre, d'accord, mais on apprend aussi, et le paquet d'années que je me traîne a fait de moi une vraie con... templative.

Les détails qui suivent sont pour vous et pas pour ce cher petit docteur Wilson :

1. Vous allez me trouver changée. Je croule sous les cheveux blancs. Sous la maigreur aussi, et je m'assombris sous le coup des épreuves.

Ma vie de couple (deuxième épisode) va très bien.

La roue tourne et je prends les choses plus calmement, en y réfléchissant à deux fois.

Je vous aime toujours autant et j'espère que c'est pareil de votre côté. Je me trompe ?

En attendant de vous entendre me saluer de vive voix, écrivez-moi, s'il vous plaît, le plus vite possible, car il s'agit pour moi d'une affaire de première urgence. Je vous envoie des tas de baisers et toute la reconnaissance de votre pote,

Frida

Le bonjour à tous les amis.

Corrido pour A. et L.[1]

Mai 1946

Tout seul allait le petit Cerf
triste, à l'abandon, blessé
mais chez Arcady et Lina
il put enfin se réfugier

Quand le Cerf s'en reviendra
requinqué, joyeux, soulagé,
les blessures de son corps meurtri
enfin auront été gommées

Merci, mes enfants bien-aimés,
de tout cœur, pour votre appui
dans la forêt qu'habite le Cerf
enfin le ciel s'est éclairci

1. Durant le mois d'avril 1946, Frida peignit son célèbre tableau *Le Cerf blessé*. Le 3 mai, elle le remit à Lina et Arcady Boytler, accompagné de ces vers.

Acceptez ci-joint mon portrait
pour que toujours je sois présente,
tous les jours et toutes les nuits,
même quand je serai absente.

La tristesse est reflétée
dans chaque recoin de mes tableaux,
je ne vois pas la moindre issue
car c'est bel et bien mon lot.

Inversement, le bonheur
est dedans mon cœur enfoui
grâce à Arcady et Lina
parce qu'ils m'aiment telle que je suis.

Je vous offre cette peinture
réalisée avec tendresse
en échange de votre amour
et de votre gentillesse.

Frida

Télégramme pour Ella Wolfe[1]

10 mai 1946

ELLA WOLFE 68 MONTAGUE ST BROOKLYN NY

CHÉRIE DR WILSON M'A ENVOYÉ TÉLÉGRAMME IL
PEUT ME RECEVOIR 23 MAI ARRIVERAI NEW YORK
21 PAR AVION MERCI DE TA MERVEILLEUSE GEN-
TILLESSE RESTERAI PROBABLEMENT PREMIERS
JOURS AU 399 PARK AVENUE MISS SONJA SEKULA
AMITIÉS À TOUS LES DEUX
                                        FRIDA

---

1. Original en anglais. (*N.d.l.T.*)

Lettre à Cristina Kahlo

New York, mai 1946

(...) Je me retrouve dans un lit plus dur que les pierres du *pedregal* (...). Quand je connaîtrai le diagnostic complet de Wilson et que je me serai décidée à démarrer le Lipidol, je te tiendrai au courant : dès que je vais mieux, je mets les bouts pour Coyoacán, parce que je ne vais pas tenir bien longtemps ici. Il fait une chaleur à crever...

Lettre à Alejandro Gómez Arias

30 juin 1946. New York

Alex, darling,

On ne me laisse pas beaucoup écrire, mais je voulais juste te dire que j'ai passé le big mauvais moment de l'opération. Ça fait trois weeks qu'ils ont coupé dans l'os. C'est une pure merveille, ce médicament, et j'ai le body plein de vitalité, tellement qu'aujourd'hui mes poor feet ont eu droit à deux petites minutes de répit, mais moi-même je n'y believe pas. J'ai passé les deux first semaines à souffrir et à pleurer, car vois-tu, c'est le genre de douleurs que je souhaite à nobody, stridentes et malignes comme pas deux, mais cette semaine le tumulte a faibli et j'ai plus ou moins bien survécu à grand renfort de cachetons. J'ai deux grosses cicatrices dans the dos. Ils ont prélevé un bout de pelvis pour le greffer dans la colonnade, là où la cicatrice est la moins hideuse et vaguement plus droite. J'avais cinq vertèbres en bouillie, maintenant elles auront l'air d'un pistolet-mitrailleur. The seule inconvénience, c'est que l'os met du temps à repousser et à se réajuster, et je dois rester six semaines clouée au lit avant d'avoir ziautorisation de fuir cette horrible city pour rejoindre mon bien-aimé Coyoacán. Et toi, comment vas-tu ? Please écris-moi et envoie-moi one bouquin, please don't forget me. Comment va ta maman ? Alex, ne m'abandonne pas toute seule à mon triste sort dans ce maudit hôpital et écris-moi. Cristi s'ennuie à mourir et on est en train de crever de chaud. Il fait une de ces chaleurs, on ne sait plus quoi faire. Quoi de neuf au Mexique ? Quelles sont les nouvelles du front ?

Parle-moi un peu de tout le monde et surtout de toi.

Ta F.

Je t'envoie un tas de tendresse et un paquet de baisers. J'ai reçu ta lettre, qu'est-ce qu'elle m'a requinquée ! Ne m'oublie pas.

Lettre et dédicace à José Bartolí[1]

Bartolí – hier soir j'ai senti comme des ailes me caresser tout entière, comme si au bout de tes doigts des bouches étaient en train d'embrasser ma peau.

Les atomes de mon corps sont les tiens et ils vibrent ensemble pour que nous nous aimions. Je veux vivre et être forte pour t'aimer avec toute la tendresse que tu mérites, pour t'offrir tout ce qu'il y a de bon en moi, et pour que tu sentes que tu n'es pas seul. De près ou de loin, je veux que tu te sentes accompagné par moi, que tu vives intensément avec moi, mais sans que mon amour ne t'entrave dans ton travail ou dans tes projets ; faire intimement partie de ta vie, être toi ; je prendrai soin de toi sans jamais rien exiger, je te laisserai vivre en liberté, car chacun de tes actes emportera mon approbation. Je t'aime comme tu es, je suis amoureuse de ta voix, de tout ce que tu dis, ce que tu fais, ce que tu prévois. Je sens que je t'ai toujours aimé, depuis que tu es né, et même avant, depuis que tu as été conçu. J'ai même l'impression, parfois, que c'est toi qui m'as fait naître. Je voudrais que toutes les choses et que tous les gens

1. Peintre, caricaturiste et dessinateur politique catalan. Il s'est exilé au Mexique en 1942, puis à nouveau dans les années cinquante.

prennent soin de toi et t'aiment et soient fiers, comme moi, de t'avoir. Tu es si fin et si bon que tu ne mérites pas d'être blessé par la vie.

Je pourrais t'écrire des heures et des heures durant, j'apprendrai des histoires pour te les raconter, j'inventerai de nouveaux mots pour te dire que je t'aime comme personne.

Mara[1]

29 août (1946)
Notre premier après-midi tout seuls.

*

Gagner un baiser. Oui aller, non, oui, vers toi. Voie Bouche Verre. Ton amoureuse Mara. Mon amour. Viva Mexico ! Dis-moi Belle, Rire, J'aime, Merci, Mara[2].

---

1. Frida réutilisera ce pseudonyme dans une lettre d'amour à Carlos Pellicer, en novembre 1947.
2. Écrit sur la page de garde d'un exemplaire de *Chant de moi-même* de Walt Whitman.

Lettre à Ella Wolfe

Coyoacán, 23 octobre 1946

Ma belle Ella de mon cœur,

Tu vas être surprise de recevoir une lettre de cette fille flemmarde et culottée, mais tu sais bien que, avec ou sans lettres, je t'aime des tonnes. Rien de vraiment nouveau par ici. Je vais mieux, je peins (un tableau de merde), c'est toujours mieux que rien. Diego travaille, comme toujours, et plutôt deux fois qu'une. Depuis la dispute avec Boitito, les esprits ne se sont plus échauffés, sa colère est retombée et je crois que ça a été l'occasion, pour tous les deux, de se dire ce qu'ils avaient au fond du cœur.

Comment va Boit ? Et Sylvia ?... Embrasse bien fort de ma part Boit, Jimmy, Sylvia, Rosita et tous les potes qui se souviennent de leur amie... Quel ange.

Je voudrais te demander un service aussi grand que la pyramide de Teotihuacán. Tu veux bien ? Je vais écrire à *Bartolí* chez toi, pour que tu lui fasses suivre les lettres là où il se trouvera, ou bien que tu les gardes pour les lui remettre en main propre quand il passera par New York. Au nom de ce que tu as de plus cher au monde, fais en sorte qu'elles passent *directement de tes mains aux siennes*. You know what I mean, kid ! Je voudrais que Boitito n'en sache rien, si possible, je préfère que tu gardes seule le secret, tu comprends ? Ici *personne* ne sait rien. À part Cristi, Enrique... *toi* et moi et le jeune homme en question, personne n'est au courant. Si tu veux me poser une question sur lui dans une lettre, fais-le en utilisant le prénom SONJA, d'accord ? Je te supplie de me donner de ses nouvelles, de me dire ce qu'il fait, s'il est heureux, s'il prend soin de lui, etc.

Sylvia n'est pas du tout au courant, alors je t'en prie, ne crache le morceau à personne.

À toi, oui, je peux dire que je l'aime vraiment, qu'il est la *seule* raison pour laquelle j'ai de nouveau envie de vivre. Dis-lui du bien de moi, ça lui fera plaisir, et puis il saura que je suis quelqu'un de bien, ou du moins de pas trop mal...

Je te supplie de *détruire* cette missive dès que tu sauras ce qu'il convient de me dire sur ce merveilleux jeune homme.

Je t'envoie des millions de baisers et toute ma tendresse.

Frida

N'oublie pas de détruire cette lettre, pour éviter de futurs malentendus. Promis ?

Lettre à Eduardo Morillo Safa

Coyoacán, 1er octobre 1946

Cher Monsieur,

J'ai reçu votre lettre aujourd'hui. Merci d'être aussi aimable avec moi, comme toujours, et de me féliciter pour le prix[1] (que je n'ai toujours pas reçu). Sûr qu'ils vont faire traîner, mon frère, je les connais, ces p... poids lourds... qui vont à deux à l'heure ! Avec votre lettre – je veux dire au même moment – j'en ai reçu une du docteur Wilson, celui qui m'a opérée et qui a fait de moi un vrai « pistolet-mitrailleur » ! Il dit que je peux désormais peindre *deux* heures par jour. J'avais déjà commencé avant qu'il ne m'y autorise et je tiens jusqu'à *trois* heures sans lâcher le pinceau. J'ai presque fini votre premier tableau[2], qui, bien entendu, n'est autre que le résul-

---

1. En 1946, Frida avait présenté son tableau *Moïse* au concours pour le Prix national des Arts, organisé par le ministère de l'Éducation. Le prix fut accordé à José Clemente Orozco. Elle fut néanmoins récompensée en tant que finaliste.

2. Le diplomate et collectionneur Eduardo Morillo Safa venait d'être nommé ambassadeur au Venezuela. Il avait conclu un accord avec Frida Kahlo pour financer sa peinture, en s'engageant à acquérir un certain nombre de ses tableaux. Il lui en acheta environ trente-cinq. En 1944, Frida Kahlo peignit

tat de cette p... d'opération ! Je suis assise au bord d'un précipice avec mon corset d'acier à la main. Derrière, je suis couchée dans un lit d'hôpital, le visage tourné vers un paysage ; un morceau de mon dos est découvert et l'on y voit la cicatrice des coups de scalpel infligés par les chirurgiens, ces « fils de... leur mère ». Le paysage est le jour et la nuit. Il y a un « squelettor » (c'est-à-dire la mort) en train de fuir, effrayé par *ma volonté de vivre*. Essayez d'imaginer, même si ma description est « maladroitissime ». Comme vous pouvez le constater, je ne maîtrise même pas la langue de Cervantès : pas une once de talent ou de génie poétique ou descriptif ; mais vous êtes assez « calé » pour comprendre ma langue passablement « fantasque ».

J'ai adoré votre lettre, mais je suis désolée que vous vous sentiez si *esseulé* dans ce milieu farci de ringardise et de mer... veille ! Néanmoins, cela vous permettra de jeter un coup d'œil averti sur l'Amérique du Sud en général, et plus tard vous pourrez écrire la vérité vraie, en comparant avec le Mexique qui avance vaille que vaille.

J'aimerais en savoir plus sur les peintres de là-bas. Pouvez-vous m'envoyer des photos ou des revues avec des reproductions ? Y a-t-il des peintres indiens ? Ou seulement des métis ?

Vous savez quoi, jeune homme ? Je mettrai tout mon cœur à vous peindre la miniature de doña Rosita[1]. Je vais commander des photos du tableau grand format et je le peindrai en tout petit, qu'est-ce

---

une série de portraits de la famille Morillo Safa. Le tableau qu'elle décrit dans les lignes qui suivent s'intitule *Arbre de l'espérance, sois solide*.

1. Doña Rosita Safa de Morillo est la mère d'Eduardo Morillo Safa.

que vous en dites ? Je peindrai aussi l'autel avec Notre-Dame des Douleurs, et les petits pots de blé vert, d'orge, etc. Ma mère dressait cet autel tous les ans et c'était fabuleux. J'ai déjà planté la *chía* et tout le reste et, dès que j'aurai terminé ce premier petit tableau, ce qui ne saurait tarder, je commencerai le vôtre. Je trouve très « chouette » l'idée de peindre le petit va-nu-pieds avec la femme au châle. Je ferai tout mon possible pour que le résultat vous « en bouche un coin ». Comme vous me l'avez suggéré, je les remettrai au fur et à mesure à votre tante Julia, à votre domicile, et je vous enverrai une photo chaque fois que j'en terminerai un. Pour les couleurs, il faudra de l'imagination, camarade, mais vous n'aurez pas trop de difficulté à les deviner car vous avez déjà pas mal de Fridas.

Vous savez que le pinceau finit toujours par m'épuiser, surtout quand je m'emballe et que je m'y mets plus de trois heures d'affilée, mais j'espère être un peu moins flapie d'ici deux mois. Quelle chienne de vie, mon frère : on s'en prend plein la figure, on en tire des leçons mais, à la longue, ça nous retombe dessus comme une masse, alors j'essaie d'être forte, mais parfois j'ai envie de tout envoyer valser, ni une ni deux, sans faire de chichis !

Vous savez quoi ? Je n'aime pas vous sentir triste. Regardez autour de vous : il y a des gens, comme moi, qui sont encore pires que mal, mais ils font avec et ils vont de l'avant, alors vous allez me faire le plaisir d'arrêter de vous dévaluriner. Dès que vous le pourrez, rappliquez à *Mexicalpán de los tlachiques*. Comme vous le savez, ici, la vie est dure mais savoureuse, et vous méritez ce qu'il y a de mieux, parce que, à dire vrai, vous êtes une « grosse pointure », camarade. Prenez-le comme un compliment que votre bonne copine vous envoie du fond du cœur.

Cette fois-ci, ni ragots ni nouvelles du front, vu que je passe ma vie cloîtrée dans cette foutue demeure de l'oubli, soi-disant pour m'y refaire une santé et peindre à mes moments perdus. Je ne vois pas âme qui vive, ni la crème des crèmes ni le fond du ruisseau, et j'ai déserté les réunions « littéraro-musicales ». Tout au plus, j'écoute cette ignoble radio, un vrai châtiment, pire qu'un lavement. Je lis les *journaux* (c'est à qui sera le plus c... ompétent). Je suis en train de lire un pavé de Tolstoï : *Guerre et Paix*, je trouve ça « chouette ». Les romans à l'eau de rose ne font plus battre mon cœur depuis belle lurette, et il arrive qu'un roman policier atterrisse de loin en loin entre mes mains. J'aime de plus en plus les vers de Carlos Pellicer et ceux de quelques autres vrais poètes comme Walt Whitman ; en dehors de ça, la littérature n'est pas ma tasse de thé. Dites-moi ce que vous aimez lire, pour que je vous l'envoie.

Vous êtes sûrement au courant de la mort de doña Estercita Gómez, la mère de Marte[1]. Je ne l'ai pas vu personnellement mais, par l'intermédiaire de Diego, je lui ai envoyé une carte. Diego me dit que ça lui a fichu un coup et qu'il est très triste. Écrivez-lui.

Merci, mon beau, pour ce que vous me proposez de m'envoyer de là-bas. Chaque chose que vous m'offrirez sera un souvenir que je garderai bien tendrement.

J'ai reçu une lettre de votre petite Mariana, ça m'a fait très plaisir. Je vais lui répondre. Passez le bonjour à Licha et aux enfants[2].

---

1. Marte R. Gómez.
2. Licha est le diminutif d'Alicia, l'épouse d'Eduardo Morillo Safa. Ils ont trois enfants : Mariana, Lupita et Yito (Eduardo).

Quant à vous, je vous embrasse. Recevez l'affection sincère de votre copine

Frida

Merci pour l'argent que vous allez m'envoyer, je commence à en avoir besoin. La petite vous salue bien, ainsi que Diego et les gosses[1].

---

1. La « petite » et les « gosses » sont sa sœur Cristina et les enfants de cette dernière.

Lettre et *corrido* à la petite Mariana Morillo Safa

Coyoacán, 23 octobre 1946

Cachita, coquine, ma copine,
Voici quelques vers pour que vous n'alliez pas dire que je vous ai jetée aux oubliettes. Racontez-moi, chère mademoiselle, comment vous vous portez à Caracas. Dans quelle école allez-vous ? Où êtes-vous allée vous promener ?

Moi, depuis mon opération de la colonne, je vois trente-six chandelles.

Que deviennent Lupita et Yito ? Et ta petite maman et le Patron ? Passe bien le bonjour à tout le monde et n'oublie pas de m'écrire.

Affaire conclue ?

Reçois un paquet de baisers et une bonne dose de tendresse de ta pote

Frida

*

Depuis Coyoacán, bien triste,
mon adorable Cachita,
je t'envoie ces vers sans gloire
inventés par ta pote Frida

Ne va pas croire que je te néglige,
je n'ai pas tiré le rideau.
Et pour te chanter mon amour
j'ai composé ce *corrido*.

Embarquée à bord d'un avion,
pour Caracas tu es partie.
Si tu savais comme tu me manques,
mon cœur ne s'en est pas remis.

Le Venezuela m'a chipé
ma Cachita, ma belle, ma reine.
Frida ici s'est retrouvée
seule, désolée, le cœur en peine.

Rendez-moi donc ma Cachita,
saletés de Vénézuéliens,
ou vous aurez de mes nouvelles,
je vous le promets, bande de vauriens !

Lupe et Yito sont deux sales gosses
qui se moquent bien de ma bobine.
Quand je pense que depuis tout ce temps
ils ne m'ont pas écrit une ligne !

Je t'envoie des tonnes de baisers
pour que tu embrasses tes parents.
Et dis-leur qu'ils en fassent de même,
pour que j'en aie pour mon argent.

Malgré la distance entre nous,
je vous porte tous dans mon cœur
et n'attends que votre retour
pour me vautrer dans le bonheur.

Un oiseau aux yeux noirs m'a parlé,
ma Cachita, de ta beauté.
Ce beau parleur n'a pas eu tort
de me l'avoir si bien vantée !

Et à en croire un autre oiseau,
tu es la première de ta classe.
Fièrement je lui ai répondu :
cette petite est l'as des as !

Sûr que nous nous reverrons,
Cachita Morillo Safa.
De tous, tu es la plus sympa
alors surtout ne m'oublie pas.

Quand tu rentreras au bercail
je te ferai une vache de fête
avec *piñatas* et pétards
qui s'envoleront bille en tête.

Pour te décrocher les étoiles
ils s'élèveront jusqu'au ciel.
Pourvu que pendant ton absence
elles brillent encore de plus belle.

Surtout n'oublie pas le Mexique
qui de ta vie est la racine
et sache que dans les parages
se languit Frida, ta copine.

FIN

Déclaration à la demande de l'Institut national des beaux-arts de Mexico[1]

J'ai commencé à peindre... par ennui, car j'étais alitée depuis un an suite à un accident au cours duquel je m'étais fracturé l'épine dorsale, un pied et d'autres os. J'avais seize ans à l'époque et j'étais pleine d'enthousiasme à l'idée de faire des études de médecine. Mais tout s'est arrêté dans le choc entre un bus de Coyoacán et un tramway de Tlalpan... Comme j'étais jeune, ce malheur n'a pas tourné au tragique : j'avais assez d'énergie pour faire n'importe quoi au lieu d'étudier la médecine. Et sans trop m'en rendre compte, je me suis mise à peindre.

Je ne saurais dire si mes tableaux sont surréalistes

1. En 1947, l'Institut national des beaux-arts de Mexico organise une exposition de quarante-cinq autoportraits de peintres mexicains du XVIIIᵉ au XXᵉ siècle. Frida y expose le tableau *Diego dans mes pensées*, de 1943. Chaque autoportrait était accompagné d'une déclaration rédigée par les artistes eux-mêmes, à la demande de Fernando Gamboa (directeur du département des Arts plastiques et organisateur de l'événement). La fiche biographique de Frida Kahlo indiquait qu'elle était née en 1910, comme elle-même le prétendait depuis de nombreuses années. Ce n'est qu'en 1981 qu'Isabel Campos révéla à deux journalistes de la télévision allemande (Gislind Nabakowsky et Peter Nicolay), de passage au Mexique pour réaliser un documentaire sur Frida Kahlo, que cette dernière était née en 1907, comme le confirme son extrait de naissance.

ou pas, mais je sais qu'ils sont la plus franche expression de moi-même, sans jamais tenir compte des jugements ou des préjugés de quiconque. Je n'ai pas beaucoup peint et je l'ai fait sans le moindre désir de gloire, sans la moindre ambition, avec la conviction, d'abord, de me faire plaisir, et plus tard de pouvoir gagner ma vie avec mon métier. Des voyages que j'ai faits, au cours desquels j'ai vu et observé tout ce que j'ai pu, des peintures magnifiques et d'autres déplorables, j'ai tiré deux choses positives : la nécessité de faire de mon mieux pour être moi-même, et l'amer constat que plusieurs vies ne me suffiraient pas à peindre comme je voudrais et tout ce que je voudrais.

Lettre à Carlos Chávez

Coyoacán, 18 février 1947

Cher Carlitos,

Au lieu de moi, c'est cette lettre qui te passe le bonjour, portée par trois jeunes peintres, [Arturo García] Bustos, [Guillermo] Monroy et [Arturo] Estrada, qui ont suivi mes cours à l'École de La Esmeralda. J'aurais bien voulu les accompagner, mais malheureusement la grippe m'a mis le grappin dessus et je suis clouée au lit.

Diego et moi t'avons déjà parlé d'eux. Ils sont à notre avis les meilleurs parmi les jeunes peintres du Mexique en ce moment. En plus de leur talent, ils ont une énorme envie de travailler mais, comme d'habitude dans ce genre de cas, ils n'ont pas de « blé ». Ce qui leur plairait vraiment, c'est d'aller travailler dans le Yucatán, pour ensuite exposer ici. En fait, tout ce dont ils ont besoin, c'est qu'on leur paie le voyage et qu'on leur donne un peu de « fric » pour vivre *très modestement* pendant qu'ils travailleront là-bas (ils te diront combien de temps ils ont l'intention de rester). S'il t'était possible de les *mandater officiellement*[1],

1. Le musicien Carlos Chávez fut à cette époque le premier directeur de l'Institut national des beaux-arts de Mexico, fondé

même en ne leur fournissant que le strict nécessaire, tu leur donnerais un sacré coup de main, ils auraient ainsi l'occasion de travailler à leur gré, en ayant le gîte et le couvert assurés au moins pour quelque temps. Si tu pouvais leur arranger quelque chose, j'en serais ravie, car je sais ce qu'ils *valent* et je suis sûre qu'ils s'acquitteront de leur tâche, tu peux me croire, je les connais depuis plus de quatre années durant lesquelles ils ont travaillé d'arrache-pied, faisant des progrès constants, sans jamais être pédants ni prétentieux. Pourvu que tu puisses faire quelque chose pour eux, Carlitos. Je te remercie par avance, car je suis sûre que tu feras tout ce qui est en ton pouvoir... J'en profite pour te demander de penser à eux quand tu commenceras à acheter des peintures pour le musée dont tu as le projet. Je te prie de bien vouloir m'excuser si je t'embête avec mes requêtes. Accepte mes très sincères salutations, comme toujours.

Frida

par décret du président Miguel Alemán, qui avait pris ses fonctions le 1er décembre 1946.

Lettre à Antonio Ruiz[1], « el Corcito »

Coyoacán, 20 février 1947

Très cher Corcito, mon copain du fond du cœur,
En premier lieu je te salue bien bas, ensuite je veux te faire part d'un certain nombre de trucs : d'abord, je ne demeure plus à demeure, en d'autres mots j'ai procédé à l'illusoire déménagement, ayant l'intention de louer ma très chère maison du 59, rue Allende à Coyoacán, parce que, pour tout te dire, je suis dans la mou... sseline, comme tous ceux qui habitent dans les hautes plaines mexicaines, alors si tu me cherches, tu me trouveras chez la môme Cristi, au numéro 22 de la rue Aguayo, dans la très noble et ancienne cité de Coyoacán, dans une maison avec « telefunken » so called ericsson, dont le numéro est « the following » : 19-58-19. Mon séjour y est bien évidemment provisoire, car j'ai prévu de me construire dans « the future », dans la première cour de la maison que j'ai quittée et grâce à mes chers loyers, une maisonnette dont l'entretien sera moins pénible et le nettoyage plus expéditif. « You

1. Peintre mexicain, directeur et fondateur en 1942 de l'École de peinture et sculpture La Esmeralda, où il invita Frida à donner des cours.

know what I mean, don't you, kid ? » Bref, te voilà au courant de mon existence dans la rue et au numéro susdits ; alors, quand une grosse envie te prendra et que tu auras un « time » vaguement ou doublement libre, viens pointer par ici le bout de ton nez, ce qui me comblera de plaisir et de joie, comme tu peux l'imaginer. La seconde partie de cette missive concerne l'École et l'attitude à adopter. Tu as vraiment été chic avec moi et je te remercie de tout « my heart », mais j'ai les joues qui brûlent de honte à force de « détourner » les deniers de l'État sans faire « nothing » en contrepartie et, franchement, frérot, je ne peux plus faire cours comme avant, parce que je serais bien incapable d'aller jusque là-bas tous les « days » harnachée comme je le suis, comme un vieux canasson, je veux dire avec mon corset, et pour tout te dire, c'est seulement « the mornings » que j'ai assez d'énergie « atomique », les « afternoons » je décline, je me dégonfle comme un ballon de baudruche et je n'ai qu'une hâte : me livrer aux bras de Morphée durant quelques heures, comme me l'a préconisé le H. Doktor et sauveur de ma frêle existence, Mr Wilson, dans le lointain New York. Ajoute à toutes ces raisons que mes envies de peindre se sont amoindries, et puis que tu es impliqué dans l'affaire, toi qui as toujours encouragé contre vents et marées ta bonne vieille copine qui sait l'apprécier et qui t'en est reconnaissante. L'autre jour, j'ai vu Carlos Chávez et je lui ai dit à quel point tu avais été chic et gentil avec moi, mais que j'avais l'intention de renoncer à mes cours cette année pour toutes les raisons que j'ai couchées sur ce papyrus, alors il m'a répondu *qu'il ne voulait pas que je renonce, sous aucun prétexte.* Qu'est-ce que je dois faire, mon pote ? Je continue à « grappiller » du « blé » en douce, je joue la con... templative mexicaine et j'empoche le fric en me disant que c'est toujours ça que Miguel[1] n'aura pas... ou bien je reconquiers ma *dignité* et je t'envoie ce bout de papier ou de « papyrus » qu'on appelle « démission » ? Please, jeune homme, dis-moi ce que tu penses au fond de toi, parce que ça me rend nerveuse, je me triture les méninges en me demandant ce que je dois faire pour ne pas être à tes beaux yeux une p... de sal...eté. Et puis rappelle-toi que nos mamans respectives, qui nous ont donné une éducation irréprochable, nous ont dit et répété que « bien mal acquis ne profite jamais ». Bref, je n'ai pas la « conscience » tranquille... Aide-moi à me sortir de ce pétrin, tu veux bien ? Sache aussi que je ne voudrais surtout pas que les garçons se rendent compte que leur « maîtresse » est une vulgaire « pillarde ». J'attends dans l'angoisse ta solution à mes mots croisés ! Ne va pas jeter mes paroles dans une poche trouée ou décousue de fil blanc, et passe-moi un coup de fil là où je t'ai dit, au 19-58-19, ou bien, si tu veux être vraiment très gentil avec moi, viens me trouver quand ça t'arrange. En attendant et pendant ce temps, je t'envoie quelques bons quintaux de baisers et je te souhaite que la vie te soit douce et légère. Voilà qui est dit. Ta copine et camarade

Frida

PS : Raconte-moi ce que tu peins, ce que tu fais, quelles sont tes activités subreptices et comment tu te portes dans cette vie singulière. La tristesse a-t-elle jeté son dévolu sur toi ? La mélancolie ne t'a pas encore attrapé dans ses griffes ?

1. Le président de la République, Miguel Alemán.

Lettre à Carlos Chávez

Coyoacán, 25 mars 1947

Mon beau Carlitos,

Pas facile de te joindre à ton bureau, et je ne veux pas t'enquiquiner chez toi durant tes rares heures de repos. (Voilà pourquoi je t'envoie cette illusoire missive.) Hier, j'ai vu Diego et il m'a dit que tu lui avais rendu visite il y a quelques jours, ça lui a vraiment fait plaisir.

Au fait, il m'a assuré que tu avais l'intention d'acheter pour le musée mon tableau *Les Deux Frida* et que tu voulais aussi le tableau *Les Radis*, qui est en ce moment à la galerie de Gabriel Orendáin.

Personnellement, je ne lui aurais même pas mentionné cette histoire de tableau, mais hier, quand j'ai vu Diego, il m'a dit qu'il n'avait pas un sou, juste assez pour payer l'hôpital, mais pas de quoi régler le salaire des ouvriers du *pedregal* (et ça tombe samedi prochain).

Tu peux imaginer comment je me sens maintenant que je suis au courant de la pu... rée de situation dans laquelle se trouve Diego. Je voudrais te demander, dans la mesure du possible, d'*accélérer* l'achat des *Deux Frida*[1], ça m'ôterait une grosse épine du pied.

Si ça te pose problème, *dis-le-moi en toute sincérité* dès que tu liras ce bout de papier, et j'essaierai de terminer deux tableaux que j'ai commencés pour en tirer un peu de fric. (Si je ne peux pas finir pour samedi, je verrai comment je me débrouille pour trouver le blé pour Diego.) J'espère que tu pourras faire quelque chose, parce que je suis au trente-sixième dessous, si ce n'est au trente-septième.

Mille mercis, mon joli, tu sais combien je t'aime.

Frida

1. D'après le rapport *Deux ans et demi d'INBA* [Institut national des beaux-arts, dont Carlos Chávez était alors le directeur], publié en 1950, l'INBA avait fait l'acquisition du tableau *Les Deux Frida* en 1947. Il avait payé 4 000 pesos pour ce dernier, plus 36 pesos pour le cadre.

Dédicace, lettre et message à Diego Rivera

[*sur le dessin au crayon* RUINE]

RUINE
Pour Diego. Frida.
Avenue de la Tromperie numéro 1
Ruine !
Maison des oiseaux
Nid d'amour
T'aimer en vain
Tout ça pour rien
Ruine
Février 1947
F. Kahlo

*

Lundi 21 avril 1947, Coyoacán

Mon enfant adoré, mon amour,

J'ai eu Emmita[1] au téléphone et me voilà rassurée car elle dit que tu vas beaucoup mieux, que tu as une chambre vachement « chouette » où tu peins

1. Emma Hurtado : marchande d'art et maîtresse de Diego Rivera avant de devenir sa dernière épouse. Leur relation

toute la journée. Il paraît aussi que tu es beaucoup plus calme et, de façon générale, content. Tu me manques à un point que je suis incapable d'expliquer, mais mon seul désir est que tu guérisses et que tu reviennes très vite vivre avec moi et avec monsieur Xólotl et madame Xolotzin[1]. Je ne serai à nouveau moi que quand tu seras à mes côtés.

Je me suis sentie couci-couça mais pas pire que d'habitude ; je me fatigue, comme toujours, mais le jour viendra où toi et moi nous irons parfaitement bien ; ne t'inquiète de *rien d'autre* que de *ta santé*, car c'est la seule chose qui vaille la peine.

Dans ma lettre précédente, je ne t'ai pas envoyé tous les détails relatifs aux travaux et aux dépenses afférentes. J'ai préféré attendre jusqu'au samedi, pour que tu puisses mieux te rendre compte. Je vais te raconter en gros ce qu'ils ont fait et ce qu'il manque ; la maçonnerie de la nouvelle salle de bains est presque terminée ; les fondations sont prêtes pour le sol et pour la terrasse, et Arámburu dit que dans *deux jours* ils poseront le carrelage ; les meubles de la salle de bains seront installés aujourd'hui même, pour bien localiser les branchements. En fait, il ne manque pour cette pièce qu'à lisser les murs dedans et dehors et à polir le sol. Les deux autres pièces, c'est-à-dire la chambre et l'atelier, sont prêtes ; il ne reste qu'à peindre les portes. Quant aux chambres du bas dans la petite maison à l'arrière du grand jardin, là où vont habiter Liborio et Cruz, elles sont *prêtes*, salle de bains et cellier inclus. Je pense que cette semaine ils vont finir *le principal*, il

---

remonte à l'année 1946, quand Diego signe avec elle un contrat pour la commercialisation de son œuvre. Ils se marient en 1955, après la mort de Frida.

1. Un couple de chiens *itzcuintlis* (sans poils).

ne restera que quelques petits détails à régler, comme la peinture des portes, le polissage des sols et quelques meubles à ranger à leur place définitive. L'installation électrique est en ordre, dans les patios et dans toutes les pièces, dans la grande maison comme dans la petite. Pour ce qui est de San Ángel, le mur et la chambre de bonne sont finis, il ne manque que la peinture et la remise en état de l'endroit où sont entassées les planches de la petite maison, qu'ils vont ramener à Coyoacán pour les déposer dans les pièces vides dès que j'aurai emménagé. Quant à la pièce où sont provisoirement entreposés les meubles de mon atelier, je vais l'arranger pour en faire *ta chambre* ; je crois que tu t'y sentiras très bien, car elle donne directement sur la terrasse et tu seras près de tes idoles, d'accord ? Il manque encore à construire le vestibule dans ce qui est actuellement le cellier, mais ça se fera au dernier moment, comme ça, ils poseront la porte le jour où ils perceront l'ouverture. Étant donné qu'il n'y a *personne* pour m'aider à superviser *techniquement* tout ce qu'ils ont fait, puisque Juan O'Gorman ne vient que de temps en temps, je ne sais pas si le résultat sera entièrement à ton goût ; mais Arámburu a fait tout ce qu'il a pu et, comme tu peux le constater, les contremaîtres José et Isabel sont très bien. Pourvu que tu aimes quand tu arriveras.

Emma et moi avons discuté pour savoir où tu irais à ton retour, à Coyoacán, à San Ángel ou bien là où tu étais avant ; on a décidé, malgré le fait que je ne t'aurai pas auprès de moi, qu'il te sera plus pratique de retourner à l'appartement de Mexico : vu que tu dois t'injecter de la pénicilline et que ta petite bouche n'est pas encore guérie, ce sera plus compliqué à Coyoacán ou dans ton atelier. Naturellement, c'est toi qui décides, en fonction de ce que tu préfères mais en tenant compte de ta santé *avant tout*, et aussi en fonction de l'infirmière et du dentiste qui t'arrangent, ainsi que des visites de David. Moi, j'irai te voir aussi souvent que tu le voudras, *où que tu sois*.

Ortega ira dimanche à San José, il partira à huit heures du matin pour y être à midi, conformément aux instructions qu'Emma m'a transmises de ta part ; et toi, tu rentreras ce même dimanche ou lundi matin, pas vrai ? J'ai une *énorme* envie de te voir...

*

Mon enfant chéri,

Tu vas me trouver franchement chiante, mais n'oublie pas la semaine d'Amelia (125 pesos). Si tu ne les as pas, je les lui donne et tu me rembourseras, parce que j'aurais honte qu'elle puisse croire qu'on ne la paie pas parce qu'elle est malade.

Riquelme dit qu'elle est assez fragile.

Tu ne lui as même pas demandé comment elle allait.

Lettre à Carlos Pellicer[1]

12 juillet 1947

Mon beau Carlitos,

Je t'envoie le livre que je t'avais offert l'autre jour.
Si tu as une copie du poème dont tu m'as fait
cadeau, je t'en prie, envoie-la-moi. J'aimerais tant
l'avoir avec moi !

Transmets toute mon affection à ta petite maman.
Et toi, reçois tout ce que tu penses que je peux
t'envoyer.

Frida

1. Poète mexicain. Ami de Diego Rivera dès les années vingt
et, plus tard, de Frida à qui il dédie trois sonnets en 1953.

Lettre à Arcady Boytler[1]

31 août 1947

Mon si bel Arcasha,

J'ai voulu réaliser un dessin de ta belle effigie, le résultat est un peu « horrible » ; mais si les bonnes intentions servent à quelque chose, sache qu'il en est bourré, en plus de toute ma tendresse.

Si tu t'étonnes du symbole-œil que j'ai placé sur ton front, n'y vois que mon désir d'exprimer plastiquement ce qui à mon avis est enfoui en toi et que tu ne dis que rarement : une prodigieuse imagination, une intelligence et une observation profondes de la vie. Tu n'es pas d'accord ?

Aujourd'hui, pour ton anniversaire, et pour toute ta vie, je te souhaite bien du bonheur.

Ton petit Cerf,
Frida

Ici mon encre a coulé.

1. Cinéaste mexicain. Il fut un grand ami de Frida Kahlo.

Lettre à Carlos Pellicer

Novembre 1947

Je me demande comment j'ose t'écrire, mais *hier* nous avons dit que cela me ferait du bien.

Pardonne la pauvreté de mes mots, je sais que tu sentiras que je te parle avec ma vérité, qui t'a toujours appartenu, et c'est ce qui compte.

Peut-on inventer des verbes ? Je veux t'en dire un :

Je te *cièle*, ainsi mes ailes s'étendent, énormes, pour t'aimer sans mesure.

Je sens que depuis notre lieu d'origine nous avons été ensemble, nous sommes pétris de la même matière, des mêmes ondes, nous portons en dedans le même sens. Ton être tout entier, ton génie et ton humilité sont prodigieux et sans comparaison, tu enrichis la vie ; dans ton monde extraordinaire, ce que je t'offre n'est qu'une vérité de plus, que tu reçois et qui te caressera toujours au plus profond de toi. Merci de la recevoir, merci de vivre, de m'avoir laissée toucher hier ta lumière la plus intime, de m'avoir dit avec ta voix et avec tes yeux ce que j'avais attendu toute ma vie.

Pour t'écrire, mon nom sera *Mara*, d'accord ?

Si tu as besoin un jour de me donner tes mots, qui seraient pour moi la raison la plus forte de conti-

nuer à te vivre, écris-moi sans nulle crainte à...
« poste restante », Coyoacán. Tu veux bien ?

Merveilleux Carlos.

Appelle-moi quand tu le pourras, s'il te plaît.

Mara

Lettre au docteur Samuel Fastlicht

Coyoacán, 13 novembre 1947

Cher ami,

Je sais que vous allez me suggérer d'aller me « promener » chez mon arrière-grand-mère, car cela fait maintenant trois semaines que je ne suis pas passée vous voir, mais je vous supplie de comprendre que je n'ai fait preuve ni de désinvolture ni de fainéantise ; j'ai travaillé (quand ma colonne me le permettait) et j'ai déjà bien avancé le portrait[1]. Je veux le terminer entre cette semaine et la prochaine ; la semaine dernière, j'ai dû garder le lit quelques jours, car je ressens toujours une fatigue « sévère », autant dire que je suis *lessivée*. Voilà pourquoi je ne passerai pas *aujourd'hui*, comme je vous l'avais promis, mais *à la fin de la semaine prochaine*, soyez-en *sûr*, j'aurai fini le portrait et je vous l'apporterai. Mes molaires se portent à merveille grâce à vous.

Frida Kahlo

1. Frida Kahlo avait conclu un accord avec le dentiste Samuel Fastlicht : elle lui payait en tableaux ses soins dentaires. Elle lui offrit deux natures mortes, l'une de 1951, l'autre de 1952. En 1947, le docteur Fastlicht lui avait commandé un autoportrait, où elle se représenta vêtue comme une Tehuana pour les grandes occasions.

Pardonnez-moi, et acceptez mes salutations.
Frida

Ne soyez pas en colère contre moi, d'accord ?
Je vous envoie le petit pot de fleurs que je vous
avais promis.

Carte pour Diego Rivera
le jour de son anniversaire

8 décembre 1947, Coyoacán

Mon enfant adoré,
Tu sais tout ce que j'aimerais te donner aujour-
d'hui et toute la vie. Si cela se trouvait à portée de
ma main, tu l'aurais déjà.
Je peux au moins t'offrir d'être avec toi dans
tout... mon cœur.

Ta petite
Fisita

Lettre au docteur Samuel Fastlicht

9 janvier 1948, Coyoacán

À Monsieur le docteur Samuel Fastlicht
À remettre en main propre

Cher ami,

Voici enfin le tableau. J'ai tardé plus que ce que nous étions convenus car ces derniers temps j'ai dégusté comme pas deux, d'ailleurs je n'ai pas les mots pour vous le décrire. L'état dans lequel je suis se reflète naturellement dans mon autoportrait. Il ne vous plaira peut-être pas, et vous avez parfaitement le droit de me le dire en toute sincérité. Personnellement, il me plaît beaucoup, car il est l'expression exacte de mes émotions, or c'est ce que recherche tout peintre sincère. Mais c'est vous qui achetez, ce qui change tout. Anita Brenner m'a dit qu'il vous avait paru trop cher. Écoutez, mon ami, n'allez pas me trouver gonflée, bien au contraire, je vends mes tableaux à 3 000 pesos, et à vous, parce que vous avez été si gentil avec moi, je vous le laisse à 2 500, desquels je dois soustraire les 500 que je vous dois pour les molaires, donc il ne m'en restera que *2 000* tout rond, ce qui par les temps qui courent ne vaut pas tripette. Mais je ne veux pas non plus vous forcer la main. Si le marché ne vous convient pas, je peux vous en faire un autre plus petit, qui demande moins de travail, et je vendrai celui-ci ailleurs. C'est juste qu'en ce moment je suis dans une « dèche » pas piquée des hannetons et j'ai besoin de me renflouer. C'est pourquoi je vous l'envoie avec la peinture encore *fraîche*. Dans une semaine, j'irai vous le vernir. Vous savez, mon ami, qu'entre vous et moi la franchise est reine, alors vous pouvez tout me dire. Si vous êtes d'accord pour l'argent, remettez-le, s'il vous plaît, à ma sœur Cristina, la petite qui vous apporte le tableau. Je ne le fais pas moi-même car je me sens aussi en forme qu'un chat tout mouillé.

Des millions de mercis et j'espère que vous comprendrez que je n'essaie surtout pas de vous rouler ou quoi que ce soit dans le genre.

Je vous envoie toute mon affection, et ne me grondez pas si je ne suis pas venue moi-même. Si vous étiez à ma place, vous vous seriez déjà jeté du haut de la cathédrale.

Que la vie vous soit douce en 1948 et toutes les années à venir, c'est le vœu le plus cher de votre camarade et amie sincère.

Frida

Lettres à Diego Rivera

31 janvier 1948

(...) Comme toujours, quand je m'éloigne de toi, j'emporte dans mes entrailles ton monde et ta vie, et de cela je ne peux me remettre.

Ne sois pas triste – peins et vis –

Je t'adore de toute ma vie...

*

23 février 1948

(...) Malheureusement je ne suis plus bonne à rien et tout le monde a usurpé ma place dans cette chienne de vie (...)

Je t'aime tant que les mots ne suffisent pas...

Lettre au président Miguel Alemán Valdés

Strictement personnel et confidentiel

Coyoacán, 29 octobre 1948

À Monsieur le Président du Mexique
Miguel Alemán Valdés
Remis en main propre

Miguel Alemán,

Cette lettre est le fruit de ma très juste indignation et je veux qu'elle arrive entre vos mains afin que vous sachiez que je m'insurge contre un attentat lâche et infamant perpétré dans ce pays en ce moment même.

Je veux parler de cet acte intolérable et sans précédent que les gérants de l'Hôtel Del Prado sont en train de mener à bien en recouvrant avec des planches de bois la peinture murale de Diego Rivera dans le salon-salle à manger dudit hôtel, peinture qui reproduit *la phrase controversée mais néanmoins historique* d'Ignacio Ramírez « Le Nécromant[1] », et

---

1. La phrase en question est « Dieu n'existe pas », insérée sur la peinture murale réalisée par Diego Rivera en 1948, *Songe d'un après-midi dominical sur l'Alameda centrale*. Elle déclencha un véritable scandale, relayé par l'archevêque de Mexico, monseigneur Martínez. (*N.d.l.T.*)

qui pour cette raison déclencha voilà quelques mois les attaques les plus honteuses et injustes dont ait jamais été victime un artiste mexicain.

Après cette agression publicitaire, sale et sournoise, messieurs les hôteliers déposent la cerise sur le gâteau en cachant la peinture derrière des planches... comme si de rien n'était ! Et personne au Mexique ne proteste ! Comme on dit vulgairement : « L'affaire est close. »

Mais moi, oui, je proteste, et je tiens à vous signaler que votre gouvernement est en train d'assumer une énorme responsabilité historique en permettant que l'œuvre d'un peintre mexicain, mondialement reconnu comme l'un des plus hauts représentants de la Culture du Mexique, soit recouverte, cachée aux yeux du peuple de ce pays et à ceux du public international pour des raisons *sectaires, démagogiques et mercenaires.*

Ce genre de crimes contre la culture d'un pays, contre le droit de chaque homme à exprimer ses pensées, ces attentats assassins de la liberté n'ont été perpétrés que sous des régimes comme celui de Hitler, ou, actuellement, sous le gouvernement de Francisco Franco, ou bien encore, par le passé, à l'époque obscurantiste et négative de la « Sainte » Inquisition.

Vous qui représentez à l'heure actuelle la volonté du peuple du Mexique, dont les libertés démocratiques ont été gagnées grâce aux efforts incomparables d'un Morelos ou d'un Juárez et grâce au sang versé par le peuple lui-même, vous ne pouvez pas permettre que quelques actionnaires, de connivence avec quelques Mexicains de mauvaise foi, recouvrent les mots de l'*Histoire du Mexique* et l'œuvre d'un citoyen mexicain que le monde civilisé reconnaît comme l'un des peintres les plus illustres de notre temps.

J'ai honte rien qu'en pensant à pareil outrage.

Je me suis amicalement adressée au directeur de l'Institut national des beaux-arts, notre ami commun Carlos Chávez ; il s'est empressé d'écrire officiellement au Bureau du patrimoine, car cette entité semble la plus indiquée pour protéger les œuvres d'art victimes de conflits comme celui-ci.

Toutes ces démarches bureaucratiques ne mènent en général qu'au silence, malgré la bonne volonté des amis et des fonctionnaires.

Je sais aussi que les lois, malheureusement, ne garantissent pas suffisamment la propriété artistique, mais vous, en tant qu'avocat, vous savez bien que les lois sont et ont toujours été élastiques.

Il est une chose qui ne figure dans aucun code, je veux parler de la conscience culturelle des peuples, qui ne permet pas que l'on construise des appartements dans la chapelle Sixtine de Michel-Ange.

Voilà pourquoi je m'adresse à vous, très simplement et directement, non pas en tant qu'épouse du peintre Diego Rivera, mais en tant qu'artiste et citoyenne du Mexique, et avec le droit que me confère cette citoyenneté je vous demande :

Allez-vous permettre que le *décret présidentiel que vous avez vous-même proclamé* et qui protège les œuvres d'art exécutées sur des bâtiments appartenant à la nation (tel est le cas de l'Hôtel Del Prado, qui est la propriété de la Caisse des allocations, c'est-à-dire des fonctionnaires de ce pays, même si « légalement » c'est une société prête-nom qui figure sur les papiers) soit foulé au pied par quelques marchands sectaires et cléricaux ?

Vous-même, en tant que citoyen mexicain et, surtout, en tant que Président de votre peuple, allez-vous permettre que l'on fasse taire l'Histoire, les mots, l'action culturelle, le message de génie d'un artiste mexicain ?

Allez-vous permettre que l'on détruise la liberté d'expression, l'opinion publique, l'avant-garde de tout peuple libre ?

Tout cela au nom de la bêtise, de l'obscurantisme, de « la triche » et de *la trahison de la démocratie*.

Je vous supplie de vous répondre à vous-même en toute honnêteté, et de réfléchir au rôle historique qui vous incombe, en tant que mandataire du Mexique, face à un fait de cette importance.

Je pose le problème à votre conscience de citoyen d'un pays démocrate.

Vous devez appuyer cette cause, commune à tous ceux qui ne vivent pas sous des régimes maniant l'oppression la plus honteuse et destructrice.

En défendant la culture, vous démontrez à tous les peuples du monde que le Mexique *est un pays libre*. Que le Mexique n'abrite pas le peuple inculte et sauvage des Pancho Villa. Que le Mexique est démocrate et qu'*on y respecte aussi bien les bénédictions de monseigneur l'archevêque Martínez que les paroles historiques du « Nécromant ». On y peint aussi bien des saints et des vierges de Guadalupe que des fresques à contenu révolutionnaire sur les escaliers monumentaux du Palais national.*

Que l'on vienne du monde entier voir combien le Mexique respecte la liberté d'expression !

Vous avez l'obligation de démontrer aux peuples civilisés que vous n'êtes pas un vendu, que le Mexique a versé son sang et qu'il continue à lutter pour libérer le pays des colonisateurs, et ce malgré tous leurs dollars.

L'heure est venue de ne plus tourner autour du pot et de faire valoir votre personnalité de Mexicain, de Président de votre peuple et d'homme libre.

Un mot de vous à messieurs les gérants d'hôtels

sera un exemple de poids dans l'histoire de la liberté gagnée pour le Mexique.

Vous ne devez pas les laisser faire de la démagogie crapuleuse en jouant avec la dignité de l'un de vos décrets et avec le patrimoine culturel du pays tout entier.

Si, dans un moment aussi décisif, vous n'agissez pas comme un authentique Mexicain et vous ne défendez pas vos propres décrets et droits, attendez-vous à voir brûler les livres de science et d'histoire, à voir les œuvres d'art détruites à coups de pierres ou sur des bûchers, à voir les hommes libres se faire expulser du pays, à voir des tortures, des prisons et des camps de concentration !! Je peux vous assurer que très bientôt et sans faire le moindre effort nous afficherons un superbe fascisme *made in Mexico* !

Vous m'avez téléphoné une fois, justement depuis l'atelier de Diego Rivera, pour me saluer et pour me rappeler que nous avions été camarades à l'École préparatoire nationale.

À présent je vous écris pour vous saluer et pour vous rappeler que nous sommes avant tout mexicains et que nous ne laisserons personne, et encore moins des hôteliers version yankee, saisir au collet la culture du Mexique, *racine essentielle de la vie du pays*, en dénigrant et en méprisant les valeurs nationales essentielles au monde entier, en transformant une peinture murale de portée universelle en une puce en habits (Mexican curious).

Frida Kahlo[1]

---

1. Le 2 novembre, Miguel Alemán lui répondit que l'affaire ne relevait pas du président de la République mais du Bureau du patrimoine. Il écrivit : « J'apprécie la vigueur des propos exprimés dans votre lettre et je reconnais que la passion qu'elle abrite est inspirée par une noble fin. »

Lettre à Diego Rivera

4 décembre 1948

Mon enfant adoré,

Je suis chez Cuquita, car je pensais que tu ne viendrais pas hier soir. J'ai encaissé le chèque car j'ai eu besoin d'acheter les médicaments de d'Harnoncourt et je n'avais plus un sou. (Tu me devais 50 pesos et j'en ai donné 40 à Ruth.) Alors pardonne-moi d'avoir pris les devants, mais je n'avais pas d'autre solution.

Tu trouveras ci-joints 685 (six cent quatre-vingt-cinq) pesos.

Le chauffeur de Cuca va me ramener à la maison. Tu vas manger avec moi ? J'ai très envie de te voir, car sans toi la vie ne vaut que dalle.

La camionnette est dans un sale état, c'est à peine si elle démarre. J'espère qu'elle ne mettra pas trop de temps pour arriver. Retrouvons-nous à midi à la maison. Tu es bien arrivé ? Tu n'es pas trop fatigué par le voyage ?

J'espère te retrouver heureux et en bien meilleure santé.

Moi, je suis toujours aussi maigrichonne, patraque et con... templative.

Ta petite
Fisita

Portrait de Diego[1]

Je peindrai ce portrait de Diego avec des couleurs que je ne connais pas : les mots, il sera donc pauvre. De plus, j'aime Diego de telle sorte que je ne peux pas être « spectatrice » de sa vie, je peux seulement en faire partie, ce qui me conduira peut-être à exagérer ce qu'il y a de positif dans sa personnalité unique, en essayant d'estomper ce qui, même de loin, peut le blesser. Ce ne sera pas un portrait biographique : je considère qu'il est plus sincère d'écrire sur le Diego que je crois avoir connu un peu durant ces vingt années vécues auprès de lui. Je ne parlerai pas de Diego comme de « mon époux », car ce serait ridicule ; Diego n'a été, ne sera jamais « l'époux » de personne. Comme d'un amant non plus, car il va bien au-delà des frontières sexuelles ; et si je parlais de lui comme d'un fils, je ne ferais que décrire ou peindre ma propre émotion, presque mon autoportrait, pas celui de Diego. Les choses étant claires, je m'efforcerai de dire l'unique vérité : la mienne, pour ébaucher, dans la limite de mes capacités, son image.

1. Texte publié dans le catalogue de l'exposition *Diego Rivera, cinquante ans de labeur artistique*, organisée par l'INBA et présentée au Palais des beaux-arts de Mexico, d'août à décembre 1949.

SA FORME : avec sa tête asiatique sur laquelle naît une chevelure sombre, si maigre et si fine qu'elle semble flotter dans les airs, Diego est un grand enfant, immense, au visage aimable et au regard un peu triste. Ses yeux globuleux, sombres, très intelligents et grands, sont à grand-peine retenus – presque hors de leurs orbites – par des paupières gonflées et protubérantes, comme celles des batraciens ; ils sont très écartés, plus que d'autres yeux. Ils permettent à son regard d'embrasser un champ visuel plus large, comme s'ils avaient été conçus pour un peintre des espaces et des foules. Entre ces yeux, si distants l'un de l'autre, on devine l'invisible de la sagesse orientale, et il est rare que disparaisse de sa bouche de Bouddha, aux lèvres charnues, son sourire ironique et tendre, la fleur de son image.

En le voyant tout nu, on pense immédiatement à un enfant grenouille, debout sur ses pattes arrière. Sa peau est d'un blanc verdâtre, comme celle d'un animal aquatique. Seuls ses mains et son visage sont plus sombres, parce qu'ils ont été brûlés par le soleil.

Dans le moelleux prolongement de ses épaules juvéniles, étroites et rondes, des bras féminins s'achèvent sur de merveilleuses mains, toutes petites et finement dessinées, sensibles et subtiles comme des antennes qui communiquent avec l'univers tout entier. On a peine à croire que ces mains ont servi à peindre autant et qu'elles travaillent encore inlassablement.

De sa poitrine il faut dire que : s'il avait débarqué sur l'île gouvernée par Sapho, il n'aurait pas été exécuté par ses guerrières. La sensibilité de ses seins merveilleux l'aurait rendu admissible. Bien que sa virilité, spécifique et étrange, le rende également désirable sur les terres des impératrices avides d'amour masculin.

Son ventre, énorme, lisse et tendre comme une sphère, repose sur ses jambes puissantes, belles comme des colonnes, qui se terminent sur de grands pieds, lesquels s'ouvrent vers l'extérieur, en angle obtus, comme pour englober toute la terre et se tenir sur elle invinciblement, tel un être antédiluvien duquel émergerait, au-dessus de la taille, un exemplaire de l'humanité future, à deux ou trois mille ans de nous.

Il dort en position fœtale et lorsqu'il est éveillé, il bouge avec une élégante lenteur, comme s'il vivait dans un milieu liquide. Sa sensibilité, exprimée dans son mouvement, donne à penser que l'air est plus dense que l'eau.

La forme de Diego est celle d'un monstre adorable, que la grand-mère, ancienne Magicienne, la matière nécessaire et éternelle, la mère des hommes et de tous les dieux inventés par ces derniers dans leur délire, suscités par la peur et par la faim, LA FEMME – et parmi elles, MOI – aimerait toujours tenir dans ses bras comme un nouveau-né.

SON CONTENU : Diego est en marge de toute relation personnelle, limitée et précise. Contradictoire comme tout ce qui incite à la vie, il est à la fois caresse immense et décharge violente de forces puissantes et uniques. On le vit en dedans, comme la graine que renferme la terre, et au-dehors, comme les paysages. Certains attendront probablement de moi un tableau personnel de Diego, « féminin », anecdotique, amusant, rempli de plaintes, voire d'un certain nombre de ragots, de ces ragots « décents » que les lecteurs pourraient interpréter ou s'approprier au gré de leur curiosité malsaine. Peut-être espèrent-ils entendre de ma bouche combien « il est douloureux » de vivre avec un homme comme Diego. Mais je ne crois pas que les rives d'un fleuve souffrent de le voir couler, ou que la terre souffre parce qu'il pleut, ni que l'atome souffre de décharger son énergie... Pour moi, tout a une compensation naturelle. Dans mon rôle, difficile et obscur, d'alliée d'un être extraordinaire, j'ai la même récompense qu'un point vert dans une masse de rouge : la récompense de l'*équilibre*. Les peines ou les joies qui régissent la vie dans cette société pourrie par les mensonges dans laquelle je vis ne sont pas les miennes. Si j'ai des préjugés, si les actes d'autrui me blessent, même ceux de Diego Rivera, je me considère responsable de mon incapacité à voir clairement ; et si je n'en ai pas, je dois admettre qu'il est naturel que les globules rouges luttent contre les blancs sans le moindre préjugé et que ce phénomène est seulement synonyme de bonne santé.

N'attendez pas de moi que je dévalorise la fantastique personnalité de Diego, que je respecte profondément, en racontant des bêtises sur sa vie. Je voudrais, bien au contraire, exprimer comme il le mérite, avec la poésie que je ne maîtrise pas, ce que Diego est en réalité.

Sa peinture elle-même parle déjà – prodigieusement – de sa peinture.

Sa fonction en tant qu'organisme humain, les hommes de science s'en chargeront. Quant à sa précieuse contribution sociale révolutionnaire, son œuvre objective et personnelle, je laisse ça à ceux qui sauront mesurer sa transcendance incalculable dans le temps. Mais moi, qui l'ai vu vivre vingt années durant, je n'ai pas les moyens d'organiser et de décrire les images vivantes susceptibles, même faiblement, mais en profondeur, de dessiner les contours les plus élémentaires de sa personne. De ma maladresse ne sortiront que quelques opinions, qui seront le seul matériau que j'aurai à offrir.

Les racines profondes, les influences externes et les véritables causes qui conditionnent la personnalité inégalable de Diego sont si vastes et si complexes que mes observations seront de petites pousses parmi les multiples branches de cet arbre gigantesque qu'est Diego.

Il existe pour moi trois directions ou lignes principales dans son portrait : la première est celle du combattant révolutionnaire constant, dynamique, extraordinairement sensible et plein de vie ; travailleur infatigable lorsqu'il exerce son métier, qu'il connaît comme peu de peintres au monde ; un fantastique enthousiaste de la vie, en même temps toujours mécontent de ne pas avoir pu en savoir davantage, construire davantage et peindre davantage. La deuxième : celle de l'éternel curieux, du chercheur insatiable ; et la troisième : sa carence absolue de préjugés et, par conséquent, de foi, car Diego accepte – comme Montaigne – que là où s'achève le doute commence la bêtise, et celui qui a foi en quelque chose admet la soumission inconditionnelle, sans liberté d'analyser ou de changer le cours des choses. Du fait de cette conception parfaitement claire de la réalité, Diego est rebelle et, parce qu'il connaît merveilleusement la dialectique matérialiste de la vie, Diego est révolutionnaire. De ce triangle, sur lequel sont bâties les autres modalités de Diego, il se détache une sorte d'atmosphère qui englobe le tout. Cette atmosphère mobile est l'amour, mais l'amour en tant que structure générale, en tant que mouvement constructeur de beauté. J'imagine le monde qu'il voudrait vivre comme une grande fête où chaque être prendrait part, hommes et pierres, soleils et ombres, tous mettant à contribution leur beauté et leur pouvoir de création. Une fête de la forme, de la couleur, du mouvement, du son, de l'intelligence, de la connaissance, de l'émotion. Une fête sphérique, intelligente et amoureuse, qui recouvre la surface de la terre. Pour mener à bien cette fête, il lutte continuellement et il offre tout ce qu'il a : son génie, son imagination, ses mots et ses actions. Il lutte à chaque instant pour gommer de l'homme la peur et la bêtise.

À cause de son profond désir d'aider à rendre la société dans laquelle il vit plus belle, plus saine, moins douloureuse et plus intelligente, et parce qu'il met au service de cette Révolution sociale, inéluctable et positive, toute sa force de création, son génie bâtisseur, sa sensibilité pénétrante et son travail constant, Diego est continuellement l'objet d'attaques. Durant ces vingt dernières années, je l'ai vu lutter contre l'engrenage complexe des forces négatives contraires à son élan de liberté et de transformation. Il vit dans un monde hostile car l'ennemi est majorité, mais ça ne lui fait pas peur et, tant qu'il vivra, de ses mains, de ses lèvres et de tout son être sortiront de nouveaux souffles de combat, vivants, courageux et profonds.

Comme Diego, d'autres se sont battus, tous ceux qui ont apporté une lumière sur la terre ; comme eux, Diego n'a pas d'« amis », seulement des alliés. Ceux qui émergent d'eux-mêmes sont magnifiques : une intelligence brillante, une connaissance claire et profonde du matériau humain à l'intérieur duquel il travaille, une solide expérience, une grande culture acquise non pas dans les livres, mais inductive et déductive ; un génie et un désir de construire, avec des fondements de réalité, un monde dépourvu de lâcheté et de mensonge. Dans la société dans laquelle il vit, nous sommes ses alliés, nous qui, comme lui, avons compris la nécessité impérative de détruire les bases erronées du monde actuel.

Aux lâches agressions dont il est victime, Diego réagit avec fermeté et un grand sens de l'humour. Jamais il ne transige ni ne cède : il affronte ouvertement ses ennemis, sournois pour la plupart, courageux pour certains, en comptant toujours sur la réalité, jamais sur « l'illusion » ou « l'idéal ». Cette intransigeance et cette révolte sont fondamentales chez Diego ; elles viennent compléter son portrait.

Parmi les nombreuses choses que l'on raconte sur Diego, voici les plus courantes : on le dit mythomane, en quête de publicité et, plus ridicule encore, millionnaire. Sa prétendue mythomanie est directement liée à son imagination débordante, entendez par là qu'il est aussi menteur que les poètes ou que les enfants qui n'ont pas encore été abrutis par l'école ou par leurs mères. Je l'ai entendu dire des tas de mensonges : des plus innocents aux histoires les plus compliquées, avec des personnages que son imagination accompagne de situations et de comportements fantastiques, faisant preuve toujours d'un merveilleux sens critique et de beaucoup d'humour ; mais jamais je ne l'ai entendu prononcer un mensonge stupide ou banal. En mentant, ou en jouant à mentir, il en démasque plus d'un, il découvre le mécanisme intérieur de certains, bien plus ingénument menteurs que lui ; et le plus étrange, c'est qu'à plus ou moins long terme ceux qui se trouvent mêlés à ses mensonges se mettent en colère, non pas à cause du mensonge, mais à cause de la vérité qu'il contient et qui finit toujours par émerger. C'est alors que « le poulailler entre en ébullition », car ils se sentent découverts là où ils se croyaient protégés. Ce qui se passe en fait, c'est que Diego est l'un des rares à oser attaquer à la base, de face et sans crainte, cette structure dite MORALE de la société hypocrite dans laquelle nous vivons, et comme la vérité n'est pas toujours facile à entendre, ceux dont il a mis au jour les mobiles les plus secrets ne peuvent que l'accuser de mentir ou, au moins, d'exagérer.

Il paraît qu'il recherche la publicité. J'ai plutôt remarqué que ce sont les autres qui cherchent à s'en faire à ses dépens, pour servir leurs propres intérêts, sauf qu'ils utilisent des méthodes de Jésuites sans savoir les appliquer, ce qui se traduit en général par « un coup d'épée dans l'eau ». Diego n'a pas besoin de publicité, et encore moins de celle qu'on lui offre dans son propre pays. Son travail parle de lui-même. Parce qu'il s'y est attelé, non seulement en terre mexicaine, où plus qu'ailleurs il est insulté de façon éhontée, mais aussi dans tous les pays civilisés du monde, où il est reconnu comme l'un des hommes les plus importants et géniaux dans le domaine de la culture. Il est d'ailleurs incroyable que les insultes les plus viles, les plus lâches et les plus stupides aient été vomies sur Diego dans sa propre maison : le Mexique. Par le biais de la presse, par le biais d'actes de barbarie et de vandalisme destinés à détruire son œuvre, en utilisant les innocentes ombrelles de ces dames « bien sous tous rapports » pour lacérer hypocritement ses peintures, comme par inadvertance, mais aussi les acides et les couteaux de table, sans oublier le banal crachat, à la hauteur de ceux qui sont aussi pleins de salive que vides de cervelle ; par le biais de graffitis sur les murs de nos rues, dont les termes sont inappropriés à un peuple si catholique ; par le biais de bandes de jeunes « bien élevés » qui jettent des pierres sur sa maison et sur son atelier, détruisant ainsi d'irremplaçables œuvres d'art mexicain précortésien – qui font partie des collections de Diego – avant de partir en courant une fois leur forfait accompli ; par le biais de lettres anonymes (à quoi bon mentionner le courage de leurs expéditeurs) ou par celui du silence, neutre et pilatien, des individus au pouvoir, chargés de protéger ou de diffuser la culture pour préserver la renommée du pays et n'accordant jamais la « moindre importance » à de telles attaques contre l'œuvre d'un homme qui, par son génie, par sa force créatrice, unique, essaie de défendre, pour lui mais aussi pour tous, la liberté d'expression.

Toutes ces manœuvres, dans l'ombre ou en pleine lumière, se font au nom de la démocratie, de la moralité, de Vive le Mexique ! – on entend parfois aussi Vive le Christ Roi ! Toute cette publicité que Diego ne recherche pas, dont il n'a cure, est la preuve de deux choses : le travail, l'œuvre tout entière, l'indiscutable personnalité de Diego sont d'une importance telle que ceux dont il dévoile l'hypocrisie et les honteux projets arrivistes ne peuvent les ignorer ; et l'état de faiblesse déplorable dans lequel se trouve un pays – semi-colonial – qui laisse se dérouler en 1949 ce qui n'aurait pu arriver qu'au Moyen Âge, sous la Sainte Inquisition, où à l'époque où Hitler dominait le monde.

Pour reconnaître l'homme, le peintre merveilleux, le combattant courageux et le révolutionnaire intègre, ils attendent sa mort. Tant qu'il sera en vie, il y aura des « mâles », éduqués dans l'art de la calomnie, pour continuer à jeter des pierres sur sa maison, pour l'insulter anonymement ou par le biais de la presse de son propre pays, et il y en aura d'autres, encore plus « mâles », des *bouches cousues*, qui s'en laveront les mains et entreront dans l'histoire drapés dans la bannière de la prudence.

On le dit aussi millionnaire... Voici l'unique vérité sur les millions de Diego : étant artisan, et non prolétaire, il possède ses propres outils de production – ou de travail –, c'est-à-dire une maison dans laquelle il vit, les vêtements qu'il porte et une camionnette bien mal en point qui lui est aussi utile qu'une paire de ciseaux à un tailleur. Son trésor est une collection de merveilleuses sculptures, des joyaux de l'art indigène, le cœur vivant du Mexique vrai, acquises au long de trente années au moins, au prix d'ineffables sacrifices financiers, et qui prendront place dans le musée qu'il a commencé à construire il y a sept ans, fruit de son effort créateur et de son effort financier, en d'autres termes grâce à son merveilleux talent et grâce au prix que l'on paie pour ses peintures ; il en fera don à son pays, léguant ainsi au Mexique la source de beauté la plus prodigieuse qui ait jamais existé, un cadeau pour les yeux des Mexicains qui en ont, et de quoi méduser le reste du monde. En dehors de ça, il ne possède rien d'autre que sa force de travail. L'an dernier, il n'avait pas assez d'argent pour sortir de l'hôpital, où il était entré pour une pneumonie. Encore convalescent, il s'est remis à peindre pour pouvoir payer les frais de la vie quotidienne et les salaires des ouvriers qui, comme au temps des compagnons de la Renaissance, collaborent avec lui pour bâtir l'œuvre magnifique du *pedregal*.

Mais Diego ne change pas sous le coup des insultes et des attaques. Elles font partie des phénomènes sociaux d'un monde en décadence, rien de plus. La vie tout entière continue à l'intéresser et à l'émerveiller, car elle est changeante, et chaque chose le surprend par sa beauté, et rien ne le *déçoit* ni ne l'effraie car il connaît le mécanisme dialectique des phénomènes et des événements.

En fin observateur, il a su mener à bien une expérience qui, alliée à sa connaissance – interne, dirai-je – des choses et à son intense culture, lui permet de remonter aux causes. Tel un chirurgien, il ouvre pour voir, pour découvrir au plus profond, bien caché, quelque chose de vrai, de positif, pour améliorer la condition et le fonctionnement des organismes. Voilà pourquoi Diego n'est ni défaitiste ni triste. Il est fondamentalement un bâtisseur et, surtout, un architecte. Il est un architecte dans sa peinture, dans sa façon de penser et dans son désir passionné de structurer une société anonyme, fonctionnelle et solide. Il compose avec des éléments précis, mathématiques. Peu importe si la composition est un tableau, une maison ou une argumentation. Ses fondations sont la réalité. La poésie contenue dans ses œuvres est celle des nombres, celle des sources vives de l'histoire. Ses lois, les lois physiques et fermes qui régissent la vie tout entière, depuis les atomes jusqu'aux soleils. Ses peintures murales sont la preuve magnifique du génial architecte qu'il est ; elles s'assemblent et vivent avec la construction du bâtiment qui les contient, avec leur propre fonction matérielle et organisée.

L'œuvre fabuleuse qu'il est en train de bâtir dans le village de San Pablo Tepetlapa et qu'il a nommée *Anahuacalli* (« la maison d'Anahuac »), destinée à conserver son inégalable collection de sculptures mexicaines anciennes, mêle les formes anciennes et nouvelles ; elle est une création magnifique qui fera perdurer et revivre l'incomparable architecture du Mexique. Elle grandit au milieu du paysage incroyablement beau du *pedregal*, telle une énorme cactacée en train de regarder l'Ajusco, sobre et élégante, forte et fine, ancienne et pérenne ; elle crie, d'une voix sortie des siècles et des jours, du fond de ses entrailles de pierre volcanique : Le Mexique est vivant ! Comme la Coatlicue, elle englobe la vie et la mort ; comme le terrain magnifique où elle est érigée, elle embrasse la terre aussi fermement qu'une plante vivante et permanente.

Comme il travaille tout le temps, Diego ne vit pas vraiment une vie normale. Son énergie vient à bout des montres et des calendriers. Matériellement, il manque de temps pour lutter, sans repos, en projetant et en réalisant constamment son œuvre. Il engendre et reçoit des ondes difficilement comparables à d'autres, et le résultat de son mécanisme récepteur et créateur, tellement vaste, tellement immense, ne le satisfait jamais. Les images et les idées s'écoulent dans son cerveau sur un rythme différent de celui du commun des mortels, voilà pourquoi sa persévérance sans bornes et son désir d'aller toujours plus loin sont irrépressibles. Ce mécanisme le rend indécis. Son indécision est superficielle car il finit par faire ce dont il a envie, avec une volonté certaine et programmée. Rien ne dépeint mieux cette modalité de son caractère que ce qu'un jour m'a raconté sa tante Cesarita, la sœur de sa mère. Elle se rappelait que, quand Diego était tout petit, il était entré dans un magasin – un de ces bazars pleins de magie et de surprises, dont nous gardons tous un tendre souvenir – et, debout face au comptoir, tenant quelques sous dans la main, il avait balayé du regard tout l'univers contenu dans ce magasin, en hurlant : « Qu'est-ce que je veux ! » Le magasin s'appelait L'Avenir, et cette indécision de Diego a duré toute sa vie. Mais bien qu'il ne se décide que très rarement à choisir, il porte en lui une ligne-vecteur pointée vers le centre de sa volonté et de son désir.

En tant qu'éternel curieux, il est aussi un éternel parleur. Il peut peindre des heures et des jours sans se reposer, en conversant tout en travaillant. Il parle et il discute de tout, absolument de tout, en savourant, comme Walt Whitman, chaque moment passé avec ceux qui veulent bien l'écouter. Sa conversation est toujours intéressante. Il a de ces phrases, étonnantes, parfois blessantes, ou bien émouvantes, mais jamais il ne laisse à celui qui l'écoute une sensation d'inutilité ou de vide. Ses mots inquiètent tant ils sont vifs et vrais. Ses idées sont si crues qu'elles énervent ou perturbent son auditoire, car elles défient les normes de conduite préétablies ; elles déchirent l'écorce pour que naissent de nouvelles pousses ; elles blessent pour laisser grandir des cellules neuves. Quelques-uns, les plus forts, trouvent que la conversation pleine de vérité de Diego est monstrueuse, cruelle, qu'elle tient du sadisme ; d'autres, les plus faibles, sont anéantis et leur défense consiste à le traiter de menteur et de fantaisiste. En fait, chacun tente de se défendre comme on se défend contre un vaccin, quand on se fait vacciner pour la première fois de sa vie. Ils invoquent l'espoir ou je ne sais quoi qui pourra les délivrer du danger de la vérité. Mais Diego est dépourvu de foi, d'espoir et de charité. Il est par nature extraordinairement intelligent et il n'admet pas les fantasmes. Il tient fermement à ses idées, jamais il ne cède, et il frustre tous ceux qui s'abritent derrière la croyance ou la fausse bonté. Alors on le dit amoral et – effectivement – il n'a rien à voir avec ceux qui respectent les lois ou les normes de la morale.

Au beau milieu de la tourmente que représentent pour lui la montre et le calendrier, il tente de faire et de laisser faire ce qu'il considère juste dans la vie : travailler et créer. Il affronte le reste, en d'autres mots jamais il ne méprise la valeur des autres, mais il défend la sienne, car il sait que cela veut dire rythme et correspondance avec le monde de la réalité. En échange du plaisir, il donne du plaisir ; en échange de l'effort, il donne de l'effort. Mieux doté que d'autres, il offre une sensibilité supérieure en quantité et en qualité et n'attend qu'une seule chose en retour : de l'entendement. Parfois il n'y parvient pas, il ne jette pas l'éponge pour autant. Bien des conflits que sa personnalité supérieure déchaîne dans la vie quotidienne viennent de ce dérèglement naturel provoqué par ses idées révolutionnaires, là où d'autres sont captifs de la rigueur et de la norme. Les problèmes du foyer, pour ainsi dire, que nous sommes plusieurs femmes à avoir connus en partageant la vie de Diego, sont du même ordre. Diego possède une profonde conscience de classe et du rôle que tiennent les autres classes sociales dans le fonctionnement général du monde. Parmi les personnes qui ont vécu à ses côtés, nous sommes un certain nombre à vouloir être les alliées de la cause pour laquelle il travaille et se bat, mais ce n'est pas le cas de toutes. D'où une série de conflits auxquels il s'est trouvé mêlé, mais dont il n'est pas responsable, car sa position est claire et transparente. Son unité humaine, dépourvue de préjugés, du fait de son génie, de son éducation ou de ses transformations, n'est pas responsable de l'inaptitude des autres, ni des conséquences que cette dernière peut avoir sur la vie sociale. Il travaille pour que toutes les forces profitent les unes des autres et s'organisent dans une plus grande harmonie.

Avec quelles armes peut-on se battre pour ou contre un homme qui est plus près de la réalité, plus dans la vérité ? Avec des armes morales, c'est-à-dire normées selon les convenances de telle personne ou de tel secteur humain ? Non, elles ne pourront être qu'amorales, rebelles à tout ce qui est communément admis comme bon ou mauvais. Moi – avec mon entière responsabilité –, j'estime que je ne peux être contre Diego, et si je ne suis pas une de ses meilleures alliées, je voudrais l'être. On peut déduire beaucoup de choses de ma posture dans cet essai, tout dépend de qui déduit ; mais ma vérité, la seule que je puisse fournir à propos de Diego, se trouve ici. Limpide, non mesurable sur les sincéromètres, qui d'ailleurs n'existent pas, issue de ma propre conviction, de mon expérience.

Aucun mot ne pourra décrire l'immense tendresse de Diego à l'égard de ce qui renferme de la beauté, son affection pour les êtres qui n'ont rien à voir avec cette société de classes, ou son respect pour ceux qui sont opprimés par cette dernière. Il manifeste une adoration particulière à l'égard des Indiens, à qui il est lié par le sang ; il les aime profondément pour leur élégance, pour leur beauté et parce qu'ils sont la fleur vivante de la tradition culturelle de l'Amérique. Il aime les enfants, tous les animaux, avec une préférence pour les chiens mexicains sans poils et pour les oiseaux, il aime aussi les plantes et les pierres. Il aime tous les êtres, sans pour autant être docile ou neutre. Il est très affectueux mais ne se livre jamais entièrement ; pour cette raison, et parce qu'il n'a presque pas de temps à consacrer aux relations personnelles, on le dit ingrat. Il est respectueux et fin, et rien ne lui fait plus violence que le manque de respect et la tromperie. Il ne supporte pas les ruses et les fourberies, le mensonge « sous cape ». Il préfère avoir des ennemis intelligents que des alliés stupides. Il est d'un caractère plutôt gai, mais il se met hors de lui quand on lui fait perdre du temps dans son travail. Ses loisirs, c'est le travail ; il déteste les soirées mondaines et se délecte dans les fêtes populaires. Il est parfois timide et, de même qu'il adore converser avec les uns et les autres, parfois il aime être absolument seul. Il ne s'ennuie jamais car tout l'intéresse ;

il étudie, analyse et approfondit toutes les manifestations de la vie. Il n'est pas sentimental mais intensément émotif et passionné. L'inertie le désespère car il est un courant continu, vif et puissant. Du fait de son extraordinaire bon goût, il admire et apprécie tout ce qui contient de la beauté, qu'elle vibre à l'intérieur d'une femme ou d'une montagne. Parfaitement équilibré dans toutes ses émotions, ses sensations et ses actes, mus par une dialectique matérialiste, précise et bien réelle, il ne se livre jamais vraiment. Comme les cactus de sa terre, il grandit, fort et prodigieux, dans le sable comme sur la pierre ; il fleurit d'un rouge vif, d'un blanc transparent et d'un jaune solaire ; couvert d'épines, il garde au fond de lui sa tendresse ; il vit avec sa sève puissante dans un milieu féroce ; il illumine, solitaire, tel un soleil vengeur sur le gris de la pierre ; ses racines vivent même quand on l'arrache à la terre, dépassant l'angoisse de la solitude et de la tristesse et de toutes les faiblesses qui en font ployer d'autres. Il se soulève avec une force surprenante, et comme nulle autre plante il fleurit et donne des fruits.

Lettre au docteur Samuel Fastlicht

Hôpital anglais, 12 janvier 1950

Cher docteur Fastlicht,

Excusez-moi de vous importuner. Je suis encore à l'hôpital vu que « pour changer » on m'a une nouvelle fois opérée de la colonne. Je ne rentrerai que demain samedi chez moi, à Coyoacán. Et, toujours corsetée et dans la m...hélas ! Mais je garde espoir, je vais essayer de me remettre à peindre le plus vite possible.

Bon, cher docteur, voilà pourquoi je viens vous enquiquiner : le bridge d'en haut s'est cassé. Je ne peux pas vous l'envoyer ou bien je vais avoir l'air d'une tête de mort ! Qu'est-ce que je fais ? En revanche, je vous envoie celui d'en bas : ça fait un bail que je ne peux pas le porter, il me fait mal là où les crochets se coincent dans les dents. Là aussi, je vous le demande : qu'est-ce que je fais ? Je ne peux pas manger correctement, c'est la poisse.

Je ne peux pas aller vous voir et je ne vais quand même pas vous demander de vous déplacer, avec tout ce que vous avez à faire.

Bref, je m'en remets à votre bonne volonté et à votre gentillesse.

À partir de dimanche, je serai à Coyoacán, 59, rue

Allende (vous êtes le bienvenu). Pouvez-vous me faire porter un message ou m'appeler au 10-52-21 ?

Recevez mille remerciements et les salutations chaleureuses de votre amie,

Frida

Lettre au docteur Leo Eloesser

Coyoacán, 11 février 1950

Mon très cher petit docteur,

J'ai reçu ta lettre et le livre ; mille mercis pour ta merveilleuse tendresse et ton immense générosité.

Comment vas-tu ? Quels sont tes projets ? Moi, je suis comme tu m'as laissée le dernier soir où je t'ai vu, toujours dans les mêmes affres.

Le docteur Glusker m'a ramené un certain docteur Puig, chirurgien ostéologue catalan élevé aux États-Unis. Il est du même avis que le tien, il pense qu'il faut amputer les orteils, mais d'après lui il vaut mieux amputer jusqu'aux métatarses, pour que la cicatrisation soit moins lente et moins dangereuse.

Jusqu'à présent, j'ai eu cinq avis convergents : *amputation*. La seule chose qui change, c'est l'endroit où amputer. Je ne connais pas bien le docteur Puig et je ne sais pas quoi décider, car cette opération est tellement fondamentale que j'ai peur de faire une connerie. Je te supplie de me donner ton avis et de me dire sincèrement ce que je dois faire. Je ne peux pas me rendre aux États-Unis pour les raisons que tu connais, et puis parce que c'est une grosse somme d'argent, que je n'ai pas, et je déteste demander à Diego, surtout en ce moment où ça représente un effort encore plus lourd pour lui, vu que le peso vaut de la *merde*. Si en soi l'opération n'est pas la mer à boire, penses-tu que ces gens pourront la pratiquer ? Est-ce qu'il ne vaudrait pas mieux attendre que tu puisses venir, ou bien trouver le fric pour aller là-bas me faire opérer par toi ? Je suis désespérée, parce que s'il faut vraiment en passer par là, alors autant se débarrasser du problème le plus vite possible, tu ne crois pas ?

Du haut de mon lit, j'ai l'impression d'être un chou en train de végéter et, en même temps, je pense qu'il faut bien réfléchir pour obtenir un résultat positif d'un point de vue strictement mécanique. C'est-à-dire : pouvoir marcher, pour pouvoir travailler. Mais on me dit que, vu l'état lamentable dans lequel est ma jambe, la cicatrisation sera lente et que je serai incapable de faire le moindre pas durant des mois.

Un jeune médecin, le docteur Julio Zimbrón, me propose un traitement bizarre sur lequel je voudrais avoir ton opinion, parce que j'ignore jusqu'à quel point il peut donner des résultats positifs. Il m'assure que ma gangrène *disparaîtra*. Il s'agit d'injections *sous-cutanées* de *gaz légers :* hélium, hydrogène, oxygène... Toi, comme ça, à vue d'œil, qu'est-ce que tu en penses ? Je ne risque pas l'embolie ? Il me fait plutôt peur... Il dit qu'avec son traitement je n'aurais pas besoin d'être amputée. Tu crois que c'est vrai ?

Ils me rendent folle et me sapent le moral. Qu'est-ce que je dois faire ? Je perds la boule et j'en ai marre de cette saloperie de pied, je voudrais me remettre à peindre et oublier tous ces problèmes. Mais c'est peine perdue, je n'ai plus qu'à ronger mon frein en attendant de trouver une solution...

S'il te plaît, mon joli, sois gentil et conseille-moi, dis-moi ce que je dois faire.

Le livre de Stilwell a l'air fantastique. Pourvu que tu puisses m'en trouver d'autres sur le Tao, et aussi les livres d'Agnes Smedley sur la Chine.

Quand te reverrai-je ? Ça me fait tellement de bien de savoir que tu m'aimes vraiment et que, où que tu sois, tu me cièles (comme le ciel). Je regrette de ne t'avoir vu que quelques heures la dernière fois. Si j'allais mieux, j'irais te rejoindre pour t'aider et faire en sorte que les « gens » deviennent des êtres utiles à leur prochain et à eux-mêmes. Mais dans l'état où je suis, je me demande bien à quoi je pourrais servir.

Je t'adore.

Ta Frida

Lettre à Diego Rivera

Pour M. Diego de la part de Frida

Coyoacán, 17 février 1950

Diego, mon enfant, prunelle de mes yeux, voici le reçu envoyé par Coqui (dans l'enveloppe que tu as toi-même envoyée).

Les radios sont bien faites. Tu les verras ce soir.

Je t'ai fait une copie du compte rendu, pour que tu le lises. Ne le perds pas, s'il te plaît.

Mange bien, mon amour, et rentre tôt.

Ton ancienne Magicienne clouée au lit.

Ta
Frida

Lettre au docteur Samuel Fastlicht

Coyoacán, 1ᵉʳ février 1951

Cher camarade,

Voici les dents. J'ai dessiné en rouge ce qui me fait le plus mal. La gencive est presque ulcérée et vous pouvez imaginer dans quel état est votre amie : elle crache du feu ! Mais je vous suis tellement reconnaissante de votre gentillesse que je n'ai pas les mots pour vous exprimer mes sentiments.

Dites-moi, cher ami, cela vous embêterait-il beaucoup de me prescrire deux ampoules de Demerol, histoire de bien dormir aujourd'hui et demain ? On ne les vend que sur ordonnance de narcotiques.

Vous n'imaginez pas à quel point je vous serais reconnaissante d'avoir la bonté de me les prescrire. J'en ai assez bavé, pas vrai ?

Mille mercis et de tendres salutations accompagnées d'un baiser de

Frida[1]

---

1. D'après les souvenirs de Graciela, la fille du docteur Samuel Fastlicht, celui-ci avait préféré détruire l'ordonnance pour éviter que sa sympathie à l'égard de Frida Kahlo ne le conduise à commettre une erreur.

Portrait de Wilhelm Kahlo

1951[1]

J'ai peint mon père Wilhelm Kahlo, d'origine germano-hongroise, artiste photographe de son métier,
au caractère généreux, intelligent et fin, courageux
car il a souffert d'épilepsie durant soixante-dix ans,
ce qui ne l'a pas empêché de travailler et de lutter
sans relâche contre Hitler.

Avec adoration, sa fille,

Frida Kahlo

---

1. Ce texte est écrit sur la partie inférieure du tableau
Portrait de Wilhelm Kahlo, peint en 1951.

Message pour Diego Rivera

Mon enfant,

Merci pour tes fleurs merveilleuses, je veux dire nos fleurs.

Mon amour, si ça me permet de te voir, peu importe que tu me réveilles. Ma seule préoccupation, c'est que toi, tu arrives à bien te reposer.

Dors là où ça t'arrange. J'attendrai que tu puisses venir plus calmement. Ne travaille pas trop, fais bien attention à tes petits yeux.

Je t'envoie, comme toujours, mon cœur tout entier.

Ta petite
ancienne Magicienne
Fisita

Lettre à Antonio Rodríguez[1]

(...) Certains critiques ont tenté de me classer parmi les surréalistes, mais je ne me considère pas comme telle (...) En fait, j'ignore si mes tableaux sont surréalistes ou pas, mais je sais qu'ils sont l'expression la plus franche de moi-même (...) Je déteste le surréalisme. Il m'apparaît comme une manifestation décadente de l'art bourgeois. Une déviation de l'art véritable que les gens espèrent recevoir de l'artiste (...) J'aimerais que ma peinture et moi-même nous soyons dignes des gens auxquels j'appartiens et des idées qui me donnent de la force (...) J'aimerais que mon œuvre contribue à la lutte pour la paix et la liberté...

1. Critique d'art, journaliste, agent artistique et photographe.

Note pour Elena Vázquez Gómez
et Teresa Proenza[1]

Samedi 21 juin 1952

Elenita et Tere, préférées de mon cœur,

Pardonnez-moi d'être partie à toute allure et d'avoir traîtreusement déserté Coyoacán *sans même passer vous voir.* Mais je vous porte en moi, *toujours.* C'est juste pour deux jours, n'en déplaise à Clemente Robles, qui préférerait que ce soit huit, mais je vais lui monter un redoutable « stradivarius ». Je serai de retour lundi ou mardi.

En mon absence, Dieguito se mariera peut-être avec une princesse de haut rang ou une proie des bas-fonds. Il est pardonné *for ever.*

Au nom de ce que vous avez de plus précieux dans le vacarme de ce monde, je vous supplie d'être *près* de lui, de notre grand petit enfant magnifique, c'est pour moi la seule façon de partir tranquille.

Je vous laisse mon amour. Soyez sage et que la vie vous soit clémente.

Votre sœur qui vous adore,

Frida

1. Toutes les deux amies intimes et assistantes de Frida Kahlo et Diego Rivera.

Présentation d'Antonio Peláez[1]

Antonio Peláez, peintre qui a su capter l'essentiel de l'âme mexicaine et dont l'œuvre me semble prodigieuse par son contenu, sa qualité humaine et sociale.

Notre peuple peut être fier de compter un peintre aussi admirable, qui connaît son métier, son rôle dans la société, conscient de la beauté qu'il offre aux yeux du Mexique et du monde avec l'humilité la plus honnête et pure.

Frida Kahlo

---

1. Pour une exposition à la Galerie d'art contemporain de Lola Álvarez Bravo, 23 octobre/8 novembre 1952, où Antonio Peláez (1921-1994) présenta essentiellement des portraits (peintures ou dessins), parmi lesquels ceux de Frida Kahlo, Ruth Rivera, Lupe Marín et Guadalupe Amor.

Message pour Carlos Chávez

Coyoacán, décembre 1952

Carlitos,

Alma Reed vient de m'appeler, elle dit que tu es tout à fait disposé à me prêter ton tableau. Tu n'imagines pas à quel point je t'en suis reconnaissante car c'est la première fois que Lola Álvarez Bravo fait une exposition complète de mes œuvres. (Jamais, comme tu le sais, ça n'a eu lieu au Mexique.) Comment vas-tu ? Cela fait des siècles que je vis prisonnière de mon lit, sauf certains jours où des amis viennent me chercher pour me faire faire une promenade.

Salue tendrement ta famille de ma part. Et toi, comme toujours, reçois toute ma tendresse.

Frida Kahlo

Tu peux remettre en toute confiance le tableau au porteur de cette lettre[1].

1. Carlos Chávez répondit favorablement à la demande de Frida. Mais le tableau (*Nature morte*, 1942) ne fut jamais rendu à son propriétaire, malgré les demandes réitérées de Carlos Chávez. C'est probablement la conséquence d'une dispute entre Diego Rivera et Carlos Chávez, à propos d'une peinture murale transportable (*Cauchemar de guerre et rêve de paix*) exposée dans le hall du Palais des beaux-arts, à Mexico, qui fut

subrepticement retirée de son châssis le 17 mars 1952, afin qu'elle ne puisse pas participer à l'exposition *Vingt siècles d'art mexicain*, qui allait être présentée dans plusieurs capitales européennes. Le tableau *Nature morte* est actuellement exposé au musée Frida Kahlo de la ville de Mexico. Dans une lettre à Fernando Gamboa datant du 24 février 1978, où il est question d'un autre tableau prêté, Carlos Chávez déclara : « Diego Rivera m'a volé le tableau de Frida. »

Carte pour Diego Rivera
le jour de son anniversaire

Mes sincères félicitations à mon petit Diego

Coyoacán, 8 décembre 1952

Mon enfant,
Ta camarade est restée là, joyeuse et forte comme
il se doit ; elle attend ton retour prochain, pour t'ai-
der, t'aimer pour toujours et en PAIX.
Ton ancienne Magicienne,
Frida

Message pour Diego Rivera, Teresa Proenza et Elena Vázquez Gómez[1]

Mes divines petites Elenita gout of mi Teresita,
Dieguito, mon enfant, ma vie,
Votre gosse vous envoie le petit tableau pour Ehrenbourg[2]. Je vous supplie de le faire prendre en photo (un agrandissement) par M. Zamora[3]. Elenita et Teresita trouveront le moyen de le faire parvenir à bon port.
Vous me manquez autant que l'air. Tenez sans faute votre promesse de venir samedi prochain rendre visite à votre peintre folledingue.

Fisita Kahlito

1. Message rédigé au dos d'un collage réalisé par Frida avec des morceaux de cartes postales, des décalcomanies, ainsi que des touches d'aquarelle.
2. Diego Rivera avait rencontré son vieil ami Ilia Ehrenbourg à Vienne en 1952, à l'occasion du Congrès des peuples pour la paix (du 12 au 19 décembre). Ils eurent une discussion tendue à propos des différentes tendances artistiques. Ces divergences de vues eurent des répercussions à Mexico, surtout après que Frida les eut commentées avec Dionisio Encinas, secrétaire du Parti communiste mexicain, auquel elle avait adhéré. Il est fort possible que, pour arrondir les angles, Diego Rivera lui ait demandé de réaliser une miniature pour l'envoyer à l'écrivain russe.
3. Guillermo Zamora était alors le photographe attitré de Diego Rivera.

(...) Il faut trouver un moyen pour que j'envoie Staline[1] (...)

1. À cette époque, Frida travaillait sur un portrait de Staline qui ne sortit jamais de son atelier.

Message pour Guadalupe Rivera Marín[1]

Ma belle Piquitos,

Dommage que tu n'aies pas pu venir, mais j'espère te voir tout bientôt. En attendant, je t'envoie un million de baisers. Pareil à Pablito. Et salue tendrement Ernesto.

Dis donc, ma belle, l'article sur moi est *plutôt minable*, tu ne trouves pas toi aussi ? Mais bon, s'il a été accepté par la revue, qu'ils le publient. Merci de m'avoir avertie, vu que Loló[2] ne me l'avait même pas montré. Ton père le trouve pas mal.

Mille baisers de ta

Fridu

1. Fille de Diego Rivera et de sa seconde épouse Guadalupe Marín.
2. Loló de la Torriente, journaliste et écrivain cubaine, auteur de *Mémoire et raison de Diego Rivera*.

Sur une feuille couverte de dessins surréalistes

Sentir dans ma propre douleur
la douleur de tous ceux qui
souffrent et puiser mon courage
dans la nécessité de
vivre pour me battre
pour eux

Frida

Sur une radiographie

[*Elle a dessiné à l'encre bleue et rouge son torse et ses pieds collés à ses côtes. Au centre, un vagin. Des gouttes s'écoulent de ses seins. Les mains collées à des moignons de bras. Sur sa gauche, un astre aqueux.*]

Diego mon amour
Une farce à l'état pur, Freud lui-même ne s'y intéresserait pas.
Pourquoi me suis-je mise à dessiner ce qui me pousse à détruire ?
Je veux construire. Mais je ne suis qu'une partie insignifiante quoique importante d'un tout dont je n'ai pas encore conscience. Rien de neuf à l'intérieur de moi. Rien que des vieilleries et des idioties léguées par mes parents.
Qu'est-ce que la joie ?
La création au moment de la découverte.
La connaissance du reste
C'est un héritage vide
Lorsqu'on n'a pas de talent et qu'on a de l'inquiétude il vaut mieux disparaître et laisser les autres « essayer ».
RIEN
MERDE
Tout peut renfermer de la beauté, même la pire horreur.

Il vaut mieux se taire.
Qui s'y connaît en chimie ?
    "   "   biologie ?
    "   "   vie ?
    "   "   construction des choses ?
Comme elle est merveilleuse, la vie avec Frida.

Écrit pour Diego Rivera

Matière miniaturée
martyre marmelade
mitraille micron

Rameaux, marées amèrement entrèrent dans les
yeux égarés. Grandes ourses, voix basse, lumière.

Diego,
C'est la vérité vraie : je ne voudrais ni parler, ni
dormir, ni ouïr, ni aimer. Me sentir enfermée sans
avoir peur du sang, sans le temps ni la magie, dedans
ta propre peur, dedans ta grande angoisse, au sein du
bruit de ton cœur.

Toute cette folie, si je te la demandais, je sais
qu'elle ne serait, pour ton silence, rien que du
trouble.

Je te demande de la violence dans la déraison, toi
tu me donnes grâce, nid, lumière, chaleur.

J'aimerais te peindre, mais je manque de couleurs
– tant il y en a ! – dans ma confusion. La forme
concrète de mon grand amour.

À chaque instant il est mon enfant. Mon enfant
né chaque matin de moi-même.

Lettre à Machila Armida

Samedi 14 février 1953

María Cecilia, fruitée, merveilleuse,

Toi, ton œuvre, tout ce qui te pousse à vivre, tout est sphère, harmonie, toi tout entière tu es géniale et l'expression de ta vie dans tes tableaux extraordinaires, si intimes et si énormes, si populaires et si beaux, révolutionnaires jusqu'à la moelle : pour moi, ils sont l'univers. Pourvu que jamais tu ne te sentes *seule*, mon amour, car avant quiconque il y a ta *vie* et celle de ta fille.

Envoie foutre cette société stupide, pourrie par le mensonge, le capitalisme et l'impérialisme nord-américain. Toi, Diego et moi, nous attendons la paix dans le monde entier. La révolution est inéluctable.

Que tu vives de nombreuses années, María Cecilia. Car rares sont les personnes dotées de ton génie.

Prends bien soin de mon Diego, mon enfant chéri, dans mon cœur et dans le tien.

Merci pour les deux ciels de tes yeux. Moi aussi *je te cièle*, je te garde dans ma vie, je te pleux si tu as soif, j'accroche à ton cœur mon Diego pour que tu le protèges. Toujours.

Diego je ne suis plus seule car Machila est près de moi et de toi.

Carton d'invitation de Frida Kahlo
pour le vernissage de son exposition
à la Galerie d'art contemporain
(13 avril 1953)

En t'adressant du fond du cœur
ma tendresse et mon amitié,
à mon humble exposition
j'ai le plaisir de t'inviter.

Chez Lola Álvarez Bravo
je t'attends à huit heures du soir.
J'imagine que tu as une montre...
Ne va pas me décevoir.

Numéro 12, rue Amberes :
c'est l'adresse de la galerie.
Alors, surtout, ne te perds pas.
Pour les détails, j'en ai fini.

J'attends de toi que tu me donnes
un avis sincère et cordial.
Tu te targues d'avoir des lettres ;
ton jugement est primordial.

Tous ces tableaux, je les ai peints
à l'aide de mes propres mains.
Ils attendent cloués au mur
de voir s'ils plaisent à mes frangins.

Du fond du cœur, sois remercié.
Sache que toujours tu compteras
sur ma très sincère amitié.
Frida Kahlo de Rivera.

Coyoacán, 1953

Messages à Diego Rivera

Avril 1953

Dans ta maison de Coyoacán je t'attends comme je t'ai attendu vingt-trois années durant (...) Essaie de rentrer le plus tôt possible car sans toi le Mexique n'est pas le Mexique[1].

*

1953

Pour mon enfant amoureux, tendre, né de mes entrailles (...) À mes enfants Vidal et María... à Dolores... à tous ceux qui m'ont aimée...

1. Au mois de mai, Diego Rivera partit au Chili pour y assister au Congrès continental de la Culture présidé par Pablo Neruda.

Lettres à Dolores del Río

Coyoacán, 29 octobre (1953 ?)

Merveilleuse Dolores,

Je te prie d'accepter la peinture que tu m'as commandée. Je peins beaucoup en ce moment. Avant-hier, je suis arrivée à Puebla et là, j'ai peint sur ma poitrine, dans le lit, ton tableau.

Ma santé va mieux, mais je suis terriblement angoissée. María, la petite sœur de Vidalito, le peintre de neuf ans de Oaxaca (tu te souviens de lui ?), va très mal, elle est dans le coma depuis hier après-midi.

Diego n'est pas là, il est parti à Pátzcuaro et tu es mon seul secours. Je te supplie de me donner l'argent que tu m'avais promis (1 000 pesos) pour le tableau. Je n'ai même pas de quoi payer les médecins et les médicaments, ni pour la petite ni pour moi. Manolo Martínez te remettra le tableau, c'est l'assistant principal de Diego. Si tu es chez toi, aie la bonté de lui remettre l'argent (en chèque ou en liquide), il est de toute confiance.

Excuse-moi de t'avoir dérangée.

Des milliers de baisers.

Ta Frida

*

Coyoacán, 29 octobre

Dolores,
Quand Diego est rentré, il s'est mis très en colère à cause des termes dans lesquels je t'avais écrit, parce que tout ce qu'il gagne en travaillant, il me le donne, et je ne manque de rien. Il était indigné.
Merci beaucoup de ta gentillesse.
Frida

[*Sur la même feuille, ces mots de Diego Rivera :*]

Lolita,
J'ai été indigné en apprenant que Frida avait touché les 1 000 pesos que tu avais envoyés pour « la petite malade[1] », une somme qu'elle aurait dû te rendre sur-le-champ, ce que je fais à présent en t'envoyant le chèque ci-joint, n° 609 912 du Banco comercial de la propiedad. Excuse-la, c'est une malade, et reçois les sincères salutations de ton affectueux ami.
Diego Rivera

1. La colère de Diego et l'usage des guillemets laissent penser qu'il s'agissait d'une ruse de Frida destinée à obtenir de l'argent pour se procurer de la drogue.

Lettres à Lina Boytler

Merveilleuse Lina,
Dans le sombre univers de ma vie, tes peintures
sont venues me rappeler à la lumière, à la tendresse
de ton univers vierge rempli de papillons, de soleils,
de mondes nouveaux, d'images de ton enfance pure
de dix mille ans.

Frida

Qui t'admire et qui t'aime.

*

Belle Lina,
Voici quelques gribouillis que j'ai dessinés au cas
où ils pourraient te servir.
Je t'envoie par la même occasion des millions de
baisers.

Frida

Poème[1]

13 novembre 1957

dans la salive.
dans le papier.
dans l'éclipse.
Dans toutes les lignes
dans toutes les couleurs
dans toutes les cruches
dans ma poitrine
dehors. dedans –
dans l'encrier – dans la peine à écrire
dans la merveille de mes yeux – dans les dernières
lignes du soleil (le soleil n'a pas de lignes) dans
tout. Dire dans tout c'est imbécile et magnifique.

1. Malgré la signature, certains attribuent la « paternité »
de ce poème à Teresa Proenza. C'est l'avis de Juan Coronel
Rivera, qui le publia en août 1983 dans le n° 1 de la revue lit-
téraire *El Faro*. Il s'en trouve une copie dans les archives du
Centro nacional de investigación de artes plásticas de Mexico,
accompagnée de la note suivante, datée du 13 novembre
1957 : « Très cher Dieguito, Je voudrais vous donner, en cette
Saint-Diego, ce qu'il y a de mieux au monde, la santé, la joie.
Je ne peux vous offrir que ce poème de Fisita, qui est amour
et beauté. Un baiser. Tere. »

DIEGO dans mes urines – Diego dans ma bouche –
dans mon
cœur, dans ma folie, dans mon rêve – dans
le papier buvard – dans la pointe du stylo –
dans les crayons – dans les paysages – dans la
nourriture – dans le métal – dans l'imagination.
Dans les maladies – dans les vitrines –
dans ses revers – dans ses yeux – dans sa bouche.
dans son mensonge.
                    Frida Kahlo

À Isabel Villaseñor[1],
pour le premier anniversaire de sa mort

13 mars 1954

Un an de plus
Chabela merveilleuse
Toujours tu seras en terre mexicaine vivante.
À tous ceux qui t'aiment tu as laissé ta beauté, ta
voix, ta peinture, ton *Olinka* et ta propre image.
Ma mémoire est pleine de ta joie, de ton être
extraordinaire.
Pardonne-moi de ne pas me rendre à l'hommage
qui t'est rendu.

Frida

1. Peintre, graveuse, comédienne, écrivain, chanteuse mexicaine.

Glossaire

Cantina : bar mexicain, dont l'entrée fut longtemps interdite aux mineurs, aux personnes en uniforme et aux femmes. Les deux premières restrictions sont toujours en vigueur, mais les femmes y sont admises depuis les années quatre-vingt.

Charro : éleveur de bétail, habile dans le maniement du lasso et le dressage des chevaux. Il porte traditionnellement un pantalon serré avec des boutons d'argent sur le côté, une chemise blanche, une cravate en lacet, un gilet, une veste courte, un chapeau à larges pans.

Chicua ou *Chicuita* : Frida Kahlo signe ou se désigne ainsi affectueusement dans sa correspondance. Le mot signifie « la p'tite » ou « la p'tite gosse ».

Chía : plante dont on utilise la graine pour préparer une boisson rafraîchissante.

China poblana : originaire de la région de Puebla, elle est en quelque sorte la compagne du *charro*. Elle porte traditionnellement une robe colorée, à franges et à volants, ainsi qu'un châle.

Corrido : forme poétique musicale composée de strophes de quatre vers, généralement des octosyllabes, racontant par exemple la vie de personnages historiques ou fictionnels, des exploits, des combats, des assassinats, des histoires d'amour, etc. Il s'agit de l'une des formes les plus importantes de la poésie populaire mexicaine.

Enchilada : spécialité culinaire mexicaine. Galette de farine de maïs accompagnée d'une sauce pimentée, généralement garnie de viande, de poulet ou de fromage.

Mexicalán ou *Mexicalpán de las tunas* ou *de los tlachiques* : façon familière et affectueuse de désigner le Mexique.

Mole : plat en sauce, à base de piments, tomates, épices et condiments variés ; l'une de ses variantes est agrémentée de cacao et de cacahuètes (le *mole negro*).

Pedregal : à l'origine, terrain pierreux. Plusieurs zones volcaniques au sud de Mexico portent ce nom, le plus connu étant le *pedregal* de San Ángel.

Piñata : marmite de terre cuite remplie de friandises et objets divers que l'on casse traditionnellement lors des fêtes d'anniversaire et de fin d'année (*posadas*). Aujourd'hui, la marmite est la plupart du temps remplacée par une figure (animal, étoile, etc.) en papier mâché.

Posada : période de fête qui au Mexique précède le jour de Noël, durant laquelle les gens se réunissent chez les uns et les autres.

Pulque : boisson fermentée, préparée avec le suc de certains agaves.

Pulquería : établissement où l'on sert du *pulque*.

Puper : terme inventé par Frida Kahlo pour qualifier quelqu'un ou quelque chose de façon péjorative.

Quesadilla : galette de maïs ou de farine de blé, pliée en deux et fourrée de divers ingrédients, comme par exemple du fromage, des pommes de terre, des champignons, de la viande hachée, de la fleur de courgette, etc.

Sarape : sorte de couverture en laine ou en coton, de forme rectangulaire et généralement de couleur vive, parfois ornée de dessins, utilisée comme couvre-lit ou comme cape (avec, dans ce cas, un trou pour laisser passer la tête).

Tehuano, a : originaire de la région de Tehuantepec, dans l'État de Oaxaca. Porter un costume de Tehuana peut aussi être une forme de revendication identitaire et féministe.

Tlachique : calebasse faisant office de récipient pour transporter le *pulque*.

Zapateado : danse populaire d'origine espagnole, où les danseurs marquent le rythme à l'aide des talons de leurs chaussures.

Zócalo : C'est ainsi que l'on nomme la place centrale des villes au Mexique, en particulier celle de la ville de Mexico.

Références onomastiques

Les prénoms ou les surnoms mentionnés par Frida Kahlo figurent en italique.

ADRIANA. Voir KAHLO, Adriana.

AGUIRRE, Ignacio (1900-1990). Peintre, graveur, muraliste, avec qui Frida entretint pendant trois mois une liaison, en 1935. Durant ce temps, elle put compter sur la complicité de sa sœur Cristina ; elles avaient en effet fini par se réconcilier après la liaison de cette dernière avec Diego Rivera. (Diminutif : Nacho ou Nachito.)

ALBERTA. Fille de Sigmund Firestone.

ALICIA. Voir GÓMEZ ARIAS, Alicia (à l'exception d'une référence à Alicia Galant).

ÁLVAREZ BRAVO, Lola. Photographe et agent artistique, épouse du photographe Manuel Álvarez Bravo. Elle réalisa en 1953, dans sa Galerie d'art contemporain, une exposition individuelle des œuvres de Frida Kahlo, la seule qui eut lieu au Mexique de son vivant.

ARCADY. Voir BOYTLER, Arcady.

ARENSBERG, Walter G. Collectionneur de Los Angeles.

ARIA ou *ARIJA*. Fille de Nickolas Muray.

ARIAS VIÑAS, Ricardo. Réfugié espagnol avec qui Frida Kahlo eut une liaison. Après l'attaque de la maison de Trotski par un groupe mené par Siqueiros, le 24 mai 1940, lui et son épouse furent arrêtés pour être interrogés, ainsi que Frida Kahlo et sa sœur Cristina.

ARMIDA BAZ, María Cecilia (1921-1979). Après avoir divorcé en 1951 du Hollandais Leender van Rhijn (avec qui elle a une fille, Patricia, née en 1946), elle commence à travailler sur des compositions surréalistes, dans des boîtes qu'elle transforme en petites tables ou en vitrines. Celles-ci furent exposées en 1952 et présentées par Diego Rivera. Leur amitié fut célébrée par le peintre dans un portrait d'elle réalisé en 1952. (Diminutif : Machila.)

ARQUIN, Florence (1900-1974). Peintre, photographe et critique nord-américaine. Elle fit un séjour au Mexique en 1943. Elle exposa ses œuvres à la bibliothèque Franklin de Mexico.

BARTOLÍ, José (1910-1995). Peintre, caricaturiste et dessinateur politique catalan. En 1936, il fonde et préside le Syndicat des dessinateurs de Catalogne. Durant la guerre civile espagnole, il combat dans le camp républicain. Au terme du conflit, il est arrêté et envoyé dans des camps en France puis en Allemagne. Il s'exile au Mexique en 1942. En 1946, il se rend aux États-Unis, mais la répression maccartiste le conduit à retourner au Mexique dans les années cinquante. Après avoir vécu quelques années en France, il partage son temps, à partir de 1978, entre l'Espagne et les États-Unis. Sa veuve, Berenice Bromberg, a mis aux enchères quelques objets portant des dédicaces amoureuses de Frida Kahlo, mais elle refuse de révéler le reste.

BENDER, Albert. Agent d'assurance et mécène. Il fait la connaissance de Diego Rivera au Mexique dans les années vingt. En 1930, il intervient pour lui faire obtenir un permis d'entrée aux États-Unis.

BERT. Voir WOLFE, Bertram D.

BLANCH, Lucile et Arnold. Couple de peintres, amis de Frida Kahlo aux États-Unis.

BLANCHE. Voir HEYS, Blanche.

BLOCH, Lucienne. Fille du compositeur Ernest Bloch. Elle fut l'assistante de Diego Rivera à New York. Elle fut mariée à Stephen Dimitroff.

BLOCH, Suzanne. Musicienne. Fille du compositeur Ernest Bloch.

BLOCK, Harry. Éditeur américain. Il s'installe au Mexique après avoir épousé Malú Cabrera.

BOHUS, Irene. Peintre hongroise, qui fut d'abord l'assistante de Diego Rivera au Mexique et à San Francisco, avant de devenir une amie proche de Frida Kahlo. En mai 1940, après la tentative d'assassinat de Trotski, Paulette Goddard et elle aidèrent Diego Rivera à se cacher.

BOIT ou *BOITITO*. Voir WOLFE, Bertram D.

BOYTLER, Arcady (1895-1965). Cinéaste mexicain né

en Russie. Grand ami de Frida Kahlo, il fit preuve à son égard de la plus grande bienveillance.

BOYTLER, Lina. Actrice, épouse d'Arcady Boytler.

BRACHO, Ángel. Peintre mexicain. Il étudia à l'École d'arts plastiques de l'Université nationale au moment où Diego Rivera en était le directeur.

BUSTAMANTE, Eduardo (dit Flaquer). Ami de Frida Kahlo et d'Alejandro Gómez Arias.

CABRERA, Luis (1876-1954). Écrivain, journaliste et homme politique. En 1909, il participe aux côtés de Francisco Madero et de José Vasconcelos à la fondation du parti Antirreeleccionista (contre le principe de réélection). (*N.d.l.T.*)

CABRERA, Malú. Fille de Luis Cabrera, épouse de Harry Block.

CACHUCHAS (« Les Casquettes »). Bande d'amis de l'École préparatoire nationale dont faisaient partie, entre autres, Frida Kahlo, Alejandro Gómez Arias, Miguel N. Lira, José Gómez Robleda, Ernestina Marín, Agustín Lira, Alfonso Villa, Carmen Jaimes, Manuel González Ramírez, Jesús Ríos y Valles et Enrique Morales Pardavé. Alejandro Gómez Arias précisa à leur propos : « Le nom des Cachuchas venait du fait qu'au lieu de chapeaux nous portions des casquettes. Rien de plus simple, mais rien de plus subversif, car le port du chapeau, selon la saison, était une coutume très rigoureuse, même chez les écoliers. C'est José Gómez Robleda qui nous fournissait les casquettes car, entre autres qualités, il savait coudre. Il les confectionnait et nous les offrait. » (Propos confiés à Víctor Díaz Arciniega, in *Memoria personal de un país*, Grijalbo, 1990.) À la fin des années quarante, Frida Kahlo écrit à Miguel N. Lira ce mot accompagnant un auto-portrait à l'encre sur bois : « Chong Lee, Mike mon frangin de toujours, n'oublie pas la Cachucha n° 9. Frida Kahlo. »

CALDERÓN Y GONZÁLEZ, Matilde. Mère de Frida Kahlo. Selon les propres dires de Frida Kahlo, elle est l'aînée des douze enfants d'Isabel (fille d'un militaire espagnol) et d'Antonio (Indien de Morelia, dans l'État du Michoacán). Dans sa correspondance, Frida fait état de ses nom-breuses crises, à propos desquelles elle déclara : « Ma mère était hystérique car insatisfaite... Elle n'était pas amoureuse de mon père... Elle m'avait montré un cahier recouvert de cuir de Russie, où elle gardait les lettres de son premier fiancé. Sur la dernière page, il était écrit que l'auteur des lettres, un jeune Allemand, s'était suicidé en sa présence. Cet homme avait conti-nué à vivre dans sa mémoire... C'est la religion qui a conduit ma mère à l'hystérie. » (Propos confiés à Raquel Tibol, publiés sous le titre « Fragments pour une vie de Frida Kahlo » dans le supplément *México en la cultura* du journal *Novedades*, le 7 mars 1954.)

CAMPOS, Isabel (1906-1994). Amie de Frida Kahlo depuis l'école primaire, elle est, comme Frida, née à Coyoacán. Leur très étroite amitié s'étiola quand Frida commença à fréquenter d'autres milieux. (Diminutif : Chabela.)

CÁRDENAS, Lázaro (1895-1970). Président du Mexique de 1934 à 1940. Parmi les principales mesures adoptées durant sa présidence, figurent la nationalisation du pétrole et la mise en place d'une réforme agraire. (*N.d.l.T.*)

CHABELA. Voir CAMPOS, Isabel (à l'exception de la dernière lettre du recueil, adressée à Isabel Villaseñor).

CHÁVEZ, Carlos (1899-1978). Compositeur et chef d'orchestre mexicain, grand ami de Frida Kahlo. En 1947, il devint le premier directeur de l'Institut national des beaux-arts de Mexico.

CHELO. Voir NAVARRO, Consuelo.

CHONG LEE. Voir LIRA, Miguel N.

CHUCHITO. Voir RÍOS IBÁÑEZ Y VALLES, Jesús.

CLIFFORD ou CLIFF. Voir WIGHT, Clifford.

COVARRUBIAS, Miguel. (1904-1957) Caricaturiste, peintre et anthropologue mexicain, ami de Frida Kahlo, qui vécut aux États-Unis dans les années trente, où il épousa la danseuse Rosa Rolando. On le surnommait parfois « le gamin » (« el chamaco »).

COVICI, Friede, Inc. Maison d'édition de New York qui publia les livres *Portrait of America* et *Portrait of Mexico*, réalisés en collaboration par Diego Rivera et Bertram D. Wolfe.

CRISTI ou CRISTINA. Voir KAHLO, Cristina.

D'HARNONCOURT, René. D'origine autrichienne, il s'installe au Mexique lorsque son patron, Fred Davis, ouvre un magasin d'art populaire à Mexico, dans les années vingt. Il fut l'assistant d'Alfred Barr au MoMa de New York, collabora avec Miguel Covarrubias pour l'exposition *Vingt Siècles d'art mexicain* organisée par le

MoMa en 1940. Ami de nombreux artistes et archéologues mexicains, il séjourna durant de longues périodes au Mexique.

DEL RÍO, Dolores (1902-1983). Comédienne mexicaine, grande amie de Frida Kahlo. En 1925, elle entame une carrière cinématographique à Hollywood.

DEMPSEY, Jack (1895-1983). Boxeur nord-américain, champion du monde des poids lourds du 4 juillet 1919 au 23 septembre 1926. (*N.d.l.T.*)

DIMI ou *DIMY*. Voir DIMITROFF, Stephen.

DIMITROFF, Stephen. Assistant de Diego Rivera à New York. Il fut marié à Lucienne Bloch.

ELOESSER, Leo (1881-1976). Chirurgien spécialisé en ostéologie. Frida Kahlo fait sa connaissance à Mexico en 1926. Leur amitié se consolide en 1930, à San Francisco. Avant de rentrer au Mexique en 1931, elle peint un portrait du médecin dans la maison de ce dernier. Depuis San Francisco, il fait office de conseiller médical de Frida. Homme de convictions démocratiques, il offre ses services à l'armée républicaine durant la guerre civile espagnole.

EMMY LOU. Voir PACKARD, Emmy Lou.

FIRESTONE, Sigmund. Collectionneur résidant à Rochester. Ami de Frida.

FLAQUER. Voir BUSTAMANTE, Eduardo.

FULANG CHANG. Nom d'un singe araignée appartenant à Diego Rivera.

GINETTE. Voir STACKPOLE Ginette.

GÓMEZ, Marte R. (1896-1973). Ingénieur agronome. Il invita Diego Rivera à peindre les fresques de l'École nationale d'agriculture de Chapingo, en 1923. Lorsqu'en 1943 Frida lui écrit pour solliciter son aide, il est ministre de l'Agriculture et du Développement, sous la présidence de Manuel Ávila Camacho (1940-1946). En 1944, il demande à Frida de réaliser son portrait pour la galerie des directeurs de l'école de Chapingo. Elle en peint deux : un pour l'école, l'autre pour la collection personnelle de Marte Gómez.

GÓMEZ ARIAS, Alejandro (1906-1990). Il rencontre Frida Kahlo à l'École préparatoire nationale de Mexico. Il est son grand amour de jeunesse, présent dans le bus à ses côtés le jour de son accident. Il raconte de Frida : « Elle débarqua pleine d'inquiétude à l'École préparatoire, et rebelle à toutes les règles familiales. Elle chercha donc à se lier d'amitié avec les jeunes gens les moins soumis à la discipline... Peu à peu, elle se rapprocha de notre groupe, jusqu'à faire partie de la bande des Cachuchas, dont elle finit par devenir le personnage le plus intéressant. » Et il précise à propos de leur relation : « Entre Frida et moi, il y avait une intimité ; d'où les lettres qu'elle m'envoyait... Nous étions de jeunes amants, sans l'ambition ou les projets que supposent les fiançailles, comme se marier et ce genre de choses. » (Propos confiés à Víctor Díaz Arciniega : *Memoria personal de un país*, Grijalbo, 1990.)

GÓMEZ ARIAS, Alicia. Sœur d'Alejandro Gómez Arias.

GUADALUPE. Voir MARÍN, Guadalupe.

HARRY. Voir BLOCK, Harry.

HASTINGS, Cristina. Épouse du vicomte lord John Hastings. Frida Kahlo dessine son portrait au crayon 1931.

HASTINGS, John (surnommé Jack). Il est l'un des assistants de Diego Rivera à San Francisco.

HEYS, Blanche. Grande amie de Nickolas Muray.

HURTADO, Emma. Marchande d'art et dernière épouse de Diego Rivera. Leur relation remonte à l'année 1946, quand Diego signe avec elle un contrat pour la commercialisation de son œuvre. Ils se marient en 1955, après la mort de Frida.

IRENE. Voir BOHUS, Irene.

JACK. Voir HASTINGS, John.

JAIMES, Carmen. Amie de Frida Kahlo à l'École préparatoire nationale, où elle faisait partie de la bande Los Cachuchas. Frida écrit parfois Carmen James.

JAY. Fils de Bertram Wolfe.

JEAN. Voir WIGHT, Jean.

JIM. Frère d'Ella Wolfe.

JINKS Joe. Ami de Nickolas Muray. (Parfois orthographié JINGS.)

JOSEPH, Emily. Critique d'art au *San Francisco Chronicle*, épouse du peintre Sidney Joseph. Elle fut chargée de l'interprétation simultanée des conférences données par Diego Rivera en français à San Francisco.

JUÁREZ, Benito (1806-1872). Homme politique mexicain. De 1858 à 1872, suite au soulèvement anticonstitutionnel du conservateur Félix Zuloaga, il assura la présidence du gouvernement libéral (devenant le garant de la légalité républicaine). Il fut aussi l'une des grandes figures de la résistance contre l'intervention française au Mexique qui débuta en 1862. (*N.d.l.T.*)

JULIEN. Voir LÉVY, Julien.

KAHLO, Adriana. Sœur de Frida Kahlo.

KAHLO, Cristina. Sœur de Frida Kahlo, de onze mois sa cadette. Fille de Guillermo Kahlo et de Matilde Calderón. En 1934, Frida Kahlo découvre sa liaison avec Diego Rivera.

KAHLO, Guillermo (ou Wilhelm) (1872-1941). Père de Frida Kahlo. Il est d'origine germano-hongroise, fils de Jakob Heinrich Kahlo (vendeur de bijoux et de matériel photographique) et d'Henriette Kaufmann. Il est le père de six filles : deux d'un premier mariage (María Luisa et Margarita) et quatre de son mariage avec Matilde Calderón (Matilde, Adriana, Frida et Cristina). Il souffrait de crises d'épilepsie, ainsi que Frida l'évoque dans ses souvenirs : « Souvent, en marchant avec son appareil photo à l'épaule et en me tenant par la main, il tombait soudain. J'avais appris à m'occuper de lui quand il faisait une crise en pleine rue. Je lui faisais vite inspirer de l'éther ou de l'alcool, tout en faisant attention à ce qu'il ne se fasse pas voler son appareil photo. » (Propos confiés à Raquel Tibol, publiés dans « Fragments pour une vie de Frida Kahlo ».) Après avoir aménagé un studio photo dans la bijouterie La Perla, il déménage en 1927 pour s'installer dans un studio indépendant.

KAHLO, Luisa. Sœur de Frida Kahlo.

KAHLO, Matilde. Sœur de Frida Kahlo. Fille de Guillermo Kahlo et de Matilde Calderón. En 1923, alors qu'elle a dix-huit ans, avec l'aide de Frida elle s'enfuit de la maison pour partir à Veracruz en compagnie de son fiancé. Frida confia à propos de cet épisode : « Matita était la préférée de ma mère et sa fugue l'avait rendue hystérique. Quand elle est partie, mon père n'a pas dit un mot. Il a tellement gardé son calme que j'ai eu du mal à croire à son épilepsie... Nous n'avons pas revu Matita pendant quatre ans. Un jour, tandis que nous étions en tramway, mon père m'a dit : "Nous ne la retrouverons jamais !" J'essayais de le consoler et, à dire vrai, mes espoirs étaient sincères... Une copine de l'École préparatoire nationale m'avait confié : "Dans le quartier Doctores habite une dame qui te ressemble. Elle s'appelle Matilde Kahlo." Je l'ai retrouvée au fond d'une cour, dans la quatrième chambre d'un long couloir. C'était une chambre pleine de lumière et d'oiseaux. Matita était en train de prendre une douche avec un tuyau. Elle habitait là avec Paco Hernández, avec qui elle s'est mariée plus tard. Ils avaient une bonne situation et n'ont jamais eu d'enfants. La première chose que j'ai faite, c'est dire mon père que je l'avais retrouvée. Je lui ai rendu visite à plusieurs reprises et j'ai essayé de convaincre ma mère d'aller la voir, mais elle a refusé. » Après l'accident, Matilde accourut au chevet de Frida, ainsi que cette dernière le rappelle : « Matilde a lu la nouvelle dans les journaux, c'est elle qui est arrivée la première et elle ne m'a plus abandonnée... jour et nuit à mon chevet. »

KAUFMANN, Edgar J. Industriel et collectionneur de Pennsylvanie.

KITY ou *KITTY*, voir KAHLO, Cristina.

LEA. Fille de Nickolas Muray.

LÉVY, Julien. Galeriste new-yorkais. C'est dans sa galerie que Frida Kahlo réalise sa première exposition individuelle, du 1er au 15 novembre 1938. D'autres artistes mexicains y avaient auparavant exposé : Emilio Amero (janvier, 1935), Manuel Álvarez Bravo (mai, 1935), Rufino Tamayo (octobre, 1937), Siqueiros (mai, 1938).

LINA. Voir BOYTLER, Lina.

LIRA, Miguel N. (1905-1961). Surnommé Chong Lee par ses proches. Écrivain, éditeur et ami de Frida Kahlo, originaire de la ville de Tlaxcala. À l'École préparatoire nationale, il appartenait au groupe Los Cachuchas. Les lettres que Frida Kahlo lui adressa furent conservées par le prêtre Víctor Varela Badillo.

LOMBARDO TOLEDANO, Vicente (1874-1968). Homme politique, essayiste, syndicaliste mexicain. Il fonde en 1948 le Partido popular. (*N.d.l.T.*)

LÓPEZ VELARDE, Ramón (1888-1921). Poète mexicain. Dans sa correspondance, Frida Kahlo fait référence à deux de ses poèmes : « L'ancre » et « Douce patrie ». (*N.d.l.T.*)

LUCIENNE. Voir BLOCH, Lucienne.

LUPE. Voir MARÍN, Guadalupe.

LUPITA. Voir RIVERA MARÍN, Guadalupe.

MALÚ ou *MALUCHITA.* Voir CABRERA, Malú.

MALUCHITITITITA. Malú Block. Galeriste, fille de Malú Cabrera et Harry Block.

MAM. Assistante de Nickolas Muray.

MARIANA. Voir MORILLO SAFA, Mariana.

MARÍN, Guadalupe (1897-1981). Seconde épouse de Diego Rivera, de 1922 à 1929. (Diminutif : Lupe.)

MARTE. Voir GÓMEZ, Marte R.

MARY. Voir SKLAR, Mary.

MATI, MATY ou *MATITA.* Voir KAHLO, Matilde.

NATALIE (ou *NATALIA*). Fille de Sigmund Firestone.

MICHEL, Concha (1899-1990). Chanteuse mexicaine. Militante, engagée dans la défense de la cause des femmes, elle fut membre du Parti communiste avant d'en être expulsée à cause de ses prises de position féministes. (*N.d.l.T.*)

MIKE. Voir LIRA, Miguel N.

MISRACHI SAMANON, Alberto. Collectionneur et galeriste. Né à Monastir, il arrive au Mexique au début des années vingt. Peu après, il installe au n° 18 de l'avenue Juárez la librairie Central de Publicaciones. Il déménage ensuite au n° 4, où il aménage dans la cave une salle de vente d'œuvres d'art (en grande partie de Diego Rivera).

MORILLO SAFA, Eduardo. Diplomate et collectionneur d'art. Il avait conclu un accord avec Frida Kahlo pour financer sa peinture, en s'engageant à acquérir un certain nombre de ses tableaux. Il lui en acheta environ trente-cinq.

MORILLO SAFA, Mariana. Fille d'Eduardo Morillo Safa. Frida peint son portrait en 1944.

MURAY, Nickolas (Hongrie, 1892 ; États-Unis, 1965). Photographe new-yorkais d'origine hongroise ; il est également critique de danse, aviateur, champion d'escrime. Il fait la connaissance de Frida Kahlo à Mexico par l'entremise de Rosa Rolando et de Miguel Covarrubias. Il a une liaison avec elle lorsqu'elle se rend à New York pour présenter sa première exposition individuelle dans la galerie de Julien Levy, du 1ᵉʳ au 15 novembre 1938.

NACHITO ou *NACHO*. Voir AGUIRRE, Ignacio.

NAVARRO, Consuelo. Amie de Frida et d'Alejandro Gómez Arias. (Diminutif : Chelo.)

NIENDORFF, William. Assistant de Diego Rivera à New York.

OBREGÓN, Álvaro (1880-1928). Président du Mexique de 1920 à 1924, il est assassiné après sa réélection en 1928. (*N.d.l.T.*)

OLINKA. La fille d'Isabel Villaseñor. (Orthographe correcte : Olinca.)

OLMEDO, Agustín. Ami de Frida Kahlo. Ils se rencontrent au cours de leurs études. Elle peint un portrait de lui en 1928.

OROZCO MUÑOZ, Francisco (1884-1950). Écrivain et critique d'art. Il entreprit une collection des œuvres du peintre mexicain Hermenegildo Bustos. Il était professeur à l'École préparatoire nationale lorsque Frida y faisait ses études.

OROZCO ROMERO, Carlos (1896-1984). Peintre mexicain.

PACA. Voir TOOR, Frances.

PACKARD, Emmy Lou. Peintre. Elle fut l'assistante de Diego Rivera dans son atelier de Mexico et pour l'élaboration de ses peintures murales aux États-Unis. Elle le fut encore au Mexique, au retour du peintre en 1941.

PAULETTE. Il s'agit de l'actrice Paulette GODDARD.

PELLICER CÁMARA, Carlos. (1897-1977) Poète mexicain originaire de l'État de Tabasco. Son amitié avec Diego Rivera remonte au début des années vingt, quand il était le secrétaire de José Vasconcelos. Diego peint un portrait de lui en 1946. C'est à cette époque qu'il se lie d'amitié avec Frida Kahlo, à qui il dédie trois sonnets en 1953. En 1958, il se charge de transformer la maison de cette dernière, à Coyoacán, en musée Frida Kahlo, ainsi que le lui avait demandé Diego Rivera peu avant de mourir. L'inauguration du musée a lieu en juillet 1959.

PFLUEGER, Timothy. Architecte du San Francisco Stock Exchange, bâtiment à l'intérieur duquel Diego Rivera avait peint une fresque. En 1940, il commande à Diego Rivera dix peintures à la fresque sur le thème de l'unité culturelle du continent américain pour la Golden Gate International Exposition.

PINOCHA. Surnom d'Esperanza Ordóñez, amie de Frida et d'Alejandro Gómez Arias.

PROENZA, Teresa. Elle est, comme Elena Vázquez Gómez, amie intime et assistante de Frida Kahlo et de Diego Rivera, jusqu'à leur mort. Frida fit écrire leurs noms sur les murs de sa chambre.

PUJOL, Antonio. Peintre mexicain. Il étudia à l'École d'arts plastiques de l'Université nationale au moment où Diego Rivera en était le directeur.

RABEL, Fanny. De son vrai nom Fanny Rabinovich. Née en 1922 en Pologne, elle entame son parcours scolaire en France, puis arrive à Mexico en 1938. En 1944, elle entre à l'École de peinture et de sculpture La Esmeralda, où elle suit les cours de Frida Kahlo, José Chávez Morado et Feliciano Peña, entre autres.

RALPH. Voir STACKPOLE, Ralph.

REYNILLA ou *REYNITA*. Surnoms d'Agustina Reyna. Amie proche de Frida Kahlo à l'époque de l'École préparatoire nationale.

RICARDO. Voir ARIAS VIÑAS, Ricardo.

RÍOS Y VALLES, Jesús. Surnommé Chucho ou Chuchito. À l'École préparatoire nationale, il faisait partie de Los Cachuchas.

RIVAS CACHO, Lupe. Actrice mexicaine. Diego Rivera avait eu une liaison avec elle en 1921. (*N.d.l.T.*)

RIVERA MARÍN, Guadalupe. Surnommée Lupe, Lupita, Pico(s), Piquitos. Fille de Diego Rivera et de sa seconde épouse Guadalupe Marín.

RIVERA MARÍN, Ruth. Fille cadette de Diego Rivera et de sa seconde épouse Guadalupe Marín.

ROCKEFELLER, Abby, née Aldrich (1874-1948). Épouse de John D. Rockefeller, Jr. Elle a contribué, avec Lille P. Bliss et Mary Quinn Sullivan, à la fondation du Museum of Modern Art (MoMa) de New York, inauguré le 8 novembre 1929. En 1931, Diego Rivera y fut invité pour une exposition rétrospective.

RODRÍGUEZ, Antonio (Portugal, 1908 ; Mexique, 1993). Critique d'art, journaliste, agent artistique, photographe. Il interviewa Frida et la prit en photo. Celle-ci lui dédia un autoportrait en 1944.

ROLANDO, Rosa. Danseuse, peintre, photographe, née à Los Angeles, épouse de Miguel Covarrubias.

ROSA ou ROSE. Voir ROLANDO, Rosa.

ROUAIX MÉNDEZ, Pastor. Secrétaire de l'Industrie et du Commerce sous le gouvernement de Venustiano Carranza, puis député et sénateur sous les gouvernements d'Álvaro Obregón et de Plutarco Elías Calles.

RUIZ, Antonio (1895-1964). Surnommé El Corcito. Peintre mexicain, directeur et fondateur (en 1942) de l'École de peinture et sculpture La Esmeralda, où il invita Frida Kahlo à donner des cours. Son surnom vient de sa ressemblance physique avec le torero espagnol Manuel Corzo, également surnommé Corcito. (*N.d.l.T.*)

SALAS, Ángel. Musicien mexicain. Frida le rencontre lorsqu'ils sont encore étudiants. Il fait alors partie de son cercle d'amis.

SÁNCHEZ FLORES, Antonio. Il fut l'assistant (chimiste) de Diego Rivera durant plusieurs années.

SHARKEY, Jack. Boxeur nord-américain, champion du monde des poids lourds du 21 juin 1932 au 23 juin 1933. (*N.d.l.T.*)

SIDNEY. Le peintre Sidney Joseph, mari d'Emily Joseph.

SIGY. Voir FIRESTONE, Sigmund.

SIQUEIROS, David Álfaro. Peintre muraliste. Il est, avec d'autres, l'auteur d'une tentative ratée d'assassinat de Trotski le 20 mai 1940.

SOL. Diminutif de Solomon SKLAR.

SKLAR, Mary, née Schapiro. Amie de Frida Kahlo, mariée à Solomon Sklar.

STACKPOLE, Ginette. Épouse de Ralph Stackpole.

STACKPOLE, Ralph (1885-1973). Sculpteur nord-américain. Lui et son épouse Ginette étaient amis de Frida Kahlo et Diego Rivera, qu'ils avaient rencontrés à Paris.

SUZANNE ou SUZY. Voir BLOCH, Suzanne.

TOOR, Frances. Auteur de plusieurs ouvrages sur les traditions et le folklore du Mexique. (*N.d. l.T.*)

VALENTINER, William R. Directeur de l'Institute of Arts de Detroit lorsque Diego Rivera y peignit ses peintures murales en 1932.

VASCONCELOS, José (1882-1959). Écrivain, penseur et homme politique mexicain. Il fut notamment recteur de l'Université nationale de Mexico, et chargé du ministère de l'Éducation, de 1921 à 1924, sous la présidence d'Álvaro Obregón. En 1909, il participe aux côtés de Francisco Madero à la fondation du parti Antirreeleccionista (contre le principe de réélection). En 1929, il est candidat à la présidence. (*N.d.l.T.*)

VÁZQUEZ GÓMEZ, Elena. Elle est, comme Teresa Proenza, amie intime et assistante de Frida Kahlo et de Diego Rivera. Les deux femmes restèrent proches de ces derniers jusqu'à leur mort. Frida fit écrire leurs noms sur les murs de sa chambre.

VÉLEZ, Lupe (1908-1944). Actrice mexicaine. Elle débute sa carrière à Hollywood dans les années vingt. Elle fut l'épouse de Johnny Weissmuller. Avec Douglas Fairbanks, elle tourne *Gaucho* en 1927.

VERAZA Alberto. Mari d'Adriana Kahlo, sœur de Frida.

VILLA, Alfonso. Surnommé Pancho. Ami de Frida Kahlo à l'École préparatoire nationale.

VILLASEÑOR, Isabel (18 mai 1909 ; 13 mars 1953). Peintre, graveuse, comédienne, écrivain, chanteuse mexicaine. (Diminutif : Chabela.) Elle fut l'épouse de Gabriel Fernández Ledesma (peintre et agent artistique), dont elle eut une fille : Olinca. Elle fut une grande amie de Frida Kahlo qui, le vendredi 13 mars 1953, écrivit dans son *Journal* :

« Tu nous as quittés, Chabela Villaseñor
Mais ta voix   Rouge
ton énergie   Rouge
ton immense talent   Rouge

> ta poésie   Rouge
> ta lumière   Comme le sang qui ruisselle
> ton mystère   lorsqu'on tue un cerf
> ton Olinka
> Toi toute *tu demeures* vivante. Peintre poète chan-
>   [teuse
>
> ISABEL VILLASEÑOR
> TOUJOURS VIVANTE ! »
> (*Journal de Frida Kahlo*, traduction de Rauda
> Jamís, Éditions du Chêne, Paris, 1995.)

WIGHT, Clifford. Sculpteur anglais, il fut l'un des assistants de Diego Rivera à San Francisco et à Detroit. Diego le représenta, comme ses autres assistants, sur les pans de la fresque de la California School of Fine Arts.

WIGHT, Jean. Épouse de Clifford Wight. Frida Kahlo peint son portrait en 1931.

WOLFE, Bertram D. (1896-1977). Parfois surnommé Bert ou Boit par Frida Kahlo. Écrivain et journaliste nord-américain. Il fait la connaissance de Diego Rivera au Mexique dans les années vingt. C'est dans les années trente, dans la période new-yorkaise, que Frida Kahlo se lie d'amitié avec lui et avec son épouse Ella.

WOLFE, Ella (1896-2000). Née Goldberg, épouse de Bertram D. Wolfe. Née en Ukraine, elle émigre avec sa famille aux États-Unis. Dans les années vingt, elle réside à Mexico, où elle travaille pour la Tass, une agence de presse soviétique. Elle fut membre du Parti communiste des États-Unis jusqu'à la signature du pacte germano-soviétique ; c'est alors qu'elle et son mari, Bertram Wolfe, rompent avec le Parti.

C'est à New York qu'elle se lie d'amitié avec Frida Kahlo.

XENIUS. Pseudonyme de l'écrivain espagnol (catalan) Eugeni d'Ors, auteur du roman *La Bien Plantada* (1913).

ZENDEJAS, Adelina (1909-1993). Journaliste, professeur d'histoire et de littérature. Elle fut une camarade de Frida Kahlo à l'École préparatoire nationale de Mexico.

Chronologie

1907   Magdalena Carmen Frida Kahlo Calderón naît le 6 juillet à Coyoacán, à la périphérie de la ville de Mexico.

1910   Début de la révolution mexicaine. Dès son adolescence, Frida prétend être née cette année-là.

1914   Poliomyélite à la jambe droite.

1922   Elle s'inscrit à l'École préparatoire nationale de Mexico, alors considérée comme le meilleur établissement d'enseignement du pays. Elle s'y prépare à des études de médecine.

1923   À la fin du mois de novembre, une révolte éclate contre le président Álvaro Obregón. Durant les fêtes de Noël, la ville de Mexico est le théâtre de nombreux affrontements.

1925   Frida débute un apprentissage chez un ami de son père, l'imprimeur Fernando Fernández.

         Le 17 septembre, le bus dans lequel ont pris place Frida Kahlo et son ami Alejandro Gómez Arias entre en collision avec un tramway. Elle raconte à ce propos :

« Les bus de mon époque étaient très fragiles, ils commençaient à circuler et avaient beaucoup de succès ; les tramways, en revanche, étaient vides. Je suis montée dans le bus avec Alejandro Gómez Arias. Nous nous sommes assis, moi au bord, près de la rampe, et Alejandro à côté de moi. Peu après, le bus est entré en collision avec un train de la ligne Xochimilco. (...) Ce fut un choc étrange ; pas violent mais sourd, lent, et dont tout le monde ressortit meurtri. Surtout moi. (...) Nous étions d'abord montés dans un autre bus ; mais j'avais perdu mon ombrelle, alors nous sommes descendus la chercher ; voilà comment nous nous sommes retrouvés dans ce bus qui m'a entièrement détruite. (...) La première chose à laquelle j'ai pensé, c'est à un bilboquet de toutes les couleurs, très joli, acheté le jour même, que j'avais sur moi. J'ai essayé de le chercher, pensant que tout cela n'aurait pas de conséquences majeures.
Non, on ne se rend pas compte du choc, non, on ne pleure pas. Je n'ai pas versé une larme. Le choc nous a propulsés vers l'avant et j'ai été transpercée par la rampe comme un taureau par une épée. Un homme a vu que j'avais une hémorragie terrible, il m'a posée sur une table de billard jusqu'à ce que la Croix-Rouge vienne me récupérer. J'ai perdu ma virginité, mon rein s'est ramolli, je ne pouvais

plus faire pipi, mais ce dont je me plaignais le plus, c'était de ma colonne vertébrale. Personne ne m'a prise au sérieux. En plus, il n'y avait pas de quoi faire des radios. Je me suis assise tant bien que mal et j'ai dit à la Croix-Rouge d'appeler ma famille. Matilde a lu la nouvelle dans les journaux, c'est elle qui est arrivée la première. » (Propos confiés à Raquel Tibol, publiés dans « Fragments pour une vie de Frida Kahlo ».)

1927   Frida rejoint les Jeunesses communistes.

Modification de la constitution mexicaine : la rectification de l'article interdisant de briguer un nouveau mandat présidentiel permet à l'ancien président Alvaro Obregón de se présenter à nouveau aux élections de 1928. Cette décision provoque de nombreuses tensions entre partisans et adversaires de sa réélection. Il est finalement élu en 1928 et assassiné quelques jours plus tard.

1929   Diego Rivera est exclu du Parti communiste.

Frida Kahlo épouse Diego Rivera le 21 août.

Grossesse et avortement.

1930   Le couple décide de s'installer aux États-Unis (Diego Rivera doit y honorer plusieurs commandes de peintures murales). En novembre, ils arrivent à San Francisco, où ils sont reçus par le sculpteur Ralph Stackpole.

1931	Au mois de juin, Frida et Diego retournent au Mexique.
	En novembre, ils se rendent à New York. Une rétrospective Rivera a lieu en décembre au MoMa.
1932	En avril, le couple se rend à Detroit. Diego réalise dans la cour centrale de l'Institute of Arts une peinture murale intitulée *L'Homme et la Machine*.
	Grossesse et fausse couche le 4 juillet. Elle est hospitalisée durant deux semaines à l'hôpital Henry Ford.
	En compagnie de Lucienne Bloch, Frida se rend au Mexique, au chevet de sa mère, qui meurt le 15 septembre. Elle retourne à Detroit au mois d'octobre.
1933	Au mois de mars, Frida et Diego arrivent à New York.
	Diego commence à peindre une fresque pour le Rockefeller Center de New York. Mais, au mois de mai, la commande est finalement annulée car le peintre y a inséré un portrait de Lénine. À la suite de ce scandale, la General Motors annule également la commande qu'elle lui avait passée pour ses nouveaux bâtiments de Chicago.
	Diego reçoit finalement une commande de la New Worker's School (vingt et un panneaux intitulés *Portrait de l'Amérique du Nord*).

En décembre, Diego et Frida rentrent au Mexique.

1934 Grossesse et avortement.

Après la découverte par Frida d'une liaison entre sa sœur Cristina et Diego Rivera, le couple se sépare durant plusieurs mois.

1935 Liaison entre Frida et le peintre Ignacio Aguirre.

Liaison entre Frida et le sculpteur Isamu Noguchi.

1936 Début de la guerre d'Espagne. Frida et Diego réunissent des fonds pour aider les républicains.

1937 En janvier, Léon Trotski et son épouse Natalia arrivent au Mexique. Ils s'installent à Coyoacán, dans la maison de Frida Kahlo.

1938 En octobre, Frida se rend à New York. Elle expose vingt-cinq tableaux à la Julien Levy Gallery, du 1er au 15 novembre. La préface du catalogue est rédigée par André Breton.

Liaison avec le photographe Nickolas Muray.

1939 Diego Rivera quitte la IVe Internationale.

Frida se rend en France à l'invitation d'André Breton, pour réaliser une exposition à Paris. Elle est hospitalisée pour une infection rénale puis s'installe chez Mary Reynolds, amie de Marcel Duchamp.

Avec l'aide de ce dernier, elle expose à la galerie Renou et Colle (où les tableaux de Frida côtoient des peintures mexicaines des XVIIIᵉ et XIXᵉ siècles, les œuvres du photographe Manuel Álvarez Bravo et les objets de la collection d'art populaire mexicain d'André Breton).

Frida embarque ensuite pour New York en mars, puis retourne au Mexique au mois d'avril, où elle se sépare de Diego Rivera. Le divorce est prononcé le 6 novembre.

À la fin de l'année, elle sollicite une bourse Guggenheim par l'intermédiaire de son ami Carlos Chávez. Celle-ci ne lui est pas accordée.

1940   En janvier, une Exposition internationale du surréalisme est organisée par André Breton et Wolfgang Paalen à la Galería de Arte Mexicano. Frida Kahlo y présente deux tableaux : *Les Deux Frida* (de 1939) et *La Table blessée* (de 1940).

Le 24 mai, Trotski est victime d'une tentative d'assassinat. Diego Rivera est recherché pour être interrogé. Il se réfugie à San Francisco. Frida et sa sœur Cristina sont arrêtées et soumises à un interrogatoire.

Trotski est assassiné le 20 août.

Frida et Diego se remarient le 8 décembre à San Francisco.

Frida rentre au Mexique pour passer les fêtes de fin d'année en famille et préparer le retour de Diego, qui reste à San Francisco pour terminer, avec la collaboration d'Emmy Lou Packard (son assistante californienne) et sous les yeux du public, dix peintures à la fresque sur le thème de l'unité culturelle du continent américain (commande de l'architecte Timothy Pflueger pour la Golden Gate International Exposition).

1941   Diego Rivera rentre au Mexique, accompagné d'Emmy Lou Packard. Il s'installe à Coyoacán avec Frida. La maison de San Ángel lui sert d'atelier.

Liaison entre Frida et Ricardo Arias Viñas.

Mort du père de Frida.

1942   Fondation de l'École de peinture et sculpture La Esmeralda, dirigée par Antonio Ruiz et dépendant du ministère de l'Éducation. Frida Kahlo est invitée à faire partie du corps enseignant.

1943   Elle initie ses élèves à la peinture murale et, avec eux, elle entreprend la décoration des murs extérieurs de la *pulquería* La Rosita.

Son état de santé s'aggrave. Les médecins lui imposent un repos absolu. Elle doit porter un corset en acier.

Ses cours de peinture ont désormais lieu dans sa maison de Coyoacán. Seuls quatre élèves continuent d'y assister régulièrement : Fanny Rabel, Arturo García Bustos, Guillermo Monroy et Arturo Estrada (surnommés Los Fridos).

1945   Après une lecture de *Moïse et le monothéisme* de Freud, elle peint le tableau *Moïse*.

1946   Début de sa liaison avec José Bartolí.

En mai, elle se rend à New York pour y subir une greffe à la colonne vertébrale.

1948   Frida entre au Parti communiste.

1950   Nombreuses hospitalisations et opération de la colonne vertébrale.

1953   Première exposition personnelle à la Galerie d'art contemporain de Lola Álvarez Bravo, à Mexico. Le vernissage a lieu le 13 avril. Ce fut la seule exposition individuelle de ses œuvres organisée de son vivant au Mexique.

En août, elle est amputée de sa jambe droite, gangrenée.

1954   Le 2 juillet, dans un fauteuil roulant, Frida participe, aux côtés de Diego Rivera, à la manifestation contre l'intervention de la CIA ayant favorisé un coup d'État militaire au Guatemala.

Frida meurt le 13 juillet.

Sources

*Les numéros correspondent à ceux indiqués
dans la table des matières.*

1

El Universal Ilustrado, 30 novembre 1922. Texte
découvert par Luis Mario Schneider.

1, 26, 38

Lettres données par Isabel Campos à Raquel Tibol, par
l'intermédiaire de son filleul Marco Antonio Campos.

3

« Frida Kahlo à l'École préparatoire », *El Gallo Ilustrado*, supplément du journal *El Día*, 12 juillet 1964.

4, 6, 8, 10 (16 avril, 4 juillet, 4 août, 14 septembre,
25 décembre 1924, 25 juillet, 1ᵉʳ août, 26 octobre,
5 et 26 novembre, 19 et 27 décembre 1925), 13 (13
et 17 mars, 12 avril, 28 septembre 1926, 27 mars
1927), 19 (22 juillet 1927), 21 (14 juin 1928), 28,
32, 33, 44 (13 novembre 1934), 47 (3ᵉ message,
sans date), 53¹, 57, 62, 66, 76, 86, 117, 122.

1. Version complétée et publiée dans l'ouvrage de Raquel
Tibol : *Frida Kahlo en su luz más íntima*, Mexico, Lumen, 2005.

Hayden Herrera, *Frida : una biografia de Frida Kahlo*, Mexico, Éditions Diana, 1985.

5, 7, 9, 18 (22 mai 1927[1]), 20, 73, 75, 81, 95 (copie incomplète), 107, 113, 130, 131, 133 (original), 136
Archives de Raquel Tibol (exclusivement des copies, à l'exception de l'original mentionné).

10 (12 novembre 1925), 44 (24 octobre et 26 novembre 1933), 91
Hayden Herrera, *Frida Kahlo. Las pinturas*, Mexico, Éditions Diana, 1997.

10 (sans date, 1er janvier 1925)
Erika Billeter, *The Blue House. The World of Frida Kahlo*, exposition, Schirn Kunstalle, Francfort, 6 mars – 23 mai 1993/Museum of Fine Arts, Houston, Texas, 6 juin – 29 août 1993.

10 (18 août 1924), 13 (21 août 1926)
Museo Estudio Diego Rivera.

10 (13 et 20 octobre 1925, 5 décembre 1925), 19 (24 juin 1927), 42, 59
Raquel Tibol, *Frida Kahlo : una vida abierta*, Mexico, Éditions Oasis, 1983/UNAM, 1998.

11, 13 (10 janvier 1927), 14, 15, 17, 19 (29 mai, « dernier jour de mai », 4 juin, 15 et 23 juillet, 2 août 1927), 21 (8 août, 9 et 17 septembre, 15 octobre 1927), 96
Raquel Tibol : *Frida Kahlo. Crónica, testimonios y*

1. Lettre localisée par l'historien Napoleón Rodríguez et publiée dans le journal *La Jornada* du 3 mars 1993.

aproximaciones, Mexico, Ediciones de la Cultura Popular, 1977.

12
Au dos de l'aquarelle *Échate la obra*, 1925.

13 (29 septembre 1926)
Adelina Zendejas, « Frida Kahlo », *El Gallo Ilustrado*, supplément du journal *El Día*, 12 juillet 1964.

16
Archives d'Enrique García Fomentí.

22, 30, 31, 34, 35, 36, 41, 56, 60, 72, 98, 123 (original), 129
Archives de Martha Zamora (exclusivement des copies, à l'exception de l'original mentionné).

74, 121
Martha Zamora, *El pincel de la angustia*, Mexico, publication indépendante, 1987.

18 (22 mai 1927)
Revue *Huytlale*, publiée à Tlaxcala, Mexique, par Miguel N. Lira et Crisanto Cuéllar Abaroa, 1954.

18 (18 juillet 1927), 97 (sans date)
Frida Kahlo. Das Gesamtwerk, Verlag Neue Kritik, 1988.

21 (sans date)
Catalogue de l'exposition *Frida Kahlo*, galerie Arvil, mai 1994.

23, 37, 39, 40, 43, 45, 49, 51, 85, 92, 94
Fonds Bertram Wolfe, Hoover Institution Archives, Stanford, Californie.

24, 71, 87 (sans date), 105 (21 avril 1947, sans date), 128
Archives du Centro Nacional de Investigación de Artes Plásticas/INBA-CENIDIAP.

27, 61, 63, 65, 67
Documents ayant appartenu à Nickolas Muray, conservés dans les Archives of American Art de la Smithsonian Institution, Washington.

29, 114
Archives d'Ignacio M. Galbis (Santa Monica, Californie).

30
Archives du Rockfeller Center.

46
Luis Mario Schneider, *Frida Kahlo – Ignacio Aguirre. Cartas de una pasión*, Ediciones Trabuco y Clavel, 1992.

47 (28 octobre 1935 et 2ᵉ message, sans date), 54, 70, 78 (copies), 110, 126, 137
Archives de Juan Coronel Rivera.

48 (lettre à Luisa Kahlo)
Archives d'Elsa Alcalá de Pinedo Kahlo (veuve d'Antonio, fils de Cristina Kahlo).

48 (dédicace)
Propriété de Carlos Monsiváis.

50, 52, 64, 102, 104, 125
Epistolario secreto de Carlos Chávez (sélection et notes de Gloria Carmona), Mexico, Fondo de Cultura Económica, 1989.

58
Bertram D. Wolfe : « Rise of another Rivera », *Vogue*, 1er novembre 1938.

68
Catalogue de la vente aux enchères *Fine books and manuscripts*, Sotheby's, New York, 13 décembre 2002.

69, 135
Archives Dolores del Río, Centro de Estudios de Historia de México, CONDUMEX.

77
Teresa del Conde, *Frida Kahlo : la pintora y el mito*, Mexico, Instituto de Investigaciones Estéticas, UNAM, 1992.

79
Documents ayant appartenu à Emmy Lou Packard, conservés à la Smithsonian Institution, Washington.

80, 84
Archives de Marte Gómez Leal.

82
Documents ayant appartenu à Florence Arquin, conservés à la Smithsonian Institution, Washington.

83, 99, 100
Archives de Mariana Morillo Safa.

87 (13 novembre 1944)
Lettre offerte par Juana Luisa Proenza à Xavier Guzmán Urbiola.

88, 118
Catalogue de l'exposition *Frida Kahlo. The Unknown Frida. The Woman Behind the Work*, Louis Newman Galleries, Beverly Hills, Californie, 12 octobre/9 novembre 1991.

89
Catalogue de la première exposition individuelle de Fanny Rabel (qui signait avec son patronyme : Rabinovich) à la Liga Popular Israelita, Mexico, août 1945.

90
Así, n° 249, México, 18 août 1945.

97 (29 août 1946), 112, 134
Catalogue de la vente aux enchères d'art latino-américain chez Sotheby's, New York, 20 et 21 novembre 2000.

103
Arena, supplément culturel du journal *Excélsior*, 28 octobre 2001.

105 (février 1947)
Musée Frida Kahlo.

106, 108
Archives de Carlos Pellicer López.

109, 111, 116
Archives du docteur Jorge Fastlicht Ripstein.

115
Catalogue de l'exposition *Diego Rivera, cincuenta años de labor artística*, Palacio de Bellas Artes, Mexico, août/décembre 1949 (catalogue paru en 1951).

119
Archives de Graciela Fastlicht de Beja.

124
Catalogue de l'exposition d'Antonio Peláez, Galerie d'art contemporain, Mexico, 23 octobre/ 8 novembre 1952.

127
Collection Jacques et Natasha Gelman.

132
Archives de Patricia van Rhijn Armida.

138
Archives d'Olinca Fernández Ledesma Villaseñor.

Table

RÉALISATION : GRAPHIC HAINAUT À CONDÉ-SUR-L'ESCAUT
IMPRESSION : CPI FRANCE
DÉPÔT LÉGAL : FÉVRIER 2009. N° 98983-13 (2035340)
IMPRIMÉ EN FRANCE

Éditions Points

Le catalogue complet de nos collections est sur
Le Cercle Points, ainsi que des interviews de vos
auteurs préférés, des jeux-concours, des conseils
de lecture, des extraits en avant-première…

www.lecerclepoints.com